ELECTRA

JENNIFER SAINT

ELECTRA

A saga de Troia renasce pelas vozes de três mulheres que desafiaram o destino

Tradução
Isadora Prospero

Planeta minotauro

Título original: *Elektra*

Preparação: Maitê Zickuhr
Revisão: Elisa Martins e Thiago Bio
Projeto gráfico e diagramação: Márcia Matos
Ilustrações de miolo: Freepik
Capa: Marina Banker

Dados Internacionais de Catalogação na Publicação (CIP)
Angélica Ilacqua CRB-8/7057

Saint, Jennifer
Electra / Jennifer Saint ; tradução de Isadora Prospero. - São Paulo : Planeta do Brasil, 2025.
320 p.

ISBN 978-85-422-3744-3

Título original: Elektra

1. Ficção inglesa I. Título II. Prospero, Isadora

25-2995 CDD 823

Índice para catálogo sistemático:
1. Ficção inglesa

2025
Todos os direitos desta edição reservados à
EDITORA PLANETA DO BRASIL LTDA.
Rua Bela Cintra, 986, 4º andar – Consolação
São Paulo – SP – 01415-002
www.planetadelivros.com.br
faleconosco@editoraplaneta.com.br

Para Alex.

“E não consigo disfarçar a ira;
[…] Mas meu pranto
não cessará, nem meus sentidos ais,
enquanto eu contemplar os raios trêmulos
dos astros para sempre cintilantes
e a claridade de todos os dias!
[…] Se quem é morto criminosamente
jaz transformado em pó e nada mais
e não há punição para quem mata,
então a dignidade e a reverência
não mais existirão entre os mortais!”

— *Electra*, Sófocles, tradução de Mário
da Gama Kury (Zahar)

PRÓLOGO

Electra

Micenas está em silêncio, mas não consigo dormir esta noite. No final do corredor, sei que meu irmão terá chutado seus cobertores. Toda manhã, quando vou acordá-lo, eles estão emaranhados em suas pernas como se tivesse disputado uma corrida no sono. Talvez corra atrás do nosso pai, o homem que nunca conheceu.

Quando nasci, foi meu pai que escolheu meu nome. Uma homenagem ao sol: flamejante e incandescente. Ele me contava isso quando eu era menina: que eu era a luz da nossa família. "A beleza de sua tia é famosa, mas você já é muito mais radiante que ela. Vai trazer mais glória à Casa de Atreu, minha filha." Então beijava minha testa antes de me pôr no chão. Sua barba fazia cócegas, mas eu não me incomodava. Acreditava no que ele dizia.

Agora, não me importo com a falta de pretendentes clamando por mim no salão do trono. Ouvi as histórias sobre minha tia Helena e nunca senti inveja. Aonde a beleza a levou? Até uma cidade estrangeira que mantém nossos homens há dez anos. Dez anos que vivo sem meu pai, me agarrando a cada vitória relatada por mensageiros que passam por Micenas. Notícias de cada triunfo me enchem de orgulho, de júbilo, porque é o meu pai, Agamêmnon, que luta há tanto tempo e que reúne seus homens para continuar lutando até que os muros altos de Troia se tornem escombros sob seus pés vitoriosos.

Vejo a cena o tempo todo na mente: como ele vai tomar de assalto os portões da cidade e como os troianos por fim cairão a seus pés, amedrontados. E depois de tudo, ele voltará para casa, para mim. Sua filha leal, esperando por ele aqui ano após ano.

Sei que algumas pessoas dirão que ele nunca amou os filhos, que não pode ter amado, dado o que fez. Mas me lembro dos seus braços ao meu redor e da batida constante do seu coração contra meu ouvido, e sei que nunca haverá um lugar mais seguro neste mundo para mim.

Sempre quis crescer e me tornar a mulher que ele achou que eu me tornaria, a mulher que eu poderia ter sido, se ele tivesse ficado, e viver à altura do nome que ele me deu.

Mais do que tudo, quero deixá-lo orgulhoso.

Em algum lugar deste palácio, não tenho dúvida de que minha mãe está vagando, olhando para a escuridão distante. Ela sempre se move sem fazer barulho, os pés macios em sandálias delicadas, o cabelo preso com fitas carmesins, aromatizado com pétalas trituradas e óleos perfumados, sua pele lustrosa cintilando ao luar. Não deixarei meu quarto; não quero arriscar encontrá-la. Em vez disso, eu me levanto e sigo na direção da janela estreita na pedra. Não espero ver nada quando apoio os cotovelos no peitoril e me inclino para fora — nada, exceto talvez um punhado de estrelas. Mas, enquanto observo, vejo uma fogueira se acender em uma torre de sinalização no topo de uma montanha distante, e, em resposta, mais uma, e então mais uma, em uma cadeia de fogo que salta na direção de Micenas. Meu coração martela no peito. Alguém lá fora está nos mandando um sinal. E só há uma coisa que todos nós queremos ouvir.

Faíscas laranja explodem e espiralam no céu quando outra torre de sinalização se acende, ainda mais perto. Lágrimas brotam em meus olhos. Conforme assisto às chamas sem acreditar no que vejo, sinto uma centelha acender-se dentro de mim, a compreensão atordoante do que isso significa.

Troia caiu.

Meu pai está voltando para casa.

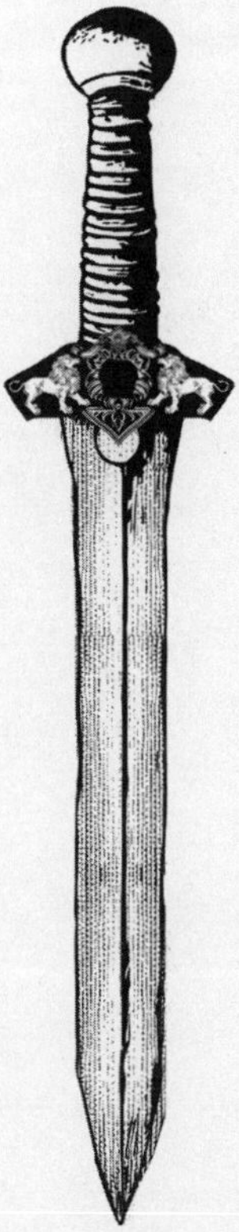

PARTE I

1

Clitemnestra

A Casa de Atreu carregava uma maldição. Uma maldição particularmente medonha, mesmo para os padrões dos tormentos divinos. A história da família era cheia de assassinatos brutais, adultério, ambição monstruosa e mais canibalismo do que se esperaria. Todos sabiam disso, mas quando os Atridas — Agamêmnon e Menelau — estavam diante de mim e de minha irmã gêmea em Esparta uma vida atrás, bem… as histórias tolas de crianças cozinhadas e servidas a seus pais pareceram cintilar e se esmigalhar como grãos de poeira à luz do sol.

Os dois irmãos eram cheios de vitalidade e vigor — não belos exatamente, mas fascinantes. A barba de Menelau reluzia com um matiz avermelhado, enquanto a de Agamêmnon era escura, como os cachos apertados ao redor da cabeça. Havia pretendentes muito mais belos diante da minha irmã — na verdade, o grande salão no qual se reuniram parecia inchar e grunhir com o puro volume de faces esculpidas e ombros belos, mandíbulas salientes e olhos brilhantes. Ela podia escolher entre os melhores homens da Grécia, mas Helena só tinha olhos para o desajeitado Menelau, que trocava o peso dos pés, pouco à vontade, e a encarava mudo.

Filha de Zeus, é o que as histórias diziam de Helena. Enquanto eu nasci com o rosto vermelho e chorando pela indignidade comum do parto, minha irmã supostamente abriu caminho com um toque delicado através de uma casca de ovo branca e pura e eclodiu linda e inteira. A lenda era adornada com detalhes fantasiosos — todos sabiam que Zeus podia adotar muitas formas, e nessa ocasião específica ele apareceu para nossa mãe com penas e branco como a neve, deslizando pelo rio na direção dela com um propósito inconfundível.

Ser abençoada por Zeus dessa forma era uma coisa gloriosa, era o que todos diziam. Se Leda, nossa mãe, tinha sido considerada bela o bastante pelo governante dos próprios deuses, era uma grande honra para nossa família. Não seria uma desgraça para nosso pai criar o fruto de tal união.

E a beleza de Helena era lendária, de fato.

Eles tinham se reunido em nossa casa às dezenas, os tais pretendentes. Como se empurravam, tentando espiar seu véu esvoaçante, ávidos por um vislumbre da mulher considerada a mais linda do mundo. Quando a atmosfera mudou, ficando inquieta, notei como as mãos dos homens pairavam perto das espadas no quadril. Helena também reparou e se virou para mim por um instante, só o suficiente para nossos olhos se encontrarem e um momento de preocupação passar entre nós.

Às margens do salão, nossos guardas se empertigaram e apertaram as lanças um pouco mais forte. Eu me perguntei quão rápido o coração fervilhante da multidão poderia transbordar e nos alcançar, e quanto tempo os guardas levariam para abrir caminho através do tumulto.

Nosso pai, Tíndaro, retorceu as mãos. O dia tinha começado tão promissor para ele; nossos depósitos transbordando com os presentes ricos que cada rapaz tinha trazido para apoiar sua causa. Eu o vira se regozijar com a riqueza e o prestígio que esse dia glorioso lhe trouxera. Despreocupado, ele depositara toda sua confiança na habilidade de nossos irmãos musculosos de nos proteger como sempre fizeram, mas eu duvidava que mesmo a competência deles seria suficiente contra o número de homens que tinham vindo ali para conquistar minha irmã.

Olhei para Penélope. Sempre podíamos confiar em nossa prima quieta, de olhos cinza, para manter a cabeça fria. Mas Penélope não retribuiu meu olhar frenético, pois estava focada em Odisseu. Os dois se olhavam como se vagassem sozinhos por uma campina perfumada em vez de estarem presos em um salão com uma centena de temperamentos instáveis e a faísca prestes a se acender e incendiar a todos.

Revirei os olhos. Odisseu estava ali como um dos pretendentes de Helena, como todos os outros, mas claro que nada que aquele homem fazia era o que parecia. *Sua famosa inteligência nos seria útil nessa situação*, pensei, frustrada ao ver que, em vez disso, ele preferia se perder em um devaneio romântico.

Mas o que eu confundira com uma troca sonhadora de olhares entre minha prima e seu amado era na verdade a formulação silenciosa de um plano, pois Odisseu pulou na plataforma onde nos sentávamos e pediu ordem aos gritos. Mesmo sendo baixo e tendo as pernas arqueadas, ele tinha uma presença autoritária, e o salão silenciou-se de imediato.

— Antes que Helena faça sua escolha — entoou ele —, vamos todos fazer um juramento.

Eles o ouviram. Ele tinha um dom para curvar a vontade dos outros a seus objetivos. Até minha prima tão astuta era fascinada por ele, e eu tinha pensado que o intelecto de homem nenhum estaria à altura do dela.

— Todos viemos aqui hoje pelo mesmo propósito — continuou ele. — Todos desejamos desposar a bela Helena, e todos temos bons motivos para crer que somos um marido digno de tal mulher. Ela é um prêmio maior que qualquer outro que podemos imaginar, e o homem que puder chamá-la de sua terá que se esforçar muito para protegê-la daqueles que tentariam tomá-la.

Eu podia ver que todo homem no salão estava imaginando essa possibilidade. Todos se viam como aquele que a ganharia, mas Odisseu havia azedado o sonho. Eles o ouviam atentamente, esperando que ele revelasse a solução do dilema que tinha apresentado.

— Então, proponho que juremos que, não importa quem ela escolha, todos nos juntaremos a ele para protegê-la. Todos faremos um juramento solene para defender seu direito de tê-la, e mantê-la, com nossa própria vida.

Nosso pai se ergueu de um pulo, extasiado por Odisseu ter salvado seu dia triunfante de um desastre quase certo.

— Sacrificarei meu melhor cavalo! — declarou. — E todos vocês farão sua promessa aos deuses sobre o sangue dele.

E assim foi feito, e tudo que nosso pai perdeu naquele dia foi um cavalo. Bem… um cavalo e uma filha, eu deveria dizer, e uma sobrinha também, para completar a barganha. Todos foram tirados de suas mãos em um único golpe, pois Helena só teve que sussurrar o nome "Menelau" antes de o homem se levantar, apertando a mão dela e balbuciando sua gratidão e devoção. Odisseu pediu a mão de Penélope tão logo depois, mas meu olhar se prendeu no irmão de cabelo escuro, cujo olhar taciturno ficou fixo nas pedras do chão. Agamêmnon.

— Por que você escolheu Menelau? — perguntei a Helena mais tarde.

Uma série de criadas agitadas a cercava, ajeitando as pregas de seu vestido, trançando seu cabelo em espirais elaboradas e fazendo incontáveis pequenos adornos que eram totalmente desnecessários.

Helena considerou minha pergunta antes de responder. As pessoas só falavam de sua radiância estonteante, às vezes comovidas a ponto de compor poemas ou canções em seu louvor. Ninguém jamais mencionava que ela era atenciosa ou gentil. Eu não podia negar a leve pontada de inveja que surgira dentro de mim, fria e venenosa, ao crescer ao lado de uma gêmea cuja magnificência sempre me lançaria nas sombras. Mas Helena nunca tinha sido cruel comigo, nem me atormentado. Nunca se gabara de sua beleza ou zombara da irmã inferior. Ela não podia evitar que as cabeças se virassem para fitá-la onde quer que caminhasse, não mais do que poderia reverter as marés. Fiz as pazes com isso, e, para falar a verdade, não ansiava por carregar o peso de sua atração lendária.

— Menelau... — começou ela, pensativa, demorando-se nas sílabas do nome. Então deu de ombros, retorcendo um cacho macio nos dedos, para a irritação visível de uma das criadas, cujas atenções cuidadosas não tinham produzido nada parecido com a elasticidade e o brilho daquele gesto casual. — Talvez houvesse outros mais ricos ou mais belos. Mais ousados, sem dúvida. — Ela ergueu o lábio de leve, talvez pensando na subcorrente de violência invisível pulsando pelo salão enquanto os pretendentes olhavam uns aos outros. — Mas Menelau... parecia diferente.

Ela não precisava de tesouros. Esparta já era rica o bastante. Não precisava de beleza; podia provê-la toda em qualquer parceria. Qualquer homem estava ávido para ser seu marido, como víramos. Então o que minha irmã tinha procurado? Eu me perguntei como ela sabia, que magia tinha faiscado entre eles, o que deixava uma mulher confiante de que um homem específico era o certo. Sentei-me mais ereta, esperando o esclarecimento.

— Acho que... — Ela suspirou enquanto uma garota lhe estendia um espelho com cabo de marfim, cujo verso era belamente entalhado com uma pequena imagem de Afrodite emergindo de sua grande concha. Helena pousou os olhos em seu reflexo, jogou o cabelo para trás e ajustou o diadema de ouro que pousava sobre os cachos. Ouvi um leve arquejo vindo das garotas reunidas, que aguardavam o julgamento dela sobre seus esforços desnecessários. — Acho que — continuou, enquanto concedia a elas um sorriso — ele só estava tão *grato*.

Hesitei, as palavras que tinha buscado evaporando no ar.

Helena notou meu silêncio e talvez tenha lido alguma censura nele, pois aprumou os ombros e me olhou diretamente.

— Você sabe que nossa mãe foi escolhida por Zeus — disse ela. — Uma mortal bela o bastante para atrair sua atenção do topo do monte Olimpo. Se nosso pai não tivesse um temperamento tranquilo e resignado... quem sabe como poderia ter se sentido? Se ele fosse mais como Agamêmnon do que como Menelau, por exemplo.

Enrijeci um pouco. O que ela queria dizer com aquilo?

— Um homem como ele não parece que aceitaria qualquer ofensa sem protestar — continuou ela. — Será que acharia uma honra a esposa ser escolhida ou veria a situação de outra forma? Não sei qual será o meu destino, mas sei que não nasci para não fazer nada. Não sei o que as Moiras têm planejado para mim, mas pareceu... *prudente* fazer minha escolha com cuidado.

Pensei em Menelau, na adoração em seus olhos quando fitou Helena. Eu me perguntei se ela tinha razão, se ele conseguiria ver as coisas como nosso pai. Se vencer a competição em nosso salão seria uma vitória suficiente, independentemente do que pudesse acontecer depois.

— E, é claro, assim eu posso ficar em Esparta — acrescentou ela.

Por isso, eu realmente estava grata.

— Então está acertado? Vocês viverão juntos aqui?

— Menelau pode ajudar papai a governar Esparta — disse Helena. — E, claro, papai pode ajudá-lo também.

— Como?

— O quanto você sabe sobre ele e Agamêmnon? — perguntou Helena. — E Micenas?

Balancei a cabeça.

— Ouvi histórias sobre a família. As mesmas que você. A maldição dos ancestrais, pais matando filhos, irmãos se voltando uns contra os outros. Mas está tudo no passado, não está?

— Não totalmente. — Helena afastou as garotas ao seu redor com um gesto, e se inclinou com um olhar cúmplice. Senti um arrepio de empolgação. — Eles vieram de Cálidon, sabia?

Assenti.

— Mas essa não é a casa deles. Eles moravam lá com o rei, que lhes deu hospitalidade, mas não pôde dar o que realmente precisam. O que papai pode oferecer.

— Que seria?

Ela sorriu, encantada em ser a pessoa a transmitir algo emocionante.

— Um exército.

— É mesmo? Para quê?

— Para recuperar Micenas. — Helena jogou a cabeça para trás. — Eles vão tomar de volta o que é deles. O tio matou o pai deles e os exilou quando eram crianças. Agora eles são homens e têm o apoio de Esparta.

Até aí eu conhecia a história. Menelau e Agamêmnon eram filhos de Atreu, cujo irmão, Tiestes, o tinha matado pelo trono e expulsado seus filhos. Imagino que ele só tivera misericórdia suficiente para não querer o sangue de crianças em suas mãos. Era esse o crime pelo qual a família tinha sido amaldiçoada pelos deuses gerações antes: o crime de Tântalo.

Talvez não seja surpreendente que Menelau tenha intrigado Helena, pensei. A velha lenda da família era algo que ouvíramos antes, uma história pavorosa de arrepiar, mas parecia distante da realidade. Agora, ela estava um passo mais perto — dois irmãos buscando justiça, curando as feridas de uma família torturada com um último ato.

— Menelau não vai querer voltar para Micenas, então? — perguntei.

— Não, Agamêmnon tomará Micenas — disse Helena. — Menelau está contente em ficar aqui.

Então Menelau receberia Helena como seu prêmio, e Agamêmnon ficaria com a cidade. Sem dúvida pareceria um bom negócio aos dois.

— A única questão é o que farão com o garoto.

— Que garoto?

— Egisto — disse Helena. — O filho de Tiestes. É só um garoto, como eles eram quando Tiestes matou o pai dos dois.

— Eles não vão exilá-lo também?

Helena ergueu uma sobrancelha.

— E deixá-lo crescer como eles? Nutrindo os mesmos sonhos? Agamêmnon não vai querer arriscar.

Estremeci.

— Mas ele certamente não vai matar um menino, vai?

Eu podia entender a lógica brutal por trás disso, mas não conseguia imaginar os jovens que tinha visto naquele salão enfiando uma espada em uma criança chorosa.

— Talvez não. — Helena levantou-se, alisando o vestido. — Mas não vamos mais falar de guerra. Afinal, é o dia do meu casamento.

Mais tarde, fugi das celebrações. Elas continuariam a noite toda, horas a fio de banquetes e bebedeira, mas eu estava cansada e me sentia estranhamente desanimada. Não tinha vontade de me esquivar dos nobres cada vez mais bêbados de Esparta; os generais, geralmente austeros e severos, ficando com o rosto vermelho e a língua solta, suas mãos desajeitadas tateando como os tentáculos de um polvo. Todos estavam cheios de autocongratulações pela aliança e o juramento feito por todos os homens importantes da Grécia para defender o prêmio de Menelau. A lealdade deles estava atada a Esparta.

Caminhei até a margem do rio. Largo e preguiçoso, o Eurotas serpenteava através da cidade até o distante porto ao sul, que era o único jeito de qualquer invasor estrangeiro nos alcançar. Dos outros lados, as grandes montanhas de Taígeto e Parnão assomavam a oeste e leste, enquanto os planaltos do norte eram igualmente impenetráveis a qualquer exército. Estávamos aconchegados em nosso vale, protegidos e fortificados contra qualquer um que pudesse vir com a intenção de nos saquear por causa da riqueza e das lindas mulheres que nos davam fama. E agora a mais linda delas tinha um exército a postos para se levantar em sua honra contra qualquer inimigo. Não era à toa que os homens relaxavam e bebiam tanto naquela noite.

Fogueiras de sinalização ardiam pelo vale, chamas fortes na escuridão proclamando a importância do dia. Fumaça subia de cada templo, carregando o sabor dos bois brancos cujas gargantas foram cortadas, levando-o até os olimpianos através do céu preto.

Eu tinha reparado que só Agamêmnon se mantinha à parte das celebrações; sem dúvida estava preocupado com a invasão iminente a Micenas. E o novo marido de Helena iria embora dali a poucos dias, para lutar ao lado do irmão. Eles tinham um exército, e eu sabia que soldados espartanos eram renomados por sua habilidade e ferocidade. Havia pouco motivo para preocupação. Mas no fundo da minha mente havia um pensamento insidioso e traidor: se a batalha não terminasse a favor dos irmãos, se eles não voltassem, nada precisaria mudar. Helena e eu poderíamos viver um pouco mais como sempre fizéramos.

Balancei a cabeça, como se pudesse desalojar a ideia. Tudo mudaria, ainda mais. Cem homens vieram para se casar com ela, o próximo tomaria o lugar de Menelau em um instante.

E então eu o vi, meio oculto nas sombras.

Ele virou a cabeça no mesmo momento e nossos olhos se encontraram. Vi a surpresa e a confusão dele, um espelho das minhas.

— Não percebi que havia mais alguém aqui fora — disse ele, fazendo menção de se retirar.

— Por que não está lá dentro? — perguntei.

Eu não tinha dirigido uma palavra a Agamêmnon até o momento e certamente não deveria entabular uma conversa privada com ele na escuridão, longe de todos. Mas algo na imobilidade da noite, nas risadas altas flutuando do palácio, na sensação de que tudo que conhecíamos até agora estava prestes a acabar, de um jeito ou de outro, me tornou imprudente.

Ele hesitou.

— Não quer comemorar com seu irmão?

As sobrancelhas pesadas dele estavam unidas. Ele parecia cansado e relutante a falar.

Suspirei, impaciente.

— Ou vai esperar até conquistarem Micenas?

— O que sabe sobre isso?

Foi uma pequena vitória levá-lo a responder. Uma brisa ondulou sobre a água, e senti um anseio de repente por algo que não conseguia nomear. Tanta coisa estava acontecendo — casamentos e guerra — e nada disso me envolvia.

— Sei o que Tiestes fez a seu pai e a vocês — respondi. — Como roubou seu reino.

Ele deu um aceno breve. Pude ver que estava prestes a se afastar e voltar para dentro.

— Mas o que vai fazer com o garoto? — perguntei.

Agamêmnon olhou para mim, incrédulo.

— O garoto?

— O filho de Tiestes — respondi. — Vai deixá-lo viver?

— O que isso tem a ver com você?

Eu me perguntei se tinha ido longe demais, se o tinha genuinamente chocado. Tudo naquela conversa estava errado. Mas agora eu já tinha começado.

— É um exército espartano que você vai levar. O que quer que faça, também é feito no nome de Esparta.

— O exército do seu pai. O exército de Menelau.

— Só me pareceu errado.

— Para você. Mas pode ser perigoso deixar um filho crescer com vingança no coração. — Ele estava olhando para o rio, toda sua postura irradiando desconforto, mas olhou para mim por um breve momento. — Há uma maldição na minha família; ela tem que acabar.

— Pode acabar assim? E se enfurecer os deuses ainda mais?

Ele balançou a cabeça, dispensando minhas palavras.

— Você quer ser misericordiosa — disse ele. — É uma mulher. Mas a guerra é um assunto de homens.

Eu me irritei com isso.

— Você tem Esparta — apontei. — Vai conquistar Micenas. E todos aqueles homens no salão, todos os guerreiros, governantes e príncipes que vieram atrás da minha irmã, todos eles juraram lealdade a seu irmão. Você tem a chance de unir tantos reinos atrás de si. O poder lhe pertencerá. Então como um menino pode ser uma ameaça, por mais vingativo que se torne? O que ele poderia fazer contra você? Com tantos homens sob seu comando, você certamente poderia ser o maior de todos os gregos.

Isso captou a atenção dele.

— Um ponto interessante — respondeu, pensativo. — O maior de todos os gregos. Obrigado, Clitemnestra.

E então, logo antes que ele sumisse por entre as colunas rumo aos sons de festa que vinham do palácio, eu vi só o vislumbre de um sorriso, finalmente curvando sua boca severa.

2

Cassandra

Toda palavra que digo é importuna. Minha garganta vive arranhada, pois as palavras são arrancadas de mim quando toco em alguém, quando olho a pessoa nos olhos e vejo a verdade branca e ofuscante. Minhas profecias rasgam minhas entranhas, mas ainda vêm, indesejadas, mesmo enquanto eu tremo com as consequências. Meus ouvintes me amaldiçoam, me rechaçam, dizem que estou louca e então riem.

Porém, quando criança, eu não conseguia ver o futuro. Preocupava-me apenas com o presente, com minha boneca mais querida e como enfeitá-la melhor — pois mesmo ela podia ser embrulhada nos tecidos mais ricos e adornada com minúsculas joias. Meus pais eram Príamo e Hécuba, rei e rainha de Troia, e nossos luxos eram lendários.

Minha mãe, porém, tinha visões. Um clarão ofuscante de conhecimento, concedido sem dúvida por um dos muitos deuses que sorriam para nós e nos ajudavam a evitar infortúnios. Talvez o próprio Apolo, pois dizia-se que ele amava minha mãe como uma de suas favoritas. Ela gerou muitos filhos para meu pai, e ele teve muitos outros com suas concubinas. Quando a barriga dela crescia com mais um, nós nos preparávamos para uma alegria familiar. Quando chegava a hora do parto, minha mãe se acomodava para dormir, antecipando como de costume sonhos agradáveis sobre o que seria a nova criança.

Não desta vez. Aos sete anos, fui despertada por gritos estridentes que cortavam a noite e congelaram meus pequenos ossos até a medula. Corri até onde ela se agachava, as parteiras disparando pelos corredores com medo de que algo tivesse dado terrivelmente errado.

Embora o suor colasse seu cabelo à testa e ela ofegasse como um animal caçado, não eram as dores do parto que a atormentavam. Afastando as mãos atenciosas que tentavam apaziguá-la durante o trabalho que ainda não tinha começado, ela chorava com uma desolação e um desespero que eu nunca tinha ouvido em minha vidinha mimada.

Recuei. O quarto estava cheio, confuso com o caos de mulheres, e pairei incerta nas sombras das tochas finas que as mulheres acenderam. As chamas laranja tremeluziam e se retorciam, e, nas paredes de pedra, formas escuras e monstruosas davam piruetas grotescas com seu ritmo sinuoso.

— O bebê — arquejou minha mãe.

A violência da emoção que a tomara parecia estar passando. Ela suportou os cuidados das mulheres, mas, quando elas a recostaram no sofá, suavemente assegurando-lhe que o bebê não estava chegando e que tudo estava bem, ela balançou a cabeça e lágrimas escorreram pelo seu rosto. Com as olheiras profundas e aqueles fios de cabelo rebeldes, ela não parecia minha mãe.

— Eu o vi, eu o vi nascido — disse ela, rouca. Quando as mulheres murmuraram que era só um sonho e nada com que se preocupar, eu vi sua dignidade imperial retornar. Ela as silenciou com um gesto. — Meus sonhos não são apenas sonhos. Todos sabem disso.

Um silêncio caiu no quarto. Não me mexi. A parede de pedra às minhas costas gelava minha pele, mas fiquei imóvel contra ela. No centro iluminado a fogo do círculo assustador, minha mãe continuou:

— Eu o empurrei para o mundo como os bebês que pari antes dele. Senti a queimação da pele mais uma vez, e conhecia essa dor e sabia que podia suportá-la de novo, como já fiz antes. Só que foi diferente desta vez. A queimação, ela parecia… — Ela hesitou, e vi os nós de seus dedos se tensionarem enquanto apertava as mãos. — O clarão do nascimento dele queimou por mais tempo e com mais força do que eu poderia ter imaginado. Senti bolhas brotarem em minha pele, e senti o cheiro da minha pele chamuscada e escurecida. — Ela engoliu, um som duro no silêncio. — Ele não era um bebê, mas uma tocha daquelas para segurar, a cabeça uma chama ardente, e ao meu redor só havia fumaça, consumindo tudo.

Senti a tensão, a crescente maré de ansiedade no quarto. Os olhos das mulheres pousaram na barriga da minha mãe.

— Talvez tenha sido só um sonho — arriscou uma delas. — Muitas mulheres temem o parto; pesadelos não são incomuns nesse período…

— Eu pari uma dúzia de filhos — disparou minha mãe. Seus olhos escuros se fixaram na falante infeliz. — Não tenho medo de dar à luz mais um. Mas esse… não sei dizer se sequer é um bebê.

O terror inundou o quarto. Os olhos das mulheres voaram entre si, procurando uma resposta.

— Esaco! — falou uma delas, decisivamente, a voz reverberando aguda e subitamente da pedra. — O vidente. Pediremos ao vidente que interprete seu sonho, rainha Hécuba. Talvez, em um período como esse, o verdadeiro sentido do seu sonho esteja oculto até da senhora. Perguntaremos a Esaco, e ele nos contará o que significa.

Todas assentiram; murmúrios de concordância soaram pelo quarto. Qualquer coisa, as mulheres pareciam querer qualquer coisa que tiraria o choque vidrado dos olhos de sua rainha. Qualquer chance de que o vidente poderia mudar o que ela vira em sua visão.

Ele foi convocado ao salão do trono. As mulheres colocaram um vestido sobre o corpo inchado de minha mãe e a guiaram dos seus aposentos. Ninguém prestou atenção em mim, então as segui a tempo de observá-la se sentar no trono ao lado do meu pai, que tinha sido tirado da cama, o rosto vincado com preocupação e angústia. Ele segurou a mão de minha mãe enquanto Esaco avançava.

O rosto do vidente estava liso e inexpressivo. Sua idade deveria estar entalhada na pele com rugas; em vez disso, a pele estava esticada sobre o crânio, fina e frágil como papel. Seus olhos eram leitosos, uma película obscurecendo a cor que um dia tiveram. Eu me perguntei como ele enxergava com aquela camada turva, mas talvez não importasse se o mundo físico estivesse borrado, pois ele via o mundo além como se fosse um cristal.

Minha mãe explicou o sonho para ele. Ela tinha se recomposto, e a voz mal falhava a ponto de revelar sua tensão.

O vidente ouviu. Quando ela se calou, ele não disse nada. Todos os olhos estavam fixos nele enquanto cruzava o grande salão. De um suporte de pedra, ele tirou uma das tigelas de bronze com chamas que iluminavam o salão cavernoso e a colocou no chão. Madeira resinosa queimava dentro dela, lançando uma luz tremeluzente sobre as cenas pintadas na parede atrás, transformando os lobos que adornavam o afresco em monstros à espreita. Esaco cutucou as chamas com seu cajado, empurrando a madeira sobre a boca das chamas até que fosse consumida com um chiado, um fio de fumaça cinza emplumando-se das brasas enfraquecidas. Seu rosto estava sombrio. Enquanto o observava, uma brisa sussurrou através das colunas de pedra e agitou as cinzas no fundo da tigela.

As cinzas se assentaram. Pensei no sonho de minha mãe: no bebê com uma cabeça de fogo ardente. O rosto do vidente era inexpressível enquanto sufocava as chamas.

— Este príncipe vai destruir a cidade — disse ele. Sua voz era suave, como um eco espiralando das profundezas de uma caverna, mas muito fria. — Se permitirem que ele cresça, vejo Troia consumida pelo fogo, um fogo que ele está destinado a começar. A criança não pode viver.

Ninguém o questionou. Parecia que ele confirmava o que Hécuba já sabia; o motivo pelo qual acordara gritando do seu pesadelo. E, no fim das contas, esse bebê seria um dos muitos filhos de Príamo, que também tinha diversas filhas. Perder uma criança entre tantas para salvar a cidade da ruína talvez fosse um preço que valesse pagar.

Mas nem meu pai nem minha mãe conseguiram pagá-lo. Quando meu irmão, Páris, nasceu, eles não suportaram lançar o pequeno bebê dos muros altos de Troia, ou sufocá-lo com um fino pedaço de tecido, ou mesmo deixá-lo na encosta vazia de uma montanha e dar-lhe as costas. Em vez disso, eles o entregaram a um pastor; disseram a ele para deixar a criança ser levada pelo ar frio da noite ou pelos dentes e garras vorazes de qualquer animal selvagem que estivesse passando.

Eu me pergunto se eles contaram ao pastor por que ele tinha que fazer isso. Se ele sabia que Troia estaria perdida se não endurecesse o coração contra aquele choramingar indefeso. Eu me pergunto se ele tentou; se deixou o bebê na encosta coberta de vegetação rasteira, se deu um passo e mais um, antes de se virar. Será que ele olhou para o narizinho de Páris, sua cabeça lisa, seus braços macios esticados em busca de conforto, e dispensou as palavras do vidente como bobagem e superstição? Talvez tenha se perguntado como um bebê poderia derrubar uma cidade. Talvez a esposa fosse estéril, seu lar nunca abençoado com filhos. Talvez ele pensasse que, se mantivesse Páris fora dos muros da cidade e o criasse como nada mais que um pastor de cabras, Troia ficaria a salvo. Suas grandes torres de pedra, seus imponentes portões de carvalho trancados com ferro, sua riqueza e seu poder deveriam ter parecido inexpugnáveis.

Meu irmão viveu em segredo. Uma criança indefesa se tornou um rapaz sem que nenhum de nós sequer sonhasse com sua existência nas montanhas fora de Troia. Ninguém falou de novo sobre o pesadelo de Hécuba, e aquela noite toda teria assumido a qualidade de um sonho também, exceto que eu me lembrava da pedra arranhando minhas costas enquanto me afastava lentamente de Esaco. Não conseguia esquecer a camada leitosa que cobria seus olhos e o aroma de fumaça. A pena que senti por aquele pacotinho macio que dias depois vi ser carregado do quarto de Hécuba por uma escrava às lágrimas, misturada com o alívio por minha mãe não ter sonhado tais sonhos sobre mim.

Tentei falar com ela uma vez sobre o ocorrido, muito tempo depois. Minha voz era tímida e eu via que minha hesitação a irritava. Eu estava curiosa sobre o sonho, o que nele a fizera confiar tão prontamente no vidente, qual magia havia para fazê-la saber que era a verdade. Acho que isso foi insensível, em retrospecto, mas eu estava arrebatada pelo egoísmo da juventude e queria saber.

— Você não estava lá, Cassandra — disparou ela.

Ter minha questão dispensada de imediato me magoou, e minhas faces coraram. Só senti minha dor, sem pensar nem um segundo sobre o que eu estava pedindo que ela lembrasse enquanto insistia, ávida para entender.

— Eu estava — protestei. — Lembro-me de Esaco e do fogo. Lembro o que ele disse.

— Quê? Erga a voz, menina — ordenou ela.

Minha mãe odiava como minha voz era baixa. Quando criança, eu raramente terminava uma frase sem que me dissessem para começar do começo e falar mais alto, mais claro.

Ninguém jamais pede que eu me repita agora.

Balbuciante, tentei descrever o salão e os rituais do vidente, mas ela balançou a cabeça bruscamente.

— Bobagem, Cassandra, você está imaginando coisas de novo — disse ela. Sua rispidez me machucou. Acho que ela reparou na mágoa estampada em meu rosto, porque sua expressão se suavizou; ela pôs o braço ao redor dos meus ombros e me apertou brevemente antes de falar com mais gentileza: — Não foi assim. Esaco levou meu sonho ao oráculo e ouviu a profecia lá. Sua mente está divagando de novo. Você precisa aprender a conter os excessos de sua imaginação. Talvez se passasse menos tempo sozinha…

— Apolo só encontra você quando está sozinha, não é?

Ela recuou e me lançou um olhar duro.

Eu me contorci um pouco, desacostumada a tal escrutínio.

— É isso que você quer? — perguntou ela.

A nota de dúvida em sua voz me perturbou. Por que alguém não iria querer isso? Se a pessoa pudesse ver o futuro, saber o que ia acontecer, se proteger contra ele… por que ela falava como se fosse absurdo querer tal dom?

— É só que… eu sou sua filha. Se os deuses mandam visões para você, eu me perguntei se teriam… se eu teria… — Deixei a frase no ar, perturbada com a preocupação nítida no rosto dela.

— Os deuses têm razões que não podemos saber — disse ela. — Apolo ama Troia, eu sou a rainha. Qualquer visão que venha do deus é pelo bem da cidade. Não é uma dádiva para mim; não é algo que eu busquei. Não cabe a nós pedir por tal coisa.

Senti a verdade me atravessar. Ela era a rainha de Troia; eu nunca seria. Tinha irmãos mais velhos que governariam nossa cidade, e a esposa do que se tornasse rei assumiria o lugar da minha mãe. Talvez essa mulher recebesse as visões da rainha, os sonhos que Apolo mandava pelo bem maior de Troia. Eu me senti tão pequena e tão idiota que quis desaparecer ali mesmo.

— Eu não quis dizer… — comecei, mas minha mãe estava balançando a cabeça. A conversa tinha acabado sem que eu soubesse como dizer o que desejava.

— Vá brincar, Cassandra — disse ela com firmeza, e eu fui.

Mas ninguém me queria por perto, não de verdade. Todas as outras garotas pareciam tão confiantes, tão seguras de si. Eu me sentia como um junco balançando ao vento, nunca ousando dizer em voz alta o que pensava, sem querer enfrentar desdém ou risos. Mas o sonho de Hécuba e o vidente — disso eu tinha certeza. Talvez ela preferisse se lembrar da noite de outra forma, mas eu nunca a esqueceria; estava gravada em mim.

Eu nunca conseguia me fazer entender, mesmo naquela época, e minha mãe era uma mulher ocupada. Ela não tinha tempo para tentar me entender. Se tivesse visto o que eu ia me tornar, se tivesse tido uma visão de mim e não só de Páris, tenho certeza de que teria me lançado nas rochas pessoalmente quando nasci. Mas ninguém revirou as cinzas para ver meu futuro. Ninguém interveio para tentar me impedir de me tornar o que me tornei.

3

Clitemnestra

Enquanto os Atridas não voltavam, eu era consumida pela inquietude. Os dias, os quais sempre tinha sido tão fácil de ocupar, agora pareciam se arrastar, principalmente as tardes.

Penélope já tinha ido encontrar as rochas e as cabras de Ítaca com Odisseu, mas Helena ainda permanecia ali, e tínhamos passado os últimos dezesseis anos juntas em companheirismo. Eu não conseguia entender o que tinha mudado. Imaginava que era toda aquela agitação emocionante que acontecera: a chegada dos Atridas à nossa costa para buscar nossa hospitalidade, depois a reunião dos pretendentes de Helena, e, claro, o casamento da minha prima e da minha gêmea. Talvez as coisas estivessem fadadas a parecer um pouco monótonas depois de tudo isso.

Tornar-se uma esposa não tinha mudado minha irmã. Ela parecia notavelmente tranquila com a ausência do marido, e era frustrante que eu aparentava estar mais preocupada que ela com os irmãos a caminho de Micenas para derrubar o tio usurpador.

— Eles têm os melhores homens de Esparta os apoiando — disse Helena, ignorando minhas preocupações. Ela estava deitada sob o sol à margem do rio, protegendo os olhos do brilho branco da luz refletida na água. — Em breve retornarão vitoriosos.

— Mas você não se preocupa com Menelau? — Eu me apoiei num cotovelo para olhar para ela. — Tiestes tem soldados. Ele tomou o trono de Atreu. Tentará defendê-lo. E se matarem Menelau?

Eu queria ver a pele lisa de sua testa se franzir, ver alguma consternação em seus olhos risonhos. Amava minha irmã mais do que tudo, e se ela tivesse dito que temia pela vida de Menelau, eu teria feito qualquer coisa para apaziguá-la. Mas sua serenidade me irritava, especialmente em comparação com a minha ansiedade, e de repente eu estava desesperada para ver uma rachadura nela.

Ela só sorriu.

— Ele vai voltar — disse. — Não tenho dúvidas.

Eu me deitei de volta. O sol brilhava forte demais e as montanhas que nos cercavam dos três lados pareceram de repente se pressionar muito perto. Fechei os olhos. Ansiava que fosse noite, que a tarde infinita acabasse por fim. Quando a noite caísse, eu sabia que ansiaria pela aurora.

— E quando os irmãos voltarem — disse ela, com um tom provocador —, você sabe se papai tem planos para você e Agamêmnon?

Ela não temia fazer perguntas diretas. Seu charme era sua franqueza, sua ousadia, e nada que ela dizia parecia impertinente ou chocante. Talvez fosse o riso que sempre borbulhava no fundo de sua voz e a centelha em seus olhos que fazia tudo que dizia parecer leve e despreocupado. Ela nunca temia uma censura ou uma palavra afiada. Certamente nunca hesitou em me cutucar.

Peguei uma pedrinha na margem do rio. Suas curvas lisas cabiam certinho na minha palma, e fiquei a virando na mão.

— Espero que Menelau e ele corrijam a injustiça que foi cometida contra eles.

Eu não tinha contado a ela sobre a conversa estranha e abrupta que tivera com Agamêmnon à beira-rio na noite do seu casamento. Assunto nenhum era proibido entre nós, mas ela era uma mulher casada, e eu, ainda uma garota. Eu sentia uma timidez estranha.

— Diga — incentivou ela. — O que acha dele?

Com Penélope e Helena casadas tão rápido uma depois da outra, eu sabia que era só questão de tempo até Tíndaro achar um marido para mim. Ele era um pai benevolente, feliz em deixar Helena fazer sua escolha, e eu nunca temera o dia em meu futuro em que ele falaria do meu casamento. Minha irmã e minha prima pareciam satisfeitas com o próprio destino, e eu sempre tinha esperado sentir o mesmo. Mas agora, quando pensava em um príncipe visitante chegando a nossos salões para me buscar, não sentia mais aquele arrepio agradável de expectativa. E se fosse levada a uma terra distante, algum lugar estranho e afastado de tudo que conhecia? E se esse homem não se importasse com o que eu pensava e dizia, só com meu nascimento e meu sangue e a fortuna que meu pai podia lhe dar?

Agamêmnon e o irmão tinham certo charme, eu não podia negar, chegando do seu exílio injusto e partindo corajosamente para retomar o que lhes pertencia.

Além disso, Helena escolhera Menelau dentre cem homens. Se ela estava feliz com ele, talvez eu pudesse confiar em sentir o mesmo com o irmão dele. Seria melhor que depositar minha confiança na gentileza de um completo estranho, não?

— Só pense — continuou ela — como seria bom se nós, irmãs, nos casássemos com irmãos.

Observei o rio fluindo para o mar. Não tinha a confiança de Helena de que o futuro seria sempre tão ensolarado quanto o passado.

Mas e se os planos de nosso pai não dessem em nada? Imaginei meu futuro nesse caso. Será que toda tarde se arrastaria como aquela, uma sequência monótona de dias até um pretendente diferente descer de um navio e fazer uma proposta para mim?

Helena tinha libertado uma enxurrada de perguntas em minha mente. Todos os dias eu observava o fluxo sinuoso do rio até o distante porto ao sul, esperando ver o navio dos irmãos.

As semanas se passaram até que, por fim, em uma manhã, o grito se ergueu e ecoou por todo o rio enquanto os vigias bradavam de um posto a outro:

— Os Atridas retornaram!

Helena e eu trocamos um olhar rápido de pânico, minha controlada irmã perdendo o prumo por um momento. Corremos aos portões do palácio para esperar por eles, e ela pegou minha mão.

De repente, lá estavam, seguindo ao longo do rio em nossa direção. O sol refletia no tom ruivo do cabelo de Menelau, e me lembrei de quando nos conhecemos. A diferença era que agora Agamêmnon não fitava o chão com raiva, mas mantinha a cabeça em pé, com o rosto franco e nítido.

O reencontro de Helena e Menelau foi alegre e eu mantive distância do abraço deles. Nosso pai estava um pouco atrás de nós, segurando a mão de Agamêmnon, com uma série de palavras, boas-vindas e parabenizações.

O rosto de Agamêmnon tinha se transformado. Nada de seriedade, de caretas. Era uma grande diferença vê-lo com o peso tirado dos seus ombros.

— Tiestes está morto — disse ele, uma nota silenciosa de entusiasmo correndo por suas palavras. — Mas seu filho, Egisto, vive. — Ele me lançou um breve olhar. — Os deuses podem ficar satisfeitos que nenhum sangue inocente foi derramado.

Talvez fosse isso. A maldição que atormentava sua família fora quebrada por fim. Talvez isso explicasse a diferença em Agamêmnon.

Eu dera rédeas soltas à imaginação enquanto ele estava longe; agora ele estava diante de mim, em carne e osso. Talvez um pouco mais baixo do que eu me lembrava, suas feições mais pesadas. Ainda assim, a suavização de seu humor tivera um efeito maravilhoso. Ele não tinha o nariz e a mandíbula delicadas que um escultor adoraria entalhar em mármore, mas me lembrava de uma pele de urso que meu irmão tinha caçado uma vez. Ele a carregara para casa como um testemunho de sua proeza, com a cabeça intacta, o rosto ainda congelado em um rosnado, antes que fosse cortado em peles para Helena e eu nos aconchegarmos no frio das noites de inverno. Algo nas sobrancelhas eriçadas de Agamêmnon me lembrava do animal. Helena ficou com medo do urso, mas eu ficara intrigada ao pensar que tão recentemente ele tinha vagado pelas montanhas, livre e selvagem, e agora eu podia estender a mão e acariciar seu pelo.

Os olhos de Agamêmnon encontraram os meus de novo antes que meu pai entrasse entre nós, jogando um braço ao redor do ombro dele, incentivando-o a entrar, prometendo um bom vinho e celebrações. O rosto de Agamêmnon se abriu num sorriso.

Os homens foram na frente — Menelau relutante em soltar a mão da esposa, mas puxado por meu pai exultante. Helena e eu nos viramos para segui-los. Ela me puxou para perto enquanto caminhávamos, o perfume doce e suave do seu cabelo contra meu rosto, minhas incertezas esquecidas pelo momento, obliteradas pelo triunfo do retorno vitorioso deles.

Imagino que a vitória o deixou mais ousado, pois não hesitou em me encontrar mais tarde naquela noite enquanto as celebrações prosseguiam. Desta vez, ele não se escondeu nas sombras, segurando meu braço com uma leveza que parecia quase brincalhona enquanto me convidava para caminhar no pátio, longe do calor do grande salão.

Hesitei, não sabendo bem como recusar. Uma coisa era encontrá-lo lá fora por acaso, como antes, outra era ir de propósito com ele a algum lugar isolado. Ele viu minha relutância e se inclinou para perto.

— Seu pai permitiu.

Eu o acompanhei. Achei que fosse o momento, e ainda não sabia bem o que dizer. Lá fora, no pátio, a lua brilhava cheia e forte contra os pilares pintados.

— Eu voltarei a Micenas amanhã — disse ele.

Esperei que continuasse. Eu o observara a noite toda enquanto bebia e celebrava com os outros, e me perguntara se havia algo diferente nele, no fim das contas. Descobri que sentia falta de sua solenidade, do fardo que ele carregara antes. Talvez eu não quisesse um herói conquistador gritando sobre sua vitória; eu preferia a angústia atormentada do exílio.

— Espero... — Ele limpou a garganta. — Espero que, se eu a chamar, você venha.

— A Micenas? — perguntei. — Por qual motivo?

A ponta das orelhas dele corou sob os cachos espessos e escuros.

— Eu não podia procurar uma esposa antes de reivindicar meu trono — disse ele. — Mas agora que o fiz... pedi a seu pai, e ele ficaria contente com nosso casamento.

Eu me sentia estranhamente calma, parada no ar frio da noite. Olhei para o homem diante de mim, rei de sua própria cidade, nascido em uma família intrigante, o irmão do escolhido de minha irmã, e o homem que meu pai escolhera para mim. *Podia ser pior*, pensei.

Meu pai estava ansioso para consolidar suas alianças, e eu sentia toda Esparta zumbir com um burburinho contente enquanto os preparativos para minha partida a Micenas estavam em curso. Eu podia ver que Agamêmnon e meu pai concordavam que a influência e o poder de ambos só poderiam ser fortalecidos pela amizade entre Micenas e Esparta, que o resto da Grécia certamente se curvaria ao poderio combinado. Parecia que todo o Peloponeso pertenceria a nós.

— Nós nos veremos em breve — jurou Helena quando nos abraçamos apertado no convés de madeira rangente.

Embora eu soubesse que ela buscava consolar a si mesma, não pude deixar de sentir que aquilo era improvável. A distância não era grande, mas eu sabia que nossas visitas seriam esparsas. As extensas montanhas arcadianas se ergueriam entre nós. Além disso, nunca tínhamos passado sequer um dia separadas. Mesmo se demorasse apenas alguns meses antes de nos vermos de novo, era um tempo inimaginável.

O ar estava frio contra meu rosto úmido enquanto as velas batiam e inflavam atrás de mim. Agamêmnon me garantiu que chegaríamos rápido, pois os ventos estavam bons e a nosso favor. Retorci as mãos, sentindo a ausência dos dedos de Helena entrelaçados com os meus enquanto os gritos dos remadores se erguiam e o navio lentamente zarpava sobre as ondas de cristas brancas. Podia ler o triunfo no rosto do meu pai, imponente e régio no porto, assistindo à nossa partida. O rosto de Helena estava escondido no ombro de Menelau, mas conforme os remos cortavam a espuma, ela ergueu os olhos para mim e vi seu rosto brilhando, radiante e orgulhoso. Eu tinha me acostumado tanto à sua beleza que nem a notava mais, até que, em um momento como aquele, ela tirava meu fôlego em um segundo. Seu sorriso foi a última coisa que vi enquanto me debruçava na amurada de madeira, acenando freneticamente, sem dignidade alguma, metade risadas, metade lágrimas.

4

Cassandra

Desconfortável, troquei o peso dos pés enquanto esperava, o vapor que subia da água quente fazendo meu vestido se colar à pele. Minha irmã, Laódice, reclinava-se luxuosamente na banheira, o cabelo enrolado no topo da cabeça, os olhos sonhadores, enquanto as escravas andavam de um lado para o outro, concentradas nos preparativos. Minhas pálpebras pesavam; eu estava cansada após o banquete tardio na noite anterior e ansiava por fechá-las. Tínhamos acordado ao amanhecer: nosso pai tinha oferecido um cordeiro branco em sacrifício a Hera, buscando suas bençãos para o casamento de Laódice. Ainda havia muito a ser feito naquele dia e eu já ansiava pelo conforto silencioso da minha cama.

Um puxão no meu vestido me assustou. Lá estava minha irmã, a pequena Políxena, com as bochechas redondas coradas do calor, seus olhos grandes fixos na banheira, intrigada com aquele dia cheio de novidades.

— Como vai ser o casamento? — perguntou de novo, no mínimo pela décima segunda vez.

Suspirei, não querendo explicar tudo de novo.

— Não sei.

Ela apertou os lábios, irritada por não ter sua vontade atendida.

— Por que as pessoas se casam? — tentou de novo.

— Definitivamente não sei.

Minha mãe passou depressa, estalando a língua.

— Você saberá com o tempo, Cassandra. Será sua vez em breve.

Enrubesci. Havia uma abundância de príncipes e princesas em Troia, e meus pais não precisavam que eu lhes fornecesse mais netos. Ainda assim, a perspectiva de um marido pairava sobre meu futuro. Minha irmã mais velha, Ilione, tinha se casado no ano anterior. Agora era a vez de Laódice, e eu me preocupava que seus pretendentes decepcionados poderiam voltar a atenção para mim. Helicaon, o noivo de Laódice, parecia inofensivo, mas isso era o melhor que eu podia dizer sobre ele. A ideia de passar um momento a sós com ele ou qualquer outro homem me enchia de pavor. Eu não tinha a facilidade nas conversas ou o charme de minhas irmãs. Era considerada estranha de forma geral — calada e desajeitada, alguém que tendia a acabar com as conversas.

Uma grande agitação começou para tirar Laódice do banho, secá-la, vesti-la e pôr seu véu. Fiquei para trás, torcendo para que não me pedissem para dar qualquer opinião.

Não pediram. Pairei nas margens do salão o dia todo, observando os convidados socializando livremente, Laódice bela e radiante, minha mãe e meu pai aceitando orgulhosos os parabéns. Sentia náusea só de me imaginar no centro de uma cena daquelas. A única paz que tinha sentido o dia todo fora no templo, ao amanhecer, espalhando cevada antes que o sacerdote erguesse sua faca.

Eu ainda cobiçava o segredo dos sonhos da minha mãe, embora a lembrança daquela noite distante me causasse repulsa. Era isso que eu queria; não um casamento, não um marido ou filhos. E então me ocorreu: Apolo tinha o dom da profecia; ele ainda poderia concedê-lo a seus seguidores mais devotados. Servir a Apolo era um chamado nobre. Seria uma rota conveniente para uma filha inconveniente.

Contei a Hécuba e Príamo no dia seguinte. Eles não fizeram objeção à minha escolha. A luz gloriosa e dourada do potente deus-sol fazia nossa cidade cintilar, pois a cidade de Troia era tão amada por Apolo quanto ele era por nós. Mas quando queimei incenso aos pés da estátua e cortei a garganta dos animais sacrificiais que sangraram em sua homenagem, não era por sua radiância por seus poderes de cura, nem pela música melodiosa de sua lira, que eu ansiava. Quando fiz o juramento para me tornar sua sacerdotisa, eu não temia aquele terrível privilégio divino de ver o que estava por vir. Como sacerdotisa, eu não teria filhos, nenhum bebê que seria obrigada a abandonar em uma montanha desolada, então não temia o que ele poderia me mostrar. Se eu recebesse o dom de ver o tipo de coisa que minha mãe via — talvez até mais do que ela —, então poderia não abaixar a cabeça e murmurar; minha voz seria, por fim, clara e corajosa. Se eu pudesse falar a vontade dos deuses e enxergar o próprio tecido do destino, poderia exigir atenção e respeito. Do fundo do coração, era o que eu queria. Ser algo mais que eu mesma; falar com as palavras de outra pessoa em vez das minhas.

Eu era obediente, era devotada. Sabia que Apolo me veria em seu templo todos os dias, sua criada dedicada, e confiava que seria recompensada pela minha devoção.

O dia em que aconteceu começou como qualquer outro. Eu não fazia ideia do que estava por vir. Caminhei na praia antes do amanhecer, depois fui ao templo como sempre fazia. Cantei no altar e pendurei flores no pescoço da estátua dele em seu centro, minha cabeça anuviada pelos óleos fragrantes queimando em pratos e o aroma rico do vinho que verti para ele. A paz silenciosa do interior escuro era um santuário para mim, um lugar de paz. O lugar ao qual eu pertencia mais do que qualquer outro em Troia.

Então uma luz insinuou-se através da fumaça suave, mesclando-se com ela como líquido, feixes dourados que infundiram as sombras, iluminando o ar onde tocavam. Eu não conseguia ver sua origem. Hesitei, a mão pairando sobre as pétalas que estava prestes a espalhar. E, ao olhar ao redor, senti algo se agitar: uma brisa no cômodo vazio, sussurrando na minha nuca.

A luz dourada se intensificou cada vez mais, unindo-se ao redor de um brilho ardente no centro do templo, tão forte que eu não conseguia ver mais nada. Pânico começou a se erguer em meu peito e levantei a mão para cobrir os olhos, recuando, apalpando em busca da porta que devia estar em algum lugar atrás de mim.

E então ele saiu da luz. Minhas mãos caíram, pendendo inúteis ao lado do corpo. Não havia nada exceto a presença dele — sua presença real, verdadeira — sufocante, avassaladora, atordoante em sua intensidade. Era impossível que ele estivesse mesmo ali, mas estava. Apolo, um deus olimpiano encarnado, ao mesmo tempo lindo e aterrorizante.

A luz ardente se dissipou e então havia apenas ele, parado diante de mim. O ar era tão fresco quanto uma campina no verão, tão quente quanto a luz do sol.

— Cassandra — disse ele, sua voz como o dedilhar suave de cordas melodiosas, cantarolando com poesia; nada como uma voz humana.

Eu imaginara que ele apareceria em um sonho, que me enviaria uma mensagem para interpretar, algo vago e enigmático. Nunca pensara que viria assim. Não consegui achar minha voz. Mas, claro, por que precisaria? Ele podia ver dentro da minha alma. Sabia pelo que eu ansiava; eu tinha rezado para sua estátua uma centena de vezes.

Ele se aproximou. Eu estava presa no centro do seu olhar, imobilizada enquanto ele se movia, sinuoso como uma serpente, na minha direção. Recuei, com medo de que seu toque fosse queimar minha pele, de que ele fosse transformar meus ossos em cinzas com um roçar dos dedos. Ele sorriu. E então tomou meu rosto entre as mãos e apertou seus lábios imortais contra os meus.

Um caos de imagens e um rugido de sons indistinguíveis giraram pela minha mente, rápido demais, ruidoso demais para entender. Eu não conseguia ficar em pé, só suas mãos me seguravam ali, mas então ele me soltou e eu tropecei, caindo contra a parede.

— Aí está, minha dádiva a você.

A pedra era sólida contra minhas costas; eu me apoiei nela, nauseada pelo turbilhão atordoante na minha cabeça. Rostos, distorcidos e irreconhecíveis, suplicantes e contorcidos, implorando respostas e conhecimento. Clarões radiantes tremeluzindo sobre eles: um bebê apertando os olhos sob o sol; remos cortando águas iluminadas pelo luar; chamas saltando para o céu. Sentia que meu crânio racharia, que choveria em fragmentos. Ele tinha soprado para dentro de mim um dom ao qual eu não sabia se sobreviveria. Profecia, o dom que minha mãe me alertara para nunca pedir.

E então o rosto dele estava contra o meu de novo e eu queria gritar, mas não conseguia fazer som algum. Seus dedos se moveram para soltar as fitas que seguravam meu cabelo, depois deslizaram por meus braços nus até o fecho de bronze no ombro que segurava minha túnica, a túnica sagrada das sacerdotisas virgens de Apolo. A dádiva dele não era de graça. Percebi o preço que ele queria cobrar.

Congelei, confusa e aterrorizada. Só um pensamento era coerente na minha cabeça: ao me tornar uma sacerdotisa do seu templo, eu tinha me oferecido pura e intocada. Sabia o que aconteceria se eu quebrasse o juramento de virgindade, mesmo que fosse para deitar-me com o próprio Apolo. Eu seria expulsa do templo, o único lugar na minha cidade que parecia um lar.

Freneticamente, balancei a cabeça, procurando uma saída.

— Não — disse, rouca. — Por favor, não.

As grandes sobrancelhas dele se uniram, seus olhos dourados escurecendo. Suas mãos se apertaram como pulseiras de ferro ao redor dos meus braços; seu rosto estava tão próximo do meu que podia sentir a maciez impossível da pele perfeita e a doçura do seu hálito na boca. Pensei que ele me forçaria, mas ele não me beijou.

Ouvi um silvo e senti as gotas na garganta quando ele cuspiu. Sua saliva queimava na minha boca; os rastros ardentes caíram pela minha língua, parecendo se contorcer e distorcer enquanto ele fechava meus lábios com a mão. O calor dos seus olhos fulminaram os meus, o poder inflexível de sua vontade divina.

Engoli. Era como metal derretido. E então ele sumiu, tão depressa quanto aparecera.

Caí ao chão, as pernas inúteis como as algas marinhas que eu vira ondulando na água espumante enquanto caminhara na praia naquela manhã, uma vida antes. Sabia que ele tinha mesmo partido; o ar parecia vazio ao meu redor. Não sabia por que ele tinha me deixado ilesa.

Foi só quando as outras sacerdotisas vieram que percebi. Eu contei a verdade, e, quando não acreditaram em mim, contei-lhes tudo que podia ver, as visões chegando em enxurrada. Suas vidas, esperanças e destinos se abriram todos para mim, e apertei seus braços, suas túnicas iguais às minhas, e contei tudo a elas em meu frenesi.

Apolo me abençoara com seu dom; a verdade do mundo pertencia a mim. Mas as outras garotas, que o amavam tão ardentemente quanto eu, não aceitaram as palavras que eu dizia. Seus olhos deslizaram para longe de mim, encontraram os olhares duvidosos umas das outras; elas balançaram a cabeça quase imperceptivelmente, e quando vi o que ele tinha feito, eu uivei e uivei e rasguei minha própria pele, até que outras vieram e mãos mais fortes me contiveram, me carregaram para o meu quarto e trancaram a porta enquanto eu gritava.

Eu tinha o dom da profecia, soprado para minha boca pelo próprio Apolo, mas jamais acreditariam em outra palavra que eu dissesse.

5

Clitemnestra

Meu adeus a Esparta ficou gravado na memória; uma imagem queimava contra a escuridão quando eu fechava os olhos. Eu a evoquei vez após a vez nas primeiras noites em Micenas, conjurando os detalhes que nem percebera que tinha notado no momento: o cheiro forte de sal no ar e os guinchos das gaivotas no céu; o jeito como o sol batia na superfície da água, criando arco-íris nos borrifos; os nós dos dedos de Menelau, brancos enquanto agarravam o braço de Helena, como se ela pudesse cair e ser levada pela maré se ele não a segurasse firme.

Minha chegada a Micenas, em contraste, foi um borrão tumultuoso de visões e sons e confusão. Eu me lembrava dos enormes blocos de pedra usados para construir um muro imponente ao redor do palácio, tão vastos que não poderiam ter sido movidos por homens mortais. Ciclopes o tinham construído, garantiu-me Agamêmnon: aquela raça brutal e meio selvagem de gigantes de um olho só para quem erguer uma pedra gigantesca não era um esforço maior do que carregar um saco de cevada. Ele reluzia de orgulho, apertando minha mão com força. Por baixo do exterior severo, eu podia ver seu júbilo. Achei que era por mim; sua alegria em exibir seu reino recém-conquistado à noiva recém-conquistada.

Em Esparta, tínhamos vivido no vale com montanhas erguendo-se de três lados, como guardiões amistosos nos olhando de cima. Aqui, o palácio era construído no terreno mais elevado, assomando sobre as colinas vizinhas, e parecia que o mundo todo jazia a nossos pés.

Passando pelos muros de pedra grossos, entramos através de um portão monumental no palácio em si.

Não me entusiasmei com as colunas pintadas em tons fortes, as cores vívidas dos afrescos e o brilho de adornos de ouro e marfim incrustados de joias onde quer que olhasse. Não podia me deleitar com o sol quente que entrava pelo poço de luz no teto acima, iluminando o grande *megaron*, o salão do trono do qual Agamêmnon governaria. Naqueles primeiros dias, eu sentia pouco além de náusea enquanto ansiava pela simplicidade familiar de Esparta.

Quando ainda vivia em casa, só uma garota rindo com minha irmã, eu tinha desdenhado da maldição da Casa de Atreu. Agora, afastada de minhas raízes, não pude controlar o pensamento que se remoía no fundo da minha mente, como a agitação de folhas secas sendo carregadas pela primeira brisa fresca do outono. Amaldiçoado ou não, aquele era um palácio onde um pai tinha assassinado um filho, onde irmãos sacaram espadas uns contra os outros, onde Agamêmnon tinha passado sua adaga pelo pescoço do tio e deixado o sangue verter pelos fragmentos de azulejos do chão de mosaico. Eu sabia que escravos tinham lavado o piso, mas, olhando com cuidado, era possível ver onde a mancha se espalhara. Agora que eu sabia onde ela estava, não conseguia impedir meus olhos de serem atraídos para lá, não conseguia me impedir de imaginar Agamêmnon no auge de sua fúria vingadora. Não conseguia conciliar aquela imagem com o homem com quem dividia minha cama.

Eu sentia quase como se tivesse dois maridos, um dos quais nunca visto. Tinha percebido seu nervosismo quando estava em nosso grande salão em Esparta. Eu não o deixaria ver que era eu que me sentia tímida e sobrecarregada pela mudança na minha situação. Lembrei-me de como Helena se comportava, calma e imperiosa, com um brilho travesso nos olhos, e como os homens mais fortes eram como líquido diante dela. Eu podia não ter o sangue dourado de Zeus nas veias, mas havia aprendido com minha irmã e assumi sua altivez como uma capa, puxando-a ao meu redor todos os dias. Tentei deixar minha voz modulada e sábia como a dela, fingir que eu conhecia os segredos do mundo e que nada podia me perturbar. Eu queria que Agamêmnon me achasse um desafio e um mistério, não uma criança choramingando com saudades de casa. Fingi para mim mesma que eu era Helena até parecer natural para mim, até que o controle que fingia ter fosse meu de fato.

E descobri, para minha surpresa, que eu não era tão insignificante quanto me imaginava. A atitude dos escravos era reverencial, respeitosa, como eu teria esperado, embora eles fossem menos tímidos que os de Esparta. Aqui, eu sentia seus olhos sobre mim, e me surpreendia com seus olhares diretos e muitas vezes amistosos. Fiquei ainda mais chocada quando a escrava que fechava um colar de joias cintilantes no meu pescoço parou por um momento e sussurrou um "obrigada" tão baixo que eu mal escutei.

— Pelo quê? — perguntei, virando a cabeça para vê-la melhor.

Ela abaixou os olhos. Não era jovem e seu rosto tinha rugas pesadas após uma vida de escravidão.

— Sabemos que a senhora salvou o menino Egisto — murmurou ela. — Ficamos felizes pela misericórdia que Agamêmnon mostrou a ele. Sabemos que foi por causa da senhora.

— Como vocês sabem disso?

Ela me olhou diretamente. Sua palma estava quente e seca contra meu pescoço.

— Ele disse que foi em seu nome que poupou a criança. Disse isso quando… quando matou Tiestes.

Eu queria saber mais, mas parecia indecoroso pedir por detalhes.

— Você gostava do garoto? — perguntei em vez disso.

Ela assentiu.

— Todos gostávamos — disse ela.

Sentí as palavras não ditas arderem entre nós. Perguntei-me o que ela pensava de Agamêmnon; como os habitantes do palácio tinham se sentido ao ver seu antigo mestre assassinado, e se celebravam ou lamentavam o retorno do seu rei de direito. Alguém ali se lembraria de uma época mais antiga, antes do usurpador Tiestes? Haveria escravos idosos que silenciosamente comemoraram quando Agamêmnon e Menelau foram poupados e fugiram na infância? Senti-me zonza tentando juntar as peças na minha cabeça. Eram coisas demais para pensar. Mas o que eu sabia com certeza era que meu conselho para Agamêmnon tinha sido correto.

Deliciei-me ao contar a ele o mais rápido que pude como sua decisão de deixar Egisto viver tinha sido certa, mas fiquei surpresa ao ver suas sobrancelhas se franzirem.

— Por que eu ficaria contente com o falatório de escravos? — resmungou.

Senti-me insegura, confusa com sua reação.

— Você ganhou a lealdade deles com sua generosidade… — comecei, mas ele me cortou.

— De que me importa a lealdade deles? Eu tenho o trono. A opinião de escravos não interessa.

Eram as primeiras palavras conflitantes que trocávamos desde o nosso casamento, e de repente me vi perdida.

— Foi a coisa sábia a fazer — eu disse, com cuidado. — Ninguém duvida do seu poder, mas quando os fortes demonstram gentileza, as pessoas expressam sua admiração e…

Ele dispensou minhas palavras com um aceno imperioso.

— Se eu tivesse matado o garoto, eles nem ousariam abrir a boca.

Fiquei tão horrorizada que tive vontade de só me virar e ir embora, mas a curiosidade me deteve.

— É isso que preferiria? — perguntei.

Ele refletiu, taciturno, por um instante. Temi o que poderia dizer em seguida. Mas em um momento as nuvens de tempestade em seu rosto se abriram e ele me olhou de novo como o homem com quem eu tinha me casado.

— Não importa o que qualquer um pense — disse ele. — Está feito.

Aceitei o que ele disse como verdade, mas tive motivo para me lembrar dessa primeira troca de farpas mais tarde.

Antes que eu vivesse um ano em Micenas, nossa primeira filha nasceu. Senti alívio quando soube que estava grávida; o bebê extinguiria os últimos resquícios de minha insegurança ali, pois eu seria mãe do herdeiro de Micenas. Também fui tomada de gratidão poderosa ao pensar que teria sangue do meu sangue ali comigo. Sem minha irmã ao meu lado, me sentira sozinha, à deriva, mas com meu bebê nos braços, eu teria um lugar no mundo de novo.

Ela nasceu enquanto a aurora nascia pela cidade, como se a própria Eós proclamasse a existência de minha filha ao mundo. Pensei que um bebê novo seria uma coisinha frágil e quebrável, mas seu corpo sólido e macio parecia mais uma âncora, como se fosse ela a me manter segura no mundo em vez do contrário.

Agamêmnon cedeu-me o direito de nomeá-la e eu soube de imediato.

— *Nascida para a força* — disse a ele, naquelas preciosas primeiras horas da vida dela. — É isso que significa.

Ele ficou satisfeito, pensando que eu queria dizer que ela era uma criança saudável, rosada e cheia de vitalidade desde o início. Mas era na força que eu tirava dela em que eu pensava quando lhe dei o nome.

Ele parecia orgulhoso e benevolente.

— Qual é o nome?

Inspirei fundo, dolorida e exausta, mas inundada de um contentamento tão comum e mágico ao mesmo tempo, e falei seu nome em voz alta pela primeira vez:

— *Ifigênia.*

No começo, Agamêmnon foi um governante generoso e feliz para Micenas, grato por estar realizando sua ambição de longa data de unir todos os gregos. No entanto, aos poucos começou a ficar taciturno e eu o via inquieto de tempos em tempos. Seu comentário imperioso de que os escravos podiam pensar o que quisessem tinha sido pura bravata. Ele não conseguia evitar e deixava escapar suas preocupações de que talvez não tivesse esmagado toda a lealdade remanescente a Tiestes no seu reino. Mais além, os gregos estavam espalhados por suas ilhas, cada um com seu próprio rei e suas próprias leis. Agamêmnon se preocupava que, mesmo com a força unida de Esparta e Micenas, os reis menores da Grécia nem sempre reconheciam sua superioridade.

— Será que pensam que Odisseu é o mais astuto? — dizia ele. — Ou Ájax, o mais forte? Quem vão seguir, se tiverem que escolher?

Eu me perguntei o que seria suficiente para ele, o que aliviaria o garoto quebrado dentro dele que fora expulso de casa enquanto o sangue do pai se espalhava pelo piso de mármore do próprio palácio.

Eu tinha minhas próprias preocupações. Desde o momento em que minha filhinha nasceu, o mundo parecia um lugar muito mais alarmante, cheio de perigos que eu não notara antes. Isso era o amor, percebi, olhando para o rostinho dela, e com o sentimento veio um enxame de novos temores. Uma tigela de água escaldante virada, uma cobra assustada erguendo-se da grama, o estertor da doença — parecia haver, a qualquer momento, uma miríade de ameaças ao seu corpinho robusto e perfeito. E de repente me pareceu descuidado, até arrogante, trazer uma criança indefesa para um lugar tão assombrado por dor, violência e a condenação dos deuses. Eu não podia mais ignorar os fragmentos da história que conhecia.

Procurei aquela escrava de novo. Ela conhecera Tiestes — o que mais poderia me contar sobre a família à qual eu trouxera minha filha?

— A senhora quer saber sobre Atreu? — Ela soava cética.

Eu me perguntei o que ela pensava de mim. Por que eu não tinha procurado saber mais antes de me casar?

— Ouvi algumas histórias — comecei, com cautela. — Mas... sei que há outras também. Mais antigas.

A escrava inspirou profundamente.

— Ninguém em Micenas contaria essas histórias — disse ela. — Ninguém que valorizasse a própria pele.

Hesitei. O fogo queimando na lareira era a única fonte de luz. Através da janela, um retângulo de céu sem estrelas estava visível — plano, escuro e vazio.

— Só a rainha de Micenas escuta você aqui — eu disse. — Não há perigo em nenhuma história que contar.

Os olhos dela se abaixaram para Ifigênia, adormecida em meus braços.

— O rei de Micenas poderia discordar.

— Ele não precisa saber.

Ela sorriu sem humor.

— Por favor, confie em mim — eu disse. — Quero saber de qualquer coisa que possa ameaçar minha filha. Qualquer modo de mantê-la a salvo.

Falar em voz alta fez eu me sentir tola. Em Esparta, eu podia rir daquilo — mas aqui parecia diferente.

Ela me lançou um olhar demorado e avaliador. Eu me perguntei o que pedia dela, se contar os segredos de Micenas poderia realmente colocá-la em perigo. Pensei que não responderia, mas ela olhou para a porta fechada e, satisfeita de que estávamos sozinhas, falou:

— Começou com Tântalo. Ele foi o primeiro. A senhora sabe o que ele fez?

— Ofendeu os deuses. — Estremeci ao pensar nisso. — Ele tentou enganá-los, convidou-os para um banquete e...

Engoli em seco. A maternidade ainda era nova e delicada para mim. Eu não podia tratar o assunto como antes, apenas uma história fantasiosa que pertencia a um passado mais sombrio e selvagem. Eu estava ali, no palácio onde tinha acontecido, onde parecia que os espectros apavorantes podiam estender as mãos através dos anos, como se pudessem abrir caminho através da terra para me agarrar. Agarrar a minha filha.

A escrava assentiu.

— Ele era um homem rico e poderoso, e os deuses o tinham favorecido com sua amizade. — As palavras dela começaram a ganhar ritmo; embora tivesse me dito que ninguém podia falar disso em Micenas, agora que tinha permissão, a história fluía como se tivesse prática em contá-la. Eu me perguntei quantas vezes essas lendas tinham sido transmitidas. — Apesar da nobreza do seu sangue, ele foi traído por sua natureza miserável. Sua crueldade e ambição o atormentavam, zumbindo em seu cérebro como um mosquito, sem nunca lhe dar trégua. Ele ansiava por uma glória além do alcance de qualquer mortal. Ansiava por ver os deuses humilhados, por ser o homem que os humilharia. Imaginar a vergonha ardente deles o aquecia melhor do que o fogo ardendo em sua casa. Ele podia sentir o gosto doce disso como ambrosia enchendo sua boca.

Eu não conseguia afastar os olhos dela.

— A vileza da trama só a tornou mais deliciosa para ele. Quanto mais depravadas eram suas ideias, mais encantadoras se tornavam, até que nenhum resquício de consciência ou compaixão podia restringi-lo. Fascinado com a pior de suas fantasias horrendas, ele pegou o próprio filho bebê, cortou sua garganta, fatiou sua pele e o ferveu para servir como carne e testar a onisciência dos deuses quando visitassem sua mesa.

Instintivamente apertei minha filha, tentando afastar a imagem da mente.

— Certamente eles descobriram. — Os deuses não podiam ser enganados.

— Em um instante! Todos exceto Deméter. Ela estava tão distraída com o luto pela filha, Perséfone, que deu uma mordida. Mas os outros deuses viram de imediato o que Tântalo fizera e ficaram horrorizados. Eles restauraram o garoto à vida, o próprio Hefesto entalhando um ombro de marfim para substituir o que Deméter tinha comido. Em punição, lançaram Tântalo para a caverna mais funda do Tártaro, onde ele está até hoje, sofrendo uma eternidade de sede em um lago do qual nunca pode beber, uma sede que nunca vai ser saciada por um momento sequer.

Eu tinha ouvido sobre o destino de Tântalo, mas me parecera fantástico e distante. Agora, as histórias que ela contava pareciam uma rede que tecia ao meu redor, como se ela fosse uma aranha, encurvada e malévola, urdindo as palavras que me segurariam no lugar. Na escuridão abafada do quarto, a história antiga parecia tão próxima que eu quase podia ouvir os uivos de agonia de Tântalo ecoando do abismo.

— E o garoto? — sussurrei.

— Ele cresceu — disse ela. — Mas estava maculado pelo sangue do pai.

— Pélops — eu disse, lembrando. Perguntei-me por que não tinha prestado mais atenção nisso em Esparta. — Era esse o nome dele. Sei que ele matou um criado em uma briga.

Ela balançou a cabeça.

— Pior que uma briga. Pélops queria uma noiva, e planejou sabotagem e assassinato para roubá-la de um pretendente rival. Ele subornou o criado do outro homem, um sujeito chamado Mirtilo, para ser seu cúmplice e trocar uma peça na quadriga do futuro marido por cera. A quadriga bateu e o pretendente morreu, mas o coração de Pélops nutria mais uma traição. Em vez de recompensar o criado, como jurara fazer, ele empurrou Mirtilo de um penhasco até as rochas afiadas abaixo. Enquanto caía, o criado traído gritou uma maldição de vingança, implorando aos deuses que punissem Pélops e toda a linhagem dele.

— Mas *os dois* eram assassinos! — Não consegui me conter, minha voz mais alta do que pretendia. Ifigênia se remexeu com um gemido, e me ergui com um pulo, acariciando-a e balançando-a, apaziguando-me tanto quanto ela. Com a voz mais suave, continuei: — Por que os deuses puniriam os filhos inocentes de Pélops?

A mulher ergueu uma sobrancelha para mim.

— Os filhos de Pélops estavam longe de ser inocentes.

Sentei-me de novo, a bebê nos braços e uma sensação de derrota me dominando.

— Sem remorso, Pélops casou-se com a garota e ela lhe deu três filhos: Crisipo, Atreu e Tiestes. Mas os irmãos mais jovens eram tão brutais e desleais quanto o pai e o avô. Eles nutriram um ressentimento contra Crisipo e conspiraram para matá-lo e tomar o trono. Porém, não se satisfizeram com isso, e em pouco tempo se voltaram um contra o outro. Tiestes seduziu a esposa de Atreu e tentou tomar Micenas.

Atreu era o pai de Agamêmnon. O avô da minha filha. Eu queria pará-la, não queria ouvir mais, mas estava embalada pelo ritmo incessante da história e precisava saber.

— Qual foi a vingança de Atreu?

O fogo tremeluziu, as sombras pulando pelo quarto e lançando o rosto dela na escuridão.

— Ele os expulsou de Micenas, mas não foi suficiente. Por anos, Atreu remoeu a punição que devia ao irmão. Ele o convidou de volta e fingiu dar um banquete de reconciliação. E Tiestes foi tolo de esquecer o banquete que o avô dera no passado e não percebeu o que havia no coração de Atreu.

Um ciclo monstruoso; uma repetição horrenda.

— Atreu massacrou os filhos do irmão pessoalmente e assou os corpos tenros. Tiestes não suspeitou de nada até o momento terrível em que engoliu a última mordida, quando Atreu tirou a cobertura da última travessa para revelar a cabeça das crianças, encarando-o sem vida da mesa.

Eu tinha casado com o filho desse homem. O horror me deixou atordoada.

— Assombrado de luto e devastação, Tiestes fugiu da cidade. Mas em seu exílio planejou sua vingança. Ele voltou e assassinou o irmão, mas alguma compaixão se agitou em seu peito e poupou os jovens Agamêmnon e Menelau. Por um tempo, houve paz. Atreu estava morto e Tiestes governava. Ele teve outro filho, um menino que chamou Egisto, um conforto ao pai que ainda chorava pelos filhos que tinha perdido.

Mas longe dali, pensei, os filhos banidos de Atreu tinham se tornado homens, sonhando com a vingança que um dia retornariam para realizar contra o tio. Os Atridas, que voltaram com um exército espartano marchando atrás de si. Eu estava tão confiante de que Agamêmnon tinha fechado aquele ciclo terrível, de que sua vitória significaria o fim do derramamento de sangue.

Não conseguia derrotar o pensamento insidioso se agitando em minha mente. E se ele simplesmente tivesse girado a roda outra vez? Será que, em algum lugar, Egisto estava crescendo, nutrindo uma visão de sua própria vingança? Uma luta por poder era uma coisa — bastante comum, talvez —, mas a história da família à qual me juntara era um emaranhado distorcido, como as raízes retorcidas de uma árvore muito antiga. Será que eu podia acreditar que Agamêmnon tinha cortado o nó? Que a morte de Tiestes finalmente saciaria a bocarra voraz da Casa de Atreu?

Observei minha filha dormindo, irrepreensível e inocente, nos meus braços. Pensei nos bebês nascidos em Micenas, em seus rostos enrugados e sua pele macia.

— Essas histórias estão no passado — sussurrei. Olhei para a escrava nos olhos. — Obrigada por me contar. Não direi uma palavra sobre isso, a ninguém. — Eu sentia os olhos dela ainda firmes sobre mim quando me ergui com cuidado para não perturbar Ifigênia. — Não fale disso de novo — ordenei, abrindo a porta. Estava grata por respirar o ar fresco do corredor, sair daquele quarto, afastar-me da escuridão claustrofóbica e das lendas medonhas.

Eu era a rainha de Micenas agora. Meu sangue espartano fluía nas veias da minha filha tanto quanto o sangue amaldiçoado de Atreu. Nossas fortificações eram robustas e nosso exército era poderoso. Ela estaria protegida de qualquer ameaça externa.

Mas seu pai, meu marido, era o filho de Atreu — descendente de assassinos mais perversos do que eu poderia ter imaginado. Não havia crime mais terrível do que matar sua família; nenhum mal pior imaginável.

E por mais que nossas defesas se sustentassem contra o mundo além do nosso reino, eu não sabia como poderia mantê-la a salvo se o inimigo já estava dentro de nossos muros.

6

Electra

Minha primeira lembrança é uma doença. Uma febre que arrasou meu corpo, banhando-me em suor enquanto eu tremia da cabeça aos pés. Meus olhos ardendo no quarto escuro. Formas estranhas retorcendo-se e desabrochando à minha frente, e explosões de cor lívida. Uma paisagem de pesadelos que inchava e murchava repetidamente, deixando-me ofegante e aturdida. Criaturas monstruosas subindo do chão, das quais eu me encolhia aos gritos. Espirais serpenteantes movendo-se ao meu redor, roçando em meu rosto. Eu as arranhava, tentando afastá-las, e ouvia a voz da minha mãe dizendo-me para ficar parada, quieta, me acalmar e tudo cessaria.

Quando a febre diminuiu, tinha consumido toda minha energia e eu fiquei na cama, fraca demais para me mover. Alimentos me enjoavam e mesmo o esforço de erguer a cabeça para beber parecia grande demais. Eu dormia em períodos longos e pesados de inconsciência, sem saber se era dia ou noite quando acordava. Uma curandeira foi chamada. Lembro-me dela em vislumbres: uma silhueta escura na penumbra, seus encantamentos murmurados, o fedor agudo de ervas, um líquido amargo girando numa caneca. Uma vez, acordei e ouvi meus pais conversando em voz baixa no corredor.

— Mas ela poderia morrer? — ouvi minha mãe perguntar. Senti meu corpo enrijecer, a respiração parando no peito enquanto meus olhos se arregalavam e eu me esforçava para ouvir a resposta.

— Fizemos oferendas aos deuses. — Encolhi-me com a voz da curandeira. — Só podemos esperar.

A voz do meu pai soou clara, sem murmúrios ou suavidade.

— Eles a pouparão. Não há motivo para se preocupar.

Soltei o ar, aliviada pela sua confiança, sua autoridade. Minha mãe continuou falando, rápido e estridente, piorando minha dor de cabeça. Eu me remexi nos cobertores, a garganta tão seca que achei que as gengivas fossem se grudar.

Alertada pelo som do meu movimento débil, ela apareceu ao meu lado em um segundo. Sua mão ergueu minha cabeça por trás, a outra levou uma caneca aos meus lábios. Água, só água dessa vez, transparente e doce e pura. Bebi com gratidão. Meu pai já tinha ido embora. Eu já queria voltar a dormir, mas o que ela tinha dito me assustara. E se eu morresse no sono?

As mãos dela estavam no meu rosto, alisando meu cabelo, seu toque suave e gentil enquanto me acomodava nas almofadas macias. Eu me agarrei às palavras do meu pai enquanto o sono me arrastava.

E então uma manhã bonita, a superfície da longa mesa de carvalho brilhando sob o sol que entrava pela janela. Minha mãe tentando me persuadir a comer. Fechei a boca e balancei a cabeça, empurrando a tigela e jogando-a para fora da mesa. Lembro-me do barulho que fez quando caiu no chão, como ela encarou os cacos no piso de azulejos. Por um momento, pareceu que ela ia ficar brava, mas então ela riu e me beijou na testa.

— Você deve ter recuperado sua força, para mandar a tigela tão longe — foi tudo que disse antes de chamar uma escrava para limpar a bagunça.

A lembrança mais feliz: lá fora, em um pátio, meu pai me erguendo em seus braços. Eu estava fascinada pelo fecho dourado no seu ombro que segurava as pontas da bela capa de lã púrpura; o jeito como ele brilhava no sol. Havia uma pequena joia no centro, com duas pequenas figuras gravadas na superfície: guerreiros em combate.

Ele tinha um par de adagas de bronze que eu amava olhar. As lâminas eram incrustadas com ouro e prata. Uma decorada com criaturas marítimas, tentáculos brilhantes se curvando na superfície. A outra, minha favorita, era uma cena de homens caçando leões. Eu amava traçar as pequenas lanças douradas, os escudos de prata, o rosto do leão que rosnava. Ele ria, feliz com o meu interesse.

Uma noite em que não conseguia dormir. O som distante dos meus pais discutindo em algum lugar do palácio, minha mãe saindo de um quarto pisando forte. A única palavra que ouvi distintamente foi o nome de Helena.

7

Cassandra

Em Troia, eu me acostumara a andar fora de sintonia com todos, mas nunca soubera o que era ser evitada. As outras sacerdotisas se compadeceram da minha loucura, mas logo ficaram impacientes com minhas declarações absurdas de ter sido visitada pelo próprio deus. Eu via como seus rostos se retorciam quando olhavam para mim, a simpatia drenando dos olhos. Era substituída por suspeita, exasperação e, por fim, um desinteresse frio. Deviam achar que eu mentia por atenção e logo se cansaram de me escutar.

Fui levada ao palácio depois que aconteceu, meu cabelo desgrenhado ao redor do rosto.

— Quem fez isso? — ouvi Príamo perguntar. — O que aconteceu com ela?

Ele estava rígido, alerta, pronto para dar ordens a seus guardas e caçar o culpado. A ideia era ridícula; imaginei os homens dele armados marchando pela encosta do monte Olimpo e uma risada explodiu de mim.

— Ela está histérica — disse Hécuba, retorcendo as mãos. — Levem-na para descansar, chamem um curandeiro.

Afastei as mulheres ao meu redor, empurrando suas mãos solícitas antes que tivessem a chance de me levar.

— Foi Apolo. — Fiquei tão ereta quanto pude, tentando impedir minhas pernas de vacilarem. Um murmúrio de inquietação ondulou pelas mulheres, uma nota de irritação por eu ainda me agarrar a essa história ridícula. — Foi ele. Ele veio a mim, no templo. Esteve lá. — Eu sabia que parecia uma louca, mas não conseguia obrigar minha língua a formar as palavras que os fariam acreditar em mim. Tudo soava absurdo e impossível; eu mesma conseguia ouvir e, quanto mais tentava tornar a verdade crível, mais inacreditável ela parecia. — Ele me beijou. E então...

Minha mãe inspirou rispidamente, o rosto congelado enquanto me encarava.

— Ele me deu o seu poder — continuei. — Eu vi tantas coisas, tudo de uma vez.

— Que coisas? — perguntou Príamo.

— Eu... eu não sei, exatamente. Foi um borrão; não pude ver claramente.

Os olhos dele já estavam se afastando.

— Talvez o vidente possa interpretar? — perguntou ele para minha mãe, em dúvida, mas ela balançou a cabeça.

— O deus não nos visita — disse ela. — Suas mensagens não vêm assim. O que há para um vidente interpretar no que ela está dizendo? Se foi um sonho, talvez... mas isso, isso é uma fantasia. É um insulto a Apolo dizer isso. Arriscamos sua fúria só de ouvir tais palavras.

O pânico desabrochou no meu peito.

— Sei que ele vem até você em sonhos, mas não significa que não veio a mim de outra forma! — gritei.

— Não! — Ela se levantou, um movimento rápido e convulsivo. — Não fale assim, não repita isso! — Ela alisou o vestido, respirou fundo e fechou os olhos por um momento, acalmando-se. — Eu lhe disse uma vez, Cassandra, isso não é um dom. Eu sirvo ao deus. Talvez ele tenha me escolhido às vezes para ser o receptáculo de suas mensagens, para um vidente interpretar e entender o que ele deseja que saibamos, mas eu nunca ousaria dizer que ele vem até mim, que apareceria para mim.

A resposta formou um nó em minha garganta. Como eu podia falar a eles por que ele tinha se mostrado para mim e não para ela? Olhei ao redor do salão, de um rosto cético a outro, e então de volta aos meus pais. Doía ver a mistura de amor e frustração em seus olhos. O desejo potente que eles sentiam de que eu fosse embora e guardasse minhas histórias absurdas para mim mesma. Eu deixei que cuidassem de mim, que trouxessem os curandeiros para tentar me acalmar e curar a loucura que eles estavam certos de que devia ter me dominado. Deitada no conforto escuro do quarto, perguntei-me se a lembrança iria desvanecer, se ficaria turva, se as ervas que eles trituraram e me fizeram beber embotariam o caos das visões em meu cérebro.

Não foi o que aconteceu. Eu sabia, mais do que já soubera qualquer coisa, que Apolo estivera lá naquele dia. Sentira suas mãos imortais sobre mim. Sentira seu veneno queimar na minha boca. A lembrança fluía em minha corrente sanguínea; o eco do toque dele estava gravado em minha pele; as visões que ele me dera tremeluziam e se retorciam na minha cabeça, todas lutando por supremacia sem nunca se assentar em uma imagem nítida. Porém, pelo bem dos meus pais ansiosos, tentei abafar as lembranças e controlar minhas palavras, reprimir a maré de profecia indesejada que eu sabia que ninguém queria ouvir, que só seria encarada como evidência de, no melhor dos casos, minha loucura e, no pior, minha profanação.

Mas quando uma visão poderosa vinha, rachava minha cabeça em um abismo estrondoso de luz e não havia como me manter inteira. Quando o dom de Apolo incendiava meus sentidos e ofuscava tudo exceto as revelações que ele me mostrava, eu rolava no chão e gritava de agonia. Era melhor ficar sozinha o máximo possível.

Mesmo em meu próprio quarto, não havia paz ou segurança. Não havia como fugir das invasões de Apolo em minha cabeça. Eu não tinha refúgio na cidade; nem minha mente parecia pertencer a mim. Mesmo nas tréguas entre os ataques dele, eu sentia medo, nunca sabendo quando as visões me tomariam de novo.

Em uma hora de calma, eu estava deitada sob o luar suave e prateado, acordada. Meus olhos doíam e meu corpo estava exausto, mas tudo estava quieto. Uma bandeja de comida estava intocada na mesa, onde uma jovem escrava a tinha deixado mais cedo, os olhos abaixados enquanto recuava, desesperada para se afastar de mim. Azeitonas brilhavam em salmoura, o cheiro forte misturando-se com o aroma salgado dos pedaços de queijo, e me fez pensar no emaranhado escuro de algas marinhas na praia onde eu costumava caminhar. A doçura subindo da jarra de vinho trazia a lembrança do templo, as horas silenciosas que eu passara lá em devoção. O único lugar na cidade que eu já sentira que era meu.

Eu ainda era a sacerdotisa dele. Tinha feito um juramento. Seria obrigada a servi-lo pelo resto da vida. Pensar em voltar lá fazia meu coração disparar de medo, mas eu não podia banir a ideia de que talvez fosse a única esperança que eu tinha de acabar meu sofrimento. Na paz daquela noite, raciocinei comigo mesma. Se retornasse, se lhe demonstrasse minha lealdade e obediência, talvez ele me concedesse misericórdia. Talvez deixasse de me punir por meu desafio e contivesse as visões. A ideia de pisar naquelas pedras de novo e ajoelhar-me diante da estátua me fazia estremecer. Mas ele infligira aquela maldição sobre mim, e só ele podia removê-la.

Nenhuma agonia profética rachou minha cabeça naquela noite, e, de manhã, eu não via escolha exceto voltar ao templo. Meus pais ficaram aliviados ao me ver usando a túnica sagrada de novo, retomando a aparência da garota que eu fora antes. Se as outras não me queriam lá, não ousaram falar isso à filha do rei. Reassumi meus deveres. Colocava oferendas ao pé da estátua de Apolo, como sempre. Ele permaneceu impassível: pedra silenciosa e imóvel.

Quando não estava no templo, eu fugia para a praia, deixando a cidade murada atrás de mim. Era melhor não ter nada exceto as ondas como companhia, murmurar minhas verdades ao vento vazio e à água, onde os emaranhados de alga marinha ondulavam na espuma como se concordassem comigo.

Eu estava acostumada a não ser ouvida nem compreendida. Tinha sido uma criança tímida e uma moça desajeitada, sempre me esforçando para deixar a voz nítida e corajosa. Não me era estranho ter que lutar pelas palavras, sentindo-as morrer na garganta quando as pessoas olhavam para mim. E podia ver, com uma certeza amarga, que todos achavam que essa nova manifestação de loucura que me acometera era só outra parte da minha estranheza, que eu sempre vivera em um mundo de sonhos e só tinha piorado. Enquanto o mundo via meu encontro com Apolo como mais uma prova da minha mente esquisita, eu via o dia em que ele viera até mim no templo como um raio partindo o centro da minha vida, as rachaduras na terra espiralando em todas as direções. Sabia que a loucura dentro de mim não vinha crescendo até esse momento, mas sim que os ecos da devastação dele tinham retornado através dos anos assim como se estendiam no futuro. Tal era o poder de Apolo: ele era capaz de estilhaçar minha existência do começo ao fim.

Na noite anterior ao retorno de Páris a Troia, meu sono foi ainda mais agitado do que de costume. Na manhã seguinte, sentia a pele ao redor dos olhos sensível, a dor áspera que revelava as horas que eu passara acordada na calada da noite. Tudo naquele dia parecia uma ilusão, como se a própria cidade fosse feita de um tecido ondulante; como se as fundações antigas dos muros imponentes pudessem afundar a qualquer momento em areia movediça e desaparecer. Eu ansiava pelo sal fresco no ar fora dos muros, pelos murmúrios baixos da brisa e pela maré suave da água do mar manchando a areia escura. Mas meus deveres no templo demoraram muito mais que o normal, meus dedos atrapalhando-se enquanto eu tentava acender o incenso e derreter a cera perfumada, triturar as flores e criar fragrâncias doces para agradar o deus que me atormentava. Se eu pudesse apaziguá-lo, talvez ele me deixasse usar a dádiva que me dera para ajudar meus concidadãos troianos, já que nos amava tanto. Eu sentia a escuridão abafada do templo se fechar ao meu redor no altar de Apolo; os olhos da estátua se estreitaram em desdém silencioso e soltei as flores no piso de pedra.

Pelo brilho nas pedras do chão, via que o sol estava em seu zênite, e sabia que eu era esperada no palácio, mas não conseguia virar os pés naquela direção. Senti aquela atração, mais forte do que nunca, afogando meu senso de dever, afastando-me da cidade na direção da costa.

Eu queria a solidão e a paz daquela expansão silenciosa de areia, o brilho da água à distância enquanto a cidade fervilhava atrás de mim, cheia de conversas e movimento e barulho. Mas, quando espiei dos muros altos da cidade, pude ver movimento. Uma figura — um homem — caminhava na direção dos portões de Troia.

Senti meu estômago despencar, a náusea familiar da revelação. Queria que aquele homem se virasse, que se afastasse, mas ele seguia com passos confiantes. Minha garganta ardeu com o antegosto azedo de vômito, e fechei os olhos, mas ainda o via andando na direção de Troia, levando desastre em seu encalço.

Ouvi os portões abrirem-se para ele, mesmo enquanto eu gemia para que parassem. Não havia ninguém lá para me ouvir; e ninguém teria ouvido ou se importado, se houvesse. O muro de pedra áspero arranhou meu rosto quando escorreguei ali, puxando os cabelos, desesperada para que aquilo acabasse. Eu ainda não podia ver a forma do futuro, mas sabia que aquele homem trazia o colapso do mundo.

Eu poderia fugir? Diante de Troia não havia nada: só as longas planícies dando lugar à praia e aos vastos mares além. Atrás de nós se erguiam as montanhas, com vegetação esparsa e rasteira. Eu me vi atacada por feras selvagens, meus ossos despedaçados por abutres ou sufocados pela água pesada, minha carcaça consumida por peixes.

E se eu fugisse, quem iria avisar meus pais sobre o que estava vindo até eles, até todos nós? Decerto era por isso que Apolo me dera seu dom. Uma chance de salvar minha cidade. Uma chance de conquistar a gratidão do meu povo e um lugar entre eles por fim.

Nada queimava ao meu redor, mas eu sentia o cheiro de cinzas no ar. Coloquei um pé na frente do outro e me arrastei para o palácio. Eu estava atrasada. Minha bochecha sangrava onde as pedras tinham arranhado meu rosto; meu vestido branco estava sujo de poeira. Não à toa as pessoas desviavam os olhos de mim: a princesa de Troia, chegando a um banquete desgrenhada, assombrada e esquisita. Mas eu podia sentir o poder vibrando em meu corpo, enfim em alinhamento com meu cérebro. A profecia, como eu sempre a imaginara: um poder e um privilégio.

Páris, meu irmão, sentava-se entre minha mãe e meu pai, devolvido ao seio da família. Seus olhos escuros cintilavam, sua pele castanha reluzindo com saúde e vitalidade, seu cabelo era um aglomerado de cachos lustrosos ao redor da cabeça. A mão de Hécuba cobria a dele na mesa, seu cálice de vinho afastado enquanto ela embebia a presença dele. Príamo, risonho e despreocupado enquanto abraçava o filho. Minha extensa família enchia o salão, os filhos e as filhas de Príamo gerados por minha mãe, sentados nos melhores lugares, o resto ocupando os longos bancos de madeira.

Segui até eles pelo salão lotado. Sabia que estava tudo errado, que não deveria me aproximar assim, que eu estava fazendo tudo de um jeito ruim. Mas meus pés se moviam mesmo assim. Páris ergueu os olhos e me viu.

— Minha irmã — disse ele. — Você é Cassandra? Só pode ser.

Eu o encarei com firmeza.

— Os rumores de sua beleza são verdadeiros — disse ele, erguendo-se e estendendo os braços para mim.

Ele respirava sinceridade, esse Páris. Não se encolheu de horror quando se deparou com minhas pálpebras inchadas e meu cabelo emaranhado. Não estava desconcertado por essa irmã silenciosa, essa aparição que assomava diante dele em sua volta triunfante para casa. Examinei seu rosto e vi sua honestidade. No entanto, conseguia ouvir gritos estridentes ecoando em seu encalço, os berros de desespero que se ergueriam nas ruínas chamuscadas de Troia. Podia ver o brilho de um fogo que se alastraria descontrolado atrás dele enquanto fitava aqueles olhos calorosos.

Ele abaixou os braços quando eu não me mexi.

— Você está surpresa, é claro. Sei que todos acreditavam que eu estava morto. Quando entrei neste salão hoje, todos ficaram tão pasmos quanto. Você ouviu a notícia tarde e está chocada, mas eu lhe direi, Cassandra, quem eu sou e onde...

— Você é Páris — interrompi. — Meu irmão caçula, deixado para morrer. O pastor teve pena de você, salvou-o do seu destino?

Com isso, ele não pôde evitar parecer um pouco espantado.

— Seu intelecto é afiado — disse ele, e pude ver que pensara que eu era uma idiota simplória.

Príamo tomou meu cotovelo, gesticulando para que eu me sentasse. Eu não me mexi.

— Páris de fato voltou a nós — disse ele. — E nossa alegria está completa: ter nosso filho, que acreditávamos morto, devolvido ao lar.

— Mas ele deveria ter morrido — falei. Minhas palavras soaram mais duras do que eu pretendia. — A profecia disse que ele tinha que morrer.

Hécuba franziu o cenho.

— A profecia nos disse para deixá-lo nas montanhas — disse ela. — Seguimos a profecia e os deuses salvaram nosso filho em recompensa por nossa piedade, por nosso sacrifício.

Ela estava mentindo para si mesma, eu podia ver. Tinha apresentado um argumento convincente, mas estava errada. Abri a boca para dizer isso a ela, mas olhei para o rosto de Páris de novo antes de falar. Podia ver a forma delicada dos seus ossos, a beleza estonteante de suas feições contrastando terrivelmente com o horror que ele abriu dentro de mim, mas o emaranhado terrível de desespero e medo estava começando a se separar em notas distintas, e eu me distraí antes de falar. Muitas das visões ainda estavam por vir, mas um fio de tristeza parecia imediato. Vi uma mulher na mente, chorando sobre um bebê que gorgolejava em seus braços. Flores estavam entrelaçadas em seu cabelo, um riacho borbulhava ao seu lado como que em simpatia, e os galhos retorcidos de uma oliveira esticavam-se sobre ela como se quisessem oferecer-lhe proteção. Não era uma mulher mortal: o próprio espírito da montanha infundia suas veias. A palavra para o que ela era veio até mim: *oréade. Ninfa da montanha.* As lágrimas que ela tinha soluçado eram para seu marido, Páris. Eu sabia disso, e embora soubesse que mil mulheres iriam torcer as mãos e gritar em agonia amarga por causa daquele homem nos anos por vir, essa ninfa chorava agora. O bebê estendeu um braço gorducho e desajeitado para o rosto da mãe e abriu seus olhos grandes e escuros como os do pai.

Os olhos de Páris estavam fixos em mim, não os da criança. A visão se dissolveu, deixando-me apenas com o nome da ninfa. *Enone*. Eu poderia dizê-lo, ver se o nome da esposa que ele abandonara com o filho recém-nascido traria uma centelha de culpa àquele rosto calmo e bonito. Sentia a palavra pingando veneno na língua, mas ela ficou presa na minha boca e eu não conseguia forçá-la a sair dos lábios.

— Beba um pouco de vinho, Cassandra — disse Páris. A solicitude em sua voz era real. Como ele podia ser tão gentil e tão terrível ao mesmo tempo?

Para o alívio palpável dos meus pais, sentei-me numa cadeira almofadada ao lado deles e aceitei o cálice que Páris deslizou para mim. O bronze reluzia, as joias em sua haste cintilavam, e o aroma doce de mel mesclava-se com o rico aroma do vinho. Eu o deixei me acalmar e a conversa continuou ao meu redor enquanto eu me obrigava a não olhar para nada exceto o líquido escuro.

— Diga então por que você está determinado a ir a Esparta — pediu meu pai.

Páris se reclinou na cadeira.

— Se for contar, devo avisar que será uma história estranha. — Seu tom era leve. Ele não temia a descrença deles. Eles o incentivaram a falar; meus pais e irmãos e irmãs, todos ávidos para ouvi-lo.

Desejei que ele sumisse, engolido pelas montanhas que deveriam ter sido seu túmulo anos antes. Mas ele era tão cheio de sorrisos e alegria, como um fogo ardente, que eu também fui atraída por ele, ao mesmo tempo que estremecia em sua presença.

— Eu vivi uma vida simples nas encostas do monte Ida — disse ele. — Cuidei das cabras e nunca sonhei em entrar nessa grande cidade murada. Acreditava que era o filho de um pastor e nada mais. Até o dia em que, diante de mim na montanha, três mulheres apareceram. Não humanas, mas deusas. Eu soube que elas eram divinas em um instante; elas cintilavam com esplendor e sua beleza era incomparável.

Quando eu contara do meu encontro com Apolo, tinha sido ouvida primeiro com desdém e depois com raiva. Mas todos sorriram para a história de Páris. Eu não sabia se acreditavam nele, mas estavam felizes em escutar.

— Eram Atena, Hera e Afrodite, e disseram que vinham até mim porque ouviram sobre minha honestidade e justiça. Queriam que eu decidisse qual das três era a mais bonita, pois todas cobiçavam uma maçã dourada que seria a recompensa da deusa que eu escolhesse. — Ele suspirou, um sorriso sonhador se abrindo no rosto. — Elas tiraram as túnicas e revelaram sua nudez para mim para eu decidir melhor.

Um frêmito correu pela mesa. Pude ver meu irmão Heitor suprimir uma risada, mas Páris tinha despertado o interesse de sua audiência, e todos se inclinaram para ouvir os detalhes.

Minha mente estava clareando. Não havia luz anuviada nas bordas da minha visão, nenhuma lâmina de conhecimento perfurando meu crânio. Páris teceu a história, e eu sopesei suas palavras. Achei-as leves, insubstanciais. Pensei que ele falava com sinceridade, mas podia ver que era um homem de romance e idealismo. Homens assim falam poesia em vez de fatos e pensam que contam uma verdade elevada quando tudo que tecem é fantasia. Eu não achava que ele mentia exatamente, mas me lembrava da ameaça e do poder de Apolo, e não conseguia imaginar três imortais batendo boca diante de um humano como ele descrevia.

— Cada uma delas tentou me persuadir — continuou Páris. — Hera me ofereceu o governo de uma grande cidade e Atena me ofereceu sucesso na guerra. Mas governar não é meu destino e não busco glória no campo de batalha. — Ele jogou o cabelo para trás, a luz do fogo das tigelas de bronze ao nosso redor cintilando do seu lustro azeviche. — Virei-me para Afrodite, de fato a mais bela de todas, e a declarei a vencedora.

— E que recompensa a deusa do amor lhe ofereceu? — perguntou Heitor.

Heitor, o protetor de nossa cidade, crescendo rapidamente para se tornar o melhor soldado que o mundo já vira. Pelo menos era o que acreditavam todo homem, mulher e criança de Troia. Eu me perguntei o que ele pensava do desdém pela guerra demonstrado por seu irmão mais novo.

— Ela me disse como trazer harmonia a Troia — disse Páris, falando com mais cuidado. — União com aqueles que desejam ser nossos inimigos.

Embora eu não tivesse acreditado nele até aqui, tinha pensado que ele acreditava no que nos dizia — até certo ponto, ao menos. Agora, porém, tive certeza de que ouvi sua voz ficar mais aguda, e fiquei convencida de que essa parte era uma mentira completa.

— Foi Afrodite, então, que o aconselhou a ir para Esparta? — perguntou Príamo, duvidoso.

— Foi! Ela me contou do meu nascimento, da verdade da minha existência. Disse-me que Troia é uma joia tentadora aos gregos: a Agamêmnon, irmão de Menelau, que governa Esparta; Agamêmnon, que reúne a lealdade de todos os gregos ao redor de si. Afrodite, que traz a paz do amor e da harmonia a todos, me disse para ir a Esparta com uma delegação de troianos para oferecer-lhes amizade e impedir qualquer batalha no futuro. Podemos enriquecer uns aos outros se cooperarmos em vez de lutarmos.

Se ele tivesse dito que fora Atena quem o aconselhara assim, talvez tivesse sido crível. Mas todos sabiam que Afrodite não se importava com paz ou harmonia, e não era o amor entre nações que a excitava. Perguntei-me por que ele tentava esconder a verdade. Em geral, eu me esquivava da dor provocada pelas visões de Apolo, mas ansiei por aquela agonia para saber as verdadeiras intenções de Páris e quais planos ele formulara na sombra do monte Ida.

Príamo gesticulou para que uma escrava a postos servisse mais vinho.

— Não posso discutir com a sabedoria da deusa — disse ele, bem-humorado. Eu sabia que não acreditava na história de Páris mais do que eu. Mas ele sentava-se entre nós, tão bonito e carismático, tão bem-vindo após seus anos de exílio, e ninguém parecia se importar se falava a verdade ou não. Senti a dor da injustiça na barriga. — O que acha, Heitor? — perguntou Príamo.

Heitor bebeu seu vinho, pensativo.

— É sensato ir para Esparta como amigos. Menelau é um homem de honra, até onde sei. Uma visita não fará mal.

Vi o sorriso exultante de Páris.

— Vocês não devem ir — eu disse. Todos me ignoraram, então eu falei de novo.

Minha mãe balançou a cabeça para mim, um aviso para que eu me calasse. Mesmo assim, minhas palavras não podiam diminuir sua alegria nesse reencontro com o filho. Eles continuaram falando de Esparta, especulando com base no que sabiam da cidade, de suas riquezas, da beleza lendária de sua rainha.

O vinho tinha gosto de terra para mim. Eu podia gritar meus avisos, arranhar a pele, jogar meu cálice no rosto de Páris, mas eles continuariam como se eu não existisse. Eu não estava tomada por um frenesi; nenhum abismo de verdade tinha sido escancarado em minha mente. Eu tinha apenas a certeza embotada do desastre, o presságio de ruína que carregava nos ombros desde aquele dia no templo. Estava muito cansada e queria muito dormir.

Quando a delegação zarpou de nossas costas, gritei e uivei ao ver o navio se afastar. Não pude evitar. Joguei-me no chão e rolei, o sangue da pele que eu arranhava infiltrando-se na areia. Ninguém se deu ao trabalho de me conter. Caminharam de volta aos portões de Troia e me deixaram gritando na praia até a loucura se dissipar e eu ver de novo o mundo como era em vez de como seria. Fiquei deitada lá, exausta e drenada, a areia áspera e úmida sob mim enquanto o ar saía do meu corpo trêmulo, e rezei e rezei para que o navio naufragasse antes que chegasse a Esparta, que o corpo do meu irmão afundasse no fundo do oceano e apodrecesse.

Mas ninguém me ouviu; essa era minha maldição. Nem minha família, e certamente nem os deuses.

Eu não precisei que Apolo deixasse minha visão branca e desenrolasse a cena à minha frente para saber o que aconteceu. Helena estava casada com Menelau havia quinze anos — fazia muito tempo desde que cem homens tinham bombardeado Esparta com pedidos desesperados por sua mão. Não houvera nenhuma emoção na vida dela depois disso. Todos que via já a tinham visto antes. Será que ela faria alguém arquejar de espanto de novo? Saberia como era deslumbrar e encantar e ver homens adultos tropeçarem e corarem em sua presença?

E então Páris, o príncipe troiano com um rosto espetacular e um coração romântico; Páris, que se achava digno de julgar as deusas do Olimpo; Páris, que acreditava que tinha direito a um amor que seria cantado por gerações, desceu do seu navio na costa de Esparta. Os olhares demorados, a pressão de sua mão, os sussurros roubados em cantos escuros. E quando o tolo Menelau depositou sua confiança na tradição sagrada de amizade aos hóspedes e saiu para caçar, deixando sua bela esposa e o troiano juntos no palácio, como podia ter sido diferente?

Quando voltaram a Troia, o casal adúltero falou em termos virtuosos do poder de Afrodite, de forças além do seu controle, da intervenção divina que anuviava suas mentes e impossibilitava outro caminho. Fizeram uma grande procissão pelos portões da cidade, como se fosse o casamento de um príncipe, uma união da qual se orgulhar em vez de uma vergonha e uma desgraça para as duas famílias. Pareciam alheios aos rostos horrorizados que os viam acenando da quadriga e ao zumbido dos nervos que se espalhava entre os espectadores reunidos, perguntando-se o que isso significava para Troia, o que significava para todos nós. Helena usava um véu e, quando eles avançaram pelas ruas de Troia até onde eu esperava com meus pais e irmãos, ansiei por ver o rosto dela. Não para confirmar se era tão bela quanto diziam. Eu precisava olhar para ela e saber se veria a mesma catástrofe em suas feições que tinha lido nas de Páris no dia em que ele voltou.

O véu dela era bordado com fio de ouro cintilante, preso com um diadema delicado de vinhas douradas que cingia os cachos lustrosos. Era tão belo, e minhas mãos estavam manchadas com a areia úmida das pedras na praia, de onde eu vira seu navio no horizonte e me arrastara até a cidade para recebê-los, exausta e desolada. Minhas unhas estavam arruinadas, roídas e quebradas, com pele descascando por todos os lados. Parecia um sacrilégio que tocassem um tecido tão lindo, mas estendi as mãos e o arranquei do rosto dela mesmo assim. Sei que houve arquejos horrorizados. Mas eu tinha que ver o seu rosto.

Talvez outra mulher tivesse recuado ou até chorado, mas não Helena. Não era só sua beleza que era inumana; eu iria aprender que o autocontrole dela era incomparável. Ela me fitou sem se encolher, e eu encarei de volta.

Seus olhos eram como vidro. Esperei o rugido da desolação, mas não vi nada exceto um brilho castanho cercado por cílios espessos. Em algum lugar atrás de mim, minha mãe estava furiosa, mas Helena mantinha-se calma, e senti sua serenidade ondular ao meu redor. O véu caiu da minha mão no chão de terra.

O momento foi quebrado quando Páris a puxou até Príamo e Hécuba, cujos rostos estavam contorcidos de ansiedade. O que eles fariam? Mesmo se a devolvessem ao marido, o insulto fora cometido. Eu sabia que eles agonizavam, que nem o charme natural de Páris poderia aliviar seus temores enquanto as justificativas fluíam da língua dele no que era sem dúvida um discurso ensaiado.

Eu não me importava com o que ele dizia ou com o que eles fariam. Nenhuma profecia desastrosa me tomara quando olhei para o rosto de Helena. Imaginei que uma tempestade sobrecarregaria meu corpo, mostrando-me em detalhes vívidos e sangrentos o que recairia sobre todos nós por causa do meu irmão egoísta e arrogante, mas nada aconteceu. Por um momento, senti uma onda de júbilo delirante — talvez meu pressentimento de ruína tivesse sido um erro, afinal; talvez nenhuma catástrofe fosse ocorrer.

E então compreendi: eu não vira nada nos olhos de Helena porque não havia nada novo para ver. Todos sabíamos havia anos, desde o sonho da minha mãe. Um incêndio viria varrer a cidade. Troia cairia. E ainda que todos fossem discordar de mim se eu dissesse isso em voz alta, em algum lugar em seu âmago, sei que eles também sabiam.

8

Electra

O palácio estava mergulhado no caos. Meu pai tinha partido semanas antes para viajar por toda a Grécia. Quando voltou, não parava de receber visitantes, reunindo o máximo de homens possível. Quando perguntei por que tantos estranhos ficavam marchando até o salão do trono, por que eu o via parado entre eles, seu rosto inflamado e os dedos em riste enquanto falava, minha mãe apenas balançou a cabeça. Foram minhas irmãs que me contaram.

— É Helena — murmurou Crisótemis, puxando-me do salão. — Ela foi levada a Troia e eles vão trazê-la de volta. Pode haver uma guerra.

Guerra era uma palavra assustadora. Meu pai parecia confiante, rindo e apertando os ombros dos homens que lotavam o palácio, como se estivessem falando de uma grande aventura. Mas eu ainda estava debilitada da doença. Não queria sair do meu quarto para um mundo virado de ponta-cabeça. Senti lágrimas brotarem nos olhos.

— Não chore, Electra — disse Ifigênia. — Papai não precisa ver você chateada.

Tomei coragem ao ver como ele estava jovial, cheio de propósito. Logo pela manhã, assisti do pátio quando ele e um bando de visitantes saíram pelas planícies na direção dos bosques, com uma matilha de cães correndo à sua frente, todos exultantes por ir à caça. Eles voltaram quando o sol estava se pondo, e eu corri para encontrá-los. Meu pai veio na frente de todos, o rosto iluminado de satisfação. Ele bagunçou meu cabelo quando me viu, e o cão que o rodeava pulou de animação, erguendo as patas pesadas no meu ombro, seu hálito quente contra meu rosto. Senti meu pai esperando minha reação, para ver se eu estava com medo. Eu ri.

— Essa é a minha garota — disse ele, e a aprovação em sua voz aqueceu meu peito.

O cão parou de pular e, incentivada, estendi a mão para acariciá-lo. Ele era quase tão alto quanto eu, mas abaixou a cabeça e eu afaguei seu pelo espesso e escuro. Tive orgulho da minha coragem.

— Venha, Metepon — disse meu pai ao cachorro, que saiu trotando obediente atrás dele.

Quando passavam por mim até o palácio para comer e beber, um dos homens o parabenizou por um belo dia de caça, e ouvi meu pai responder:

— Nem a própria Ártemis teria se saído melhor que eu.

Lá, nos degraus do palácio, enquanto o crepúsculo se aproximava e a brisa carregava o aroma de jasmim, eu me enchi de admiração pelo homem impressionante que era meu pai.

Porém, enquanto isso, faziam-se preparativos para sua partida. Tentei sorrir por ele, ser corajosa. Rezei para que os deuses trouxessem uma vitória veloz. Minha mãe me encontrou com uma braçada de flores silvestres que eu tinha recolhido dos jardins, e quando perguntou o que eu fazia com elas, respondi que queria levá-las ao templo de Atena, a deusa da guerra.

Ela se ajoelhou ao meu lado, segurando meu queixo.

— Não se preocupe com seu pai — disse ela. — Ele voltará para casa em segurança. — Ela sorriu para mim, os olhos calorosos e brilhantes, o cabelo lustroso sob o sol. Todos falavam sobre como sua irmã era linda, mas eu não conseguia imaginar uma mulher mais bonita que minha mãe. — Vamos, eu vou com você — disse ela, e peguei sua mão.

Quando chegou o dia de nos despedirmos do meu pai, que estava a caminho de Áulis, minhas irmãs choraram, mas eu estava determinada a não chorar. Ele as beijou e se abaixou para beijar minha testa.

— Aqui — sussurrou e, sob as dobras da capa, onde ninguém podia ver o que estava fazendo, me passou a adaga de leão. — Fique com ela, mas a mantenha escondida.

Apertei a lâmina com força ao lado do corpo, nervosa caso minha mãe visse e a tomasse. Eu sabia que acharia perigoso, que nunca me deixaria ficar com ela. Mas ela não estava olhando para mim; seus olhos estavam fixos nele à frente da procissão, seu rosto, estranhamente tenso e frio. Metepon ganiu enquanto meu pai se afastava, mas acariciei a pele espessa do seu pescoço e ele apertou o focinho contra meu braço, como se soubesse que eu também precisava do conforto.

Lembrei-me do que meu pai me dizia sobre meu nome, que eu era a luz da nossa família, então tentei brilhar o mais forte possível para ele. Esperei que meu rosto fosse a lembrança que ele levaria para a guerra e que o trouxesse para casa o quanto antes.

9

Clitemnestra

— Mãe?

A voz dela era hesitante, incerta. Ergui a cabeça, apertando os olhos contra o sol, pensando por um momento que fosse Electra quem falava, mas era Ifigênia, parada entre duas colunas. O tom infantil parecia pertencer mais à irmã caçula do que a ela. Uma mão retorcia a fina corrente dourada do seu colar; a outra apertava a pedra lisa ao seu lado como se ela precisasse de ajuda para ficar em pé.

— Venha aqui — eu disse, batendo na almofada sobre o sofá baixo em que eu me sentava no pátio. Estava olhando para o mar distante no horizonte, um passatempo não muito tranquilizador nos últimos tempos. Tudo estava em tumulto. Eu não gostava de pensar no jeito como Agamêmnon tinha partido, das últimas palavras que trocamos.

Ifigênia não se mexeu. Por um momento, fui tomada pela admiração que ainda fazia o ar ficar preso em minha garganta — uma onda gloriosa e maternal de orgulho e prazer que era quase dolorosa em sua intensidade. Eu tinha três filhas agora, mais um bebê chutando na barriga, mas a maternidade ainda enchia meu coração nesses momentos simples: minha filha aos catorze anos, parada sob o sol. Às vezes eu via a mulher que ela quase era. As bochechas rechonchudas da infância, que eu tanto amara beijar só para sentir sua maciez inexprimível, tinham dado lugar a finas maçãs do rosto, e reflexões novas nadavam em seus olhos, substituindo a curiosidade incessante que inspirara mil perguntas quando ela era mais nova. Mas em outros momentos, quando eu a via gritar de tanto rir com as irmãs mais novas, a elegância que ela vinha tentando assumir abandonada e esquecida por um momento, podia ver a menininha que ela já fora, o bebê que acalentei nos braços quando senti pela primeira vez aquela onda feroz e doce de amor de mãe.

Naquele momento, ela parecia pairar entre os dois estados. Havia um brilho nítido de empolgação corando seu rosto, mas eu podia ver um desespero nos olhos também, uma nota de temor e confusão e um anseio por minha ajuda.

— O que é? — perguntei, sentando-me mais ereta.

— Um arauto está vindo — respondeu ela. Parecia distraída e seus dedos apertaram o colar ainda mais forte. — Você precisa ir ao salão do trono recebê-lo.

— Notícias do seu pai?

Ergui-me, a preocupação subindo por minha coluna. Perguntei-me se era a mensagem que nos contaria que ele tinha zarpado por fim. O exército estava completo, todos os guerreiros da Grécia reunidos e a postos em Áulis. Tinha levado semanas para convocar todos — Odisseu, em especial, tinha dado um pouco de trabalho para eles —, mas a proclamação mais recente nos dissera que eles aguardavam apenas um bom vento que carregasse a frota até Troia. Eu não conseguia imaginar a cena: um número incrível de navios tinha sido reunido. Mais de mil, ouvíramos: mil navios com proas altas e curvas, cada um cheio de homens ávidos, armadura e armas.

Tantos navios para trazer minha irmã de volta. Helena, em algum lugar do outro lado daquele oceano, atrás de muros que nunca víramos. Tentei afastar o pensamento; não conseguia imaginá-la lá. Toda nossa vida se passara em Esparta, e eu sempre soube o que ela comia, com quem falava, o que usava e onde estava, mas agora não fazia ideia do que a cercava ou como ela se sentia.

— Pensei nisso também — disse Ifigênia. — Que vieram avisar que eles tinham zarpado, então eu disse que viria buscá-la eu mesma. Achei que ia me querer ao seu lado.

Ela era sempre gentil, minha filha, e sabia como eu havia temido esse momento. Eu tinha visto Menelau quando ele chegou a Micenas; o desespero que curvava seus ombros, as lágrimas escorrendo livremente pelas faces. A história saiu num jorro, entre arquejos e soluços, enquanto nos contava como o príncipe troiano tinha partido e Helena não estava em lugar nenhum. Seu sofrimento me constrangeu. Odiei ver um homem tão destruído, e as palavras de conforto que busquei não vieram. Era minha irmã que tinha feito aquilo com ele, e a lembrança dela cintilou na superfície da minha mente por um momento: seu sorriso satisfeito para seu próprio reflexo enquanto se perguntava em voz alta qual grande destino os deuses teriam reservado a ela. Será que pensava que o tinha encontrado em Páris?

Deixei meu marido consolar o irmão magoado e, quando eles retornaram tarde naquela noite, fedendo a vinho, Menelau estava transformado. Não sei o que Agamêmnon disse a ele, mas um terrível frenesi o consumira. Sua boca estremecia convulsivamente, gotas de espuma manchavam a barba e fúria ardia atrás dos olhos. Não podia desejar a meu marido nada exceto a vitória na guerra, mas temia a punição que aguardava minha irmã nas mãos daquele homem, que de repente parecia um desconhecido. O pretendente gentil e adorador que tinha ficado tão feliz em conquistá-la tinha sumido; ali estava um rei vingativo, amargurado e humilhado, com todos os exércitos da Grécia à sua disposição.

Reuni coragem para ouvir a notícia.

— Obrigada — eu disse, e fui andar com ela, mas ela não se mexeu.

— É só que… eu ouvi as mulheres falando quando saí do salão — disse ela. — Elas não sabiam que eu estava lá. Elas disseram… disseram que o exército só vai zarpar depois de um casamento, e que papai prometeu…

Aquela expressão em seu rosto — parte empolgação, parte temor. O jeito como ela não conseguia dar outro passo, tão incerta e animada ao mesmo tempo. Ela estava luminosa.

— Que papai prometeu a filha dele a Aquiles… que eles vêm me pegar para ir a Áulis para ser… ser a esposa dele — disse ela. Uma risada que era quase um soluço borbulhou em sua garganta, e ela balançou a cabeça, atordoada.

Aquiles. Tantos pactos tinham sido feitos, tanta persuasão empregada pelas ilhas da Grécia para reunir aquele exército poderoso. Mas de todos os grandes soldados famosos por sua habilidade e força na batalha, nenhum se equiparava a Aquiles. E tinha parecido, por um tempo, que ele desaparecera da face da terra. Os boatos vagos que chegaram até nós em Micenas soavam fantasiosos, absurdos: que a mãe dele, a ninfa do mar Tétis, o disfarçara como uma menina e o escondera entre uma trupe de dançarinas; que de alguma forma ele tinha sido enganado (por Odisseu, sem dúvida) e descoberto. Eu me perguntei o que o tinha feito mudar de ideia e concordar em lutar, no fim das contas. Talvez tivesse sido isso. Talvez meu marido tivesse oferecido nossa primogênita em troca da lealdade do guerreiro.

Eu sentia tantas emoções que não sabia qual tomava precedência. Para mim ela ainda parecia tão jovem, e embora tivesse idade para se casar, eu esperava que pudéssemos ter mais tempo antes que um marido a levasse embora. E Aquiles, um guerreiro, seria o homem que levaria minha garota gentil? Eu sabia que Agamêmnon o consideraria um genro do qual se gabar, mas como seria para Ifigênia ser a esposa dele? Tentei imaginá-lo: forte e musculoso, com uma lança cerrada em seu punho grande. Mas diziam que ele era belo. E se não tinha sido descoberto entre as garotas entre as quais a mãe o escondera, não podia ser o monstro gigantesco que eu imaginava.

Além disso, ele ia partir para a guerra imediatamente. E não pude suprimir o pensamento vergonhoso de que a guerra era algo incerto. Até onde sabíamos, ele podia não voltar. No mínimo, poderia levar um tempo, e minha filha podia ser minha mais um pouco.

— Mãe? — perguntou ela, de novo, trêmula, e vi que lágrimas não derramadas nadavam em seus olhos.

Eu não sabia como me sentia com a notícia, mas sabia que minha filha estava com medo e insegura, e estava ao meu alcance aliviar suas preocupações. Quantas horas eu passara como mãe acalmando pesadelos na escuridão, esfriando a febre de testas quentes, cantando canções de ninar e apaziguando inquietações? Meu marido logo partiria para massacrar inimigos na ânsia de poder e glória, mas eu vinha matando monstros havia anos, aplainando o caminho aos pés das minhas filhas para que elas pudessem pisar com confiança no futuro. Se havia um momento para fazer isso, era agora.

Joguei os braços ao redor dela e a puxei para um abraço.

— É uma grande honra — eu disse, sentindo seu corpo estremecer junto ao meu. Seus ombros pareciam tão frágeis e seu coração batia tão rápido. Ela podia ter sido um passarinho em minha mão. — A hora de casar você tem se aproximado; confesso que não achei que seria tão rápido, mas Aquiles é um grande homem. Seu marido realizará feitos dignos das histórias, eu tenho certeza. Ser a esposa dele será uma benção. E — recuei, erguendo o rosto dela — a mãe dele o ama muito. Aquiles quase não foi à guerra por causa dela. Deve ser gentil, para preocupar-se tanto com ela a ponto de abrir mão da sua chance de glória.

Ela assentiu. Recuando, aprumou os ombros esguios e piscou várias vezes. As lágrimas que ameaçaram cair tinham sumido, e um meio sorriso pairava em seus lábios.

— Se você aprova, sei que tudo ficará bem — disse ela, e meu coração se retorceu de novo. Ela era velha o bastante para se casar, mas nova a ponto de acreditar que eu podia resolver qualquer problema.

Fiquei grata às fofoqueiras por deixarem o segredo escapar. Quando o arauto entregou a mensagem oficial — Agamêmnon chama sua filha mais velha para dá-la em casamento ao guerreiro Aquiles antes de partir para Troia —, tanto Ifigênia como eu conseguimos sorrir serenamente diante da corte. Partiríamos no dia seguinte, e a grande agitação dos preparativos nos embalou no que era inconfundivelmente uma onda de empolgação. Crisótemis, aos dez anos, estava empolgada com a perspectiva de um casamento e terrivelmente decepcionada por não poder nos acompanhar, mas as instruções de Agamêmnon tinham sido inequívocas. Além disso, o trajeto seria quente, poeirento e árduo.

— Você precisa ficar para cuidar de Electra — eu disse a ela, que revirou os olhos.

— Alguém sempre precisa cuidar de Electra.

Eu estava ocupada demais para repreendê-la. Era verdade que minha filha mais nova tendia a adoecer; toda enfermidade da infância parecia atacá-la. Muitas vezes, eu temia que uma delas a tiraria de nós. Tinha rezado pela sua sobrevivência, chamado curandeiros e cuidado dela com uma determinação feroz que nunca teria imaginado que possuiria. Eu me imaginara perto daquele abismo mais de uma vez na curta vida dela, mas sempre a tínhamos puxado da beira da morte e ela sobreviveu. Uma criança pálida e doentia, sem a força e efervescência das irmãs, mas viva. Nós a tratávamos como um vaso delicado, Agamêmnon em especial. Eu estava grata por como, de todas as nossas filhas, ela capturara o afeto dele. Ela o venerava, e ele não resistia à adoração. Nem eu podia negar a doçura de ver seu rostinho desanimado iluminando-se quando o pai a erguia no colo e de ouvir sua risada aguda junto à voz retumbante dele. Naqueles momentos, era fácil dispensar as histórias da escrava sobre a família dele. Eu as mantinha enterradas no fundo da mente, nunca as deixando emergir. Ninguém as contava havia anos. Nós as esqueceríamos, eu tinha decidido, e elas nunca teriam poder sobre nós de novo.

Electra era jovem demais, na verdade, para entender por que eu e Ifigênia estávamos partindo, mas estava calma enquanto acenava para nós nos primeiros raios da aurora na manhã seguinte, segurando a mão de Crisótemis, com o cão de Agamêmnon ao seu lado. Ela bocejou e já perguntava à irmã mais velha se havia figos frescos para o café da manhã antes que tivéssemos passado dos portões do palácio.

O sol nascente começava a manchar o céu dourado sobre o topo das montanhas quando subimos na carroça. A jornada seria longa, e todas as almofadas empilhadas nos assentos não nos protegeriam dos trancos da estrada. Eu sentia que devia aproveitar as horas à nossa frente para dar alguns conselhos maternais úteis a Ifigênia sobre o que estava por vir. Perguntei-me o que podia realmente dizer a ela sobre casamento.

Quando Helena e eu falávamos sobre nossos maridos em Esparta, éramos ingênuas, imaginando uma vida de sofisticação e feminilidade adulta sem entender como seria. Mesmo aos dezesseis anos, nenhuma de nós tinha mencionado o amor. Os bardos cantavam sobre ele, mas parecia mais algo de mitos e lendas do que da realidade. Meu coração juvenil pode ter acelerado ao ouvir como Orfeu adorava tanto sua noiva Eurídice que, quando ela pisou numa cobra venenosa no dia casamento, ele a seguiu até as profundezas do Submundo e, apesar de tremer de medo, tocou sua lira tão bem para Hades que a esposa foi liberta. Talvez eu tenha chorado quando ouvi como ele caminhou na frente dela, guiando-a para a luz do mundo acima, mas não pôde evitar olhar para trás uma vez — só uma vez! Infelizmente, a condição que Hades impusera era que Orfeu não olhasse para ela até que voltasse ao mundo mortal, então ela se desfez aos pés dele; seu corpo, que gradualmente se transformava em carne de novo, tornando-se ar insubstancial outra vez. Perdida para sempre.

Essas eram as histórias românticas de meninas. Não eram a verdade do casamento. Então eu não podia falar com minha filha de amor, exatamente. Podia esperar que, quando ela olhasse para Aquiles, visse uma afinidade suficiente nos olhos dele para saber que poderiam levar uma vida pacífica e contente juntos. Podia falar a ela que a alegria do amor verdadeiro viria quando ela segurasse o primeiro filho em seus braços — antes disso, até, quando ela o sentisse rolar e se debater dentro de si, quando cantasse para a barriga que crescia e apoiasse as mãos na pele quente e retesada e se maravilhasse com o milagre inimaginável que seria seu. Mas podia imaginar o pânico que eu mesma tinha sentido ao contemplar tal coisa: o medo que andava de mãos dadas com a felicidade, a sombra que pairava sobre essa ideia tão feliz. Quando olhei para minha filha esguia, não pude evitar a preocupação que se agitou em mim. Sacrificávamos a vida por nossos filhos e, toda vez que enfrentávamos um parto, nos encontrávamos às margens daquele grande rio que separava os vivos dos mortos. Um exército de mulheres enfrentando a passagem perigosa sem armadura para nos proteger, só nossa própria força e esperança de que superaríamos a provação.

Não parecia a conversa certa para se ter a caminho do casamento dela. Por sorte, ela falou primeiro.

— Fico feliz que vamos ver papai de novo antes que ele vá para a guerra — disse ela.

— Eu também — respondi. — Não nos separamos nos melhores termos; fico contente por ter a chance de fazer as pazes antes que ele parta.

— Por que não? — Ela estava intrigada, e algo na intimidade da carroça soltou minha língua e falei das coisas que vinham ocupando minha mente.

— Helena é minha irmã — eu disse. — O jeito como os homens falam dela…

A carroça deu um solavanco sob nós; o sol estava subindo mais alto no céu, começando a atravessar o toldo fino que nos cobria. Terra voou das rodas, e me perguntei em que estado nossos vestidos elegantes estariam quando chegássemos. Ifigênia se ajeitou nas almofadas.

— Eu ouvi algumas coisas — comentou, com cuidado.

Sem dúvida. Não se falara de quase mais nada desde que descobrimos o que aconteceu.

— Menelau está bravo — eu disse — e não o culpo. Mas seu pai deveria ter afeto suficiente por mim para pensar em proteger minha irmã. Ele não pensou, então eu estava brava quando ele partiu. Não me despedi com gentileza.

— Ele diz que a guerra será vencida em poucos dias. Mesmo se não o víssemos agora, você teria a chance de se reconciliar em breve.

Minha garota gentil, sempre vendo o melhor em todo mundo. Eu não tinha tanta certeza. Minha língua estivera afiada na última conversa que tive com Agamêmnon, e eu me arrependia de algumas coisas que dissera, embora ainda sentisse que as palavras dele foram injustas.

— Menelau deveria ter feito uma escolha mais sábia quanto à esposa — dissera ele, bufando.

Estávamos em nosso quarto; os navios estavam prontos no porto e eu já ansiava pela quietude que cairia quando ele tivesse partido. Eu me sentia inquieta e agitada, minha mente em chamas com perguntas sobre minha irmã errante. Como desejava falar com ela, como queria ter estado em Esparta e ter visto Páris, ter mais do que especulações fantasiosas para alimentar minha imaginação.

— Todos os homens da Grécia queriam Helena — eu disse. — Você não pode ter se esquecido disso.

Ele me lançou um olhar irritado.

— Se a queriam tanto, por que todos estavam tão relutantes em trazê-la de volta para casa?

De novo aquela reclamação. Tinha sido um refrão constante enquanto ele e Menelau tentavam convocar os exércitos.

— Não é agradável contemplar a guerra — argumentei. — Eles têm suas próprias esposas, filhos…

Ele bufou.

— Troia está pronta para ser tomada. Eles vão voltar para casa com riquezas com as quais nunca sonharam, e poderão presentear essas esposas e filhos. — Ele foi até a janela e olhou atentamente. — Mas ousaram se esquivar do dever quando *eu* os chamei às armas, o rei de todos! Odisseu, fingindo estar louco. Aquiles, disfarçado de mulher. Eles deveriam estar ansiosos para lutar essa guerra quando os convoquei.

— Você conseguiu Odisseu. Aquiles também.

Pensei em Penélope com uma pontada de dor. Sabia que ela e Odisseu deviam ter planejado aquilo juntos: que ele fingisse ser louco enquanto arava os campos com sal e falava bobagens sem sentido. Foi preciso que o astuto Palamedes, enviado por Agamêmnon, tirasse dos braços de Penélope o filho recém-nascido deles, Telêmaco, e deitasse a criança na frente do arado. Quando Odisseu desviou para salvar a criança, a farsa foi exposta. Meu coração pulara à garganta quando ouvi essa história, e meus braços se fecharam sobre a barriga por instinto. Pensar no bebê dela, exposto e vulnerável na terra, com os dentes de metal afiado a meros centímetros dele — eu senti um arrepio do medo de Penélope. E um estranho ciúmes. Ela quisera que o marido ficasse em casa o suficiente para arriscar que ele caísse em desonra e para fazê-lo quebrar o juramento que ele mesmo tinha sugerido anos antes. Eu não conseguia sentir o mesmo sobre a ausência iminente do meu marido. As reclamações dele tinham me enlouquecido enquanto os exércitos eram reunidos.

— Aquiles, pelo menos, não jurou proteger Menelau — refletiu ele. — Mas o resto, os que juraram em Esparta... eles deviam ter mantido o juramento e apenas ficado gratos por não terem se casado com ela.

Eu me irritei.

— Talvez se um deles tivesse se casado com ela em vez do seu irmão, ela teria mantido o juramento e não fugido, para começo de conversa.

O rosto de Agamêmnon ficou sombrio.

— Se é que ela fugiu — admiti.

Já tinha ouvido cem versões da história. Helena tinha se jogado descaradamente sobre Páris; como ele resistiria a sua beleza? Ou então ela tinha sido enganada por Afrodite, atraída por uma ilusão lançada pela deusa e só recuperado o juízo no oceano, a meio caminho de Troia. Ou talvez ele a tivesse agarrado, com sua força superior, e a arrastado até o navio dele, enquanto ela gritava piamente pelo marido o caminho todo. Eu tinha notado que muitos homens gostavam de imaginar a última cena, fantasiando sobre como o vestido poderia ter se rasgado sob as mãos cruéis dele e como ela poderia ter implorado. Fechei os olhos por um momento até a imagem sumir.

No entanto, de modo geral falavam dela como se o primeiro cenário estivesse comprovado. Quem se importaria se não estivesse? Ela era uma mercadoria estragada, de toda forma, um prêmio maculado para Menelau reivindicar — Menelau, que tinha pensado que era o homem mais sortudo da Grécia e agora era o alvo do deboche geral. Todos sabiam que ela não era nada além de uma puta, uma traidora de toda a Grécia, uma desgraça. E todos adoravam a história, enquanto se embebedavam de vinho e se gabavam de como os muros de Troia desmoronariam contra o poder do forte bronze grego. Eu ficava em silêncio. Percebi que, quando tinha visto todos aqueles pretendentes clamando por Helena em nosso salão, acreditara que estavam lá porque a amavam, mas estava errada. Eles a odiavam. Odiavam-na porque ela era tão linda e porque os fizera desejá-la tanto. Nada lhes trazia mais alegria do que a queda de uma linda mulher. Eles bicavam a reputação dela como abutres, procurando cada pedaço de carne que podiam devorar.

Estremeci ao pensar no que poderia acontecer se Troia caísse tão facilmente quanto todos antecipavam. Agamêmnon fez menção de sair, mas agarrei sua manga antes que pudesse ir.

— O que vai acontecer com ela? — perguntei. Eu o fiz olhar para mim, busquei nos seus olhos escuros a compaixão que esperava que tivesse. — Se Troia cair, o que acontecerá com minha irmã?

O rosto dele não revelou nada.

— Cabe a Menelau decidir.

— Menelau é seu irmão mais novo. Você pode convencê-lo.

Ele balançou a cabeça de leve.

— Helena é esposa dele. Nós vamos cumprir nosso juramento e trazê-la de volta a ele. Ele tem o direito de fazer o que quiser depois.

— Então você não vai intervir?

Ele suspirou.

— Por que eu faria isso?

Por mim, claro. Por sua esposa. Não sei como ele não via isso. Mas, desde que começara a falar de Troia, acredito que ele não via nada exceto o triunfo deles.

— Você não se importa com Helena, embora ela seja minha irmã e eu a ame. — Minha voz saiu baixa, dura e furiosa. — Você nem se importa com seu juramento. Está feliz que isso aconteceu! Sei que está. Você só quer uma guerra para provar que lidera os gregos.

Os olhos dele eram insondáveis.

— O maior de todos eles — disse, em voz baixa.

— Eu estava errada quando disse isso — sibilei. — Você nunca será o maior dos gregos. Se minha irmã morrer nas mãos do seu irmão e você não erguer um dedo para impedi-lo, será o pior e mais covarde de todos.

E foi assim que ele partiu para a guerra. Não parecia um assunto melhor para discutir com minha filha do que os que eu considerara antes. Mas talvez, refleti, enquanto nossa carroça chacoalhava rumo a Áulis, talvez ele tivesse pensado sobre minhas palavras. Sem dúvida arranjara o casamento de nossa filha para assegurar suas alianças, atar a lealdade dúbia de Aquiles a si e com mais firmeza. Mas um pouco poderia ser, também, pela chance de fazer as pazes comigo — honrar Ifigênia com um grande marido, mesmo sendo um pouco mais cedo do que eu gostaria. E seria um jeito de ver nós duas de novo.

Eu me recostei e tentei ficar o mais confortável possível. Apesar do calor e da poeira erguida da estrada que redemoinhava ao nosso redor, Ifigênia parecia tão bela quanto uma flor recém-desabrochada.

— Você tem razão — eu disse a ela. — Vamos mandar nossos homens para a guerra com uma grande celebração, pois nada é mais feliz e esperançoso que um casamento.

E com as minhas palavras tranquilizadoras, ela sorriu.

O céu em Áulis estava de um azul sólido e sem nuvens. Tínhamos sentido tanto calor na viagem cansativa que eu antecipava nossa chegada à costa com prazer, mas nem o sussurro de uma brisa nos deu trégua. Minhas pernas estavam rígidas quando desci na terra arenosa, e a pele retesada da minha barriga doía como se uma cinta estivesse se apertando cada vez mais forte ao meu redor.

Ninguém estava lá para nos receber, o que me surpreendeu. Tudo que havia à nossa frente era uma longa fileira de tendas que se estendiam pelas planícies até onde eu enxergava. Atrás de nós, os cavalos bufavam e arranhavam os cascos na terra, relinchando por água. O arauto que tinha nos escoltado, o mesmo que trouxera o decreto de Agamêmnon, passou correndo por mim e, antes que eu pudesse falar, perdeu-se entre o labirinto de tendas.

Todo o exército grego estava ali, em algum lugar, mas um silêncio sinistro reinava. Não havia gritos nem conversas, e nenhum som que teria revelado a presença de milhares de soldados rompia a quietude. Talvez fossem o calor — aquele calor terrível e entorpecedor — e a estranha estagnação do ar que os subjugavam.

Esperamos, minha filha e eu. Por fim, vi algo se movendo entre as tendas e, conforme observava, a figura se transformou em um homem, baixo e de estatura larga. Reconhecível em instantes.

— Odisseu — cumprimentei.

Eu me mantive o mais ereta possível, embora me sentisse amarrotada e suja da viagem. Dei uma cutucada sutil em Ifigênia para ela endireitar a postura. Por mais sedentas e exaustas que estivéssemos, éramos mulheres da realeza e nossa dignidade era tudo.

Odisseu nos deu um aceno curto. Quando eu o vira da última vez, seus olhos dançavam continuamente com divertimento, com a alegria de saber que ele estava vários passos à frente de qualquer oponente. Seu rosto agora estava grave, pálido e sombrio. Perguntei-me se eram as saudades do filho recém-nascido e da esposa astuta. Podiam se passar meses antes que os visse de novo.

— Clitemnestra — disse ele. — Espero que sua jornada tenha sido confortável. — Ele se virou para Ifigênia. — E você, Ifigênia, todos aguardamos ansiosamente sua chegada.

— Onde está meu marido? — perguntei. Eu podia simpatizar com seu humor sombrio às vésperas da guerra, mas era o dia antes do casamento da minha filha e eu queria um pouco de alegria, um ar de celebração para animar nossos espíritos.

— O rei Agamêmnon está discutindo estratégia com seus conselheiros — respondeu Odisseu tranquilamente. — Táticas de guerra e coisas do gênero. Venham, eu vou levá-las à sua tenda para poderem descansar antes de amanhã. A cerimônia ocorrerá ao nascer do sol — acrescentou — e nós partiremos logo depois.

Um emaranhado de perguntas se agitava em minha mente. Por que Odisseu, o homem mais sagaz da Grécia, não estava participando de uma reunião de estratégia? Por que celebrar um casamento logo de manhã? Se eles tinham que partir tão cedo, fazer a cerimônia naquela noite faria mais sentido, para nos dar tempo para comemorar. Que estranho, conduzir a cerimônia e partir para a guerra imediatamente depois. Olhei para Ifigênia. Ela parecia tão jovem, parada ali naquele lugar estranho. Talvez eu devesse ser grata a Agamêmnon por ter arranjado as coisas assim, de modo que o marido dela partiria para Troia e a deixaria intocada — enquanto ele permanecesse longe, ao menos.

— Espero que um vento bom sopre amanhã, então — comentei. — Vocês não vão muito longe num dia como este.

— Tivemos muitos dias de calmaria — respondeu Odisseu. Ele se virara para mostrar o caminho, e começamos a seguir entre as fileiras de tendas. Foi então que eu vi os homens, os soldados repousando na sombra. Seus olhos nos seguiram enquanto andávamos. Senti a intensidade dos olhares sobre nós. — Mas os deuses sorrirão para nós depois de amanhã de manhã. Confio que nosso ritual trará os ventos de que precisamos para nos pôr a caminho de Troia.

Era isso, então? Eles esperavam que os deuses fossem sorrir com o casamento e lhes permitissem navegar? Não gostei da ideia de Agamêmnon barganhar nossa filha aos imortais dessa forma e esperei que não fosse o caso.

— Sua tenda — disse Odisseu.

Estava à parte das outras, e esperei uma trégua do calor quando entramos. Sem sequer um sopro para criar uma brisa, porém, estava ainda mais abafada do que do lado de fora. Olhei para Ifigênia. Suas faces estavam coradas, e seus olhos, pesados.

— Há água? — perguntei, sentindo uma tontura.

Havia uma esteira larga feita de tecidos macios — nosso leito para a noite, presumi — e sentei-me ali. Nossos baús já tinham sido trazidos e colocados no canto, sob o teto encurvado da tenda.

— Os homens a extraíram da fonte para vocês hoje — respondeu Odisseu. Vi as jarras colocadas numa mesa baixa, uma transbordando de água e outra doce com vinho. — Vocês devem ter tudo que é necessário para esta noite; só precisam descansar.

Sua cortesia era impecável, mas parecia estranha e forçada. Eu podia sentir seu desespero para se afastar de nós e não conseguia imaginar o motivo. Tive a impressão de que ele não quisera a função de nos recepcionar, que qualquer vestígio de amizade dos dias que passamos brevemente na companhia um do outro em

Esparta se dissolvera por completo. Não podia reclamar que não éramos tratadas com respeito, mas não esperei uma recepção tão reservada como essa.

— E meu marido? — perguntei, a cabeça anuviada do calor, da confusão, da estranheza de tudo. — Ele virá aqui quando concluir sua reunião com os conselheiros?

As palavras de Odisseu saíram suavemente, seu rosto ainda desprovido de qualquer emoção.

— A discussão pode avançar até tarde da noite, então não o espere. Preciso ir; ele precisa de mim. Mas não temam: há guardas ao redor da tenda. Vocês estarão seguras esta noite.

Ele saiu antes que eu pudesse fazer outra pergunta. Ifigênia e eu nos entreolhamos em confusão mútua.

— Tenho certeza de que seu pai virá assim que puder — ofereci fracamente.

Ela verteu um pouco de água da jarra em uma das xícaras e estendeu para mim. Tomei-a com gratidão, esperando que limpasse um pouco do zumbido em minha cabeça.

Onde estava Aquiles? Ele deveria estar ali para nos receber e pôr os olhos na noiva. Eu sabia que havia uma guerra a lutar, mas ele não podia deixá-la de lado por uma noite e nos fazer mesmo uma oferenda parca, como exigia a cortesia?

Ifigênia cruzou a tenda para desafivelar as grossas alças de couro do baú de madeira que trouxemos de Micenas. Ela desatou os nós e soltou a tampa. Ao erguê-la, a fragrância de pétalas trituradas infundiu a tenda com seu aroma rico e inebriante. Ela tirou o vestido cor de açafrão, alisando seus vincos. O linho fino era vívido como uma gema de ovo, deslizando pelas mãos da minha filha em dobras ondulantes. Com cuidado, segurando-o com reverência, ela o estendeu sobre o espaldar alto de uma das duas cadeiras e o fitou com uma centelha de orgulho nos olhos. *Ela estará linda amanhã de manhã,* pensei. Quando saísse diante dos soldados, na frente do pai distraído e do marido misteriosamente ausente, roubaria seu fôlego e faria com que se arrependessem de seu tratamento negligente esta noite.

Enquanto o sol mergulhava no horizonte e o retângulo de céu visível na entrada de nossa tenda lentamente escurecia, podíamos sentir o cheiro das fogueiras pelo acampamento, logo seguido pelo aroma de carne assada. O ar noturno não trouxe trégua do calor incessante, mas me recobrei um pouco com o vinho e a água e a chance de descansar. Ergui-me e espiei fora da tenda.

Ao nosso redor, de fato, estavam os guardas que Odisseu prometera. Mantinham posição de sentido, meia dúzia deles flanqueando nossa tenda. Cada um segurava uma lança de freixo alta, sua ponta cintilando afiada no luar emergente. Nenhum olhou para mim.

De quais perigos Agamêmnon buscava nos proteger ali? Decerto não confiaria tão pouco nos próprios soldados para pensar que a esposa e a filha correriam risco de um ataque naquele acampamento? Mas por que outro motivo colocaria guardas armados ao redor da nossa tenda?

— Quando vamos comer? — perguntei, dirigindo a pergunta a qualquer um, já que nenhum deles encontrava meus olhos.

O mais próximo curvou a cabeça.

— Sua refeição logo será trazida — respondeu ele.

— E seu rei se juntará a nós? — perguntei, a irritação pingando da voz.

Ele não respondeu. Fervilhei de raiva por um momento, sentindo-me ao mesmo tempo tola e impotente parada ali. Em casa, eu me acostumara a dar ordens e a ser obedecida. Ali, naquele lugar estranho, sem nenhum rosto familiar ou mesmo feliz em nos ver, sentia-me perdida e incerta.

Deixei a aba da tenda cair, cobrindo-nos de novo, e me sentei. Como prometido, a comida apareceu, uma bandeja de carne, pão e frutas trazida por outro rosto silencioso e anônimo. Nenhum sinal de Agamêmnon. Contive a impaciência, não querendo incomodar Ifigênia ainda mais.

— Nunca comemos sozinhas — comentou ela. Sorriu para mim, aliviando minha irritação e a leve batucada de preocupação que pulsava no fundo da minha mente. — Sem Crisótemis, sem Electra, sem os criados...

— Um evento raro — concordei.

— Quem será que vão ser meus companheiros de jantar em Ftia?

— Há uma guerra a ser travada antes que isso aconteça — apontei, fracamente. Não gostava de pensar nela tão longe, mas quando Aquiles retornasse, inevitavelmente levaria a esposa.

— O que você sabe sobre ele? — perguntou ela, a voz baixa.

— Apenas que é um grande soldado — eu disse. — Será um grande recurso para o seu pai na guerra. — Pensei um pouco. — Sei que você deve estar com medo — comecei.

Ela balançou a cabeça.

— Não estou com medo. — Ela olhou para mim, o rosto suave e aberto na luz tremeluzente. — Há aventura à frente... uma terra nova, novas pessoas.

Lembrei-me de quando saí de Esparta e cheguei a Micenas como a noiva de Agamêmnon. Como tinha sido assustador ver tudo mudar, mas havia também a emoção de jogar os dados no ar e ver como pousavam.

— A mãe dele é uma ninfa do mar — continuou Ifigênia. — Será que eu vou conhecê-la um dia? Como será que ela é? — As palavras ganharam ímpeto, um pulso de empolgação atravessando-as — Ouvi que, quando ele era bebê, ela o ungiu com ambrosia e o pôs numa pira para queimar o que havia de mortal nele e deixar só o que era imortal. Só que o pai dele, Peleu, veio e a impediu, temendo que ela o incinerasse por completo.

— Ou que o mergulhasse no rio Estige, pelo calcanhar, para lhe dar invulnerabilidade — sugeri, secamente. — Ele é um homem sobre o qual há muitas lendas.

— Eu me pergunto qual delas seria verdade — disse Ifigênia, meio sonhadora.

Contive um suspiro. As histórias sobre ele o faziam soar fantasioso; eu esperava que a realidade não fosse decepcionante.

— Você vai descobrir — eu disse. — Acho que seu pai não virá esta noite, então vamos dormir. Amanhã será um dia importante.

Ouvi movimento fora da tenda, acordando-me de um sono profundo. Ao meu lado, a cama estava vazia e amassada. Sentei-me, perscrutando a semiescuridão em busca de Ifigênia. Distingui sua silhueta, puxando o vestido sobre a cabeça.

— Está ouvindo? — perguntou ela baixinho.

Havia passos lá fora, muitos deles, e o murmúrio suave de vozes masculinas. Afastei os fragmentos de um sonho. Ainda parecia ser o meio da noite, mas Ifigênia tinha erguido as abas da tenda e a escuridão lentamente era sugada do céu. Ouvi os homens se afastando; provavelmente iam cuidar dos preparativos do casamento.

Eu me levantei desajeitada, a barriga de grávida me deixando rígida e lenta.

— Venha cá, deixe-me ajudar você — eu disse a ela.

O tecido amarelo recaiu sobre ela, preso no ombro e pendendo em dobras sobre o corpo. Passei os dedos por seu cabelo, deixando os cachos caírem ao redor do pescoço.

— Você está linda — eu disse com carinho.

A luz turva filtrada pela entrada foi obscurecida por um momento. Uma forma escura pairava lá fora.

— É a hora — veio a voz de um homem.

— Onde está Agamêmnon? — perguntei. No mínimo, ele tinha que aparecer.

— Ele aguarda a filha no altar.

Eu esperava que ele viesse antes até nós, que pudesse vê-lo antes da cerimônia, mas aparentemente não seria o caso. Eu me vesti às pressas, desejando ter mais tempo para nos prepararmos. Aquela cerimônia estranha e apressada não era o jeito de conduzir um casamento. Ainda assim, segurei a língua. Ifigênia parecia agitada de emoção, e eu temia que estivesse sobrecarregada com a imensidão do que a aguardava.

— Venha, vou estar com você — sussurrei, e peguei a mão dela para levá-la ao lado de fora.

A manhã estava enevoada e úmida, uma trégua bem-vinda do sol ardente do dia anterior. Através da neblina, vi os olhos dela queimando com uma emoção feroz, e a puxei para perto, beijando sua testa. Nenhuma palavra foi trocada entre nós.

Os guardas que cercavam nossa tenda vieram nos flanquear. Caminhamos pelo terreno desconhecido, passando pelas últimas tendas. Tentei ver o que havia adiante no silêncio imóvel.

Quando superamos o limite do acampamento, a grama sob nossos pés deu lugar à areia. Atrás de nós, as tendas eram uma massa que começava a despontar no escuro. À frente, o sol começara a emergir além do espelho plano do mar, e lá na praia eu podia ver um altar, temporariamente erigido numa plataforma na areia. As figuras que estavam lá eram só silhuetas escuras, mas uma delas devia ser Agamêmnon.

Ifigênia apertou minha mão. Olhei para ela; ela sorriu para mim, embora seus olhos ameaçassem marejar, e ambas suspiramos e rimos, uma risada estranha e emocionada.

Bem quando abri a boca para falar, um braço fechou-se ao redor da minha garganta. Eu me debati em seu aperto ferrenho, tentando desesperadamente virar a cabeça e ver quem tinha me agarrado. Ao meu lado, dois soldados seguraram os braços de Ifigênia, e sua mãozinha foi puxada da minha enquanto eles a arrastavam na direção do altar, para longe de mim. O pânico me tomou; o que estava acontecendo? Tentei puxar o braço firme ao meu redor, arranhando inutilmente na tentativa de escapar.

O sol se ergueu mais alto, o brilho laranja espalhando-se pelo céu e iluminando as figuras no altar. Pude ver meu marido parado ali. Ele não se moveu. O bebê dentro de mim se remexeu como se sentisse minha aflição, rolando e chutando enquanto eu lutava contra aquela figura sólida e imóvel que me segurava firme.

E Ifigênia foi puxada à frente, fora do meu alcance. Agamêmnon a viu se aproximar. A névoa estava se dissipando nos raios dourados do sol. O rosto dele estava inexpressivo.

Virei a cabeça de um lado para o outro. Por toda parte, o exército observava. Fileiras longas e taciturnas de homens reunidos naquela praia na luz da aurora, tão imóveis e silenciosos como o ar.

Odisseu estava lá, ao lado do meu marido; Menelau do outro lado. Não reconheci nenhum outro rosto. Eu respirava em arquejos bruscos. Procurei Aquiles, mas não o reconheceria se o visse. Contra todas as evidências apontando o contrário, busquei provas de que aquilo era mesmo um casamento, que havia alguma explicação para o que acontecia.

No altar, Agamêmnon puxou uma faca. A lâmina brilhou sob o sol que nascia atrás dele.

Vi a compreensão crescente no rosto da minha filha no momento em que ela notou o que ele pretendia fazer, vi o medo saltar nos seus olhos. Um grito foi arrancado da minha garganta e reverberou no ar estagnado.

Ele a segurou em um instante e a virou para encarar o exército de trás do altar, segurando-a apertado contra si. Devia ter cheirado o cabelo dela, sentido sua maciez contra o peito. Ela olhou para mim, minha filha, nas mãos do pai. Naquele momento congelado em que nada se movia, eu ainda pensava que não era real, que aquilo não podia estar acontecendo.

O braço dele foi tão rápido. O movimento foi um borrão, um corte no ar contra o pescoço dela, seu pescoço suave e precioso. Antes que ela tombasse na madeira do altar, vi o sangue escorrendo pelo lindo vestido amarelo e, por um segundo, pensei que ficaria arruinado, que a mancha nunca sairia, por mais que fosse esfregado entre as pedras no rio. O rio de Micenas, para onde Ifigênia nunca retornaria.

Não sei que som eu fiz, só que o braço na minha garganta se afrouxou de repente. Embora minhas pernas cedessem, eu me arrastei pela areia, na direção do corpo quebrado da minha filha. Só queria segurá-la, ver a vida brilhar nos seus olhos, embora seu sangue escorresse no altar, pelas tábuas de madeira, pingando escuro até atingir a areia. A madeira estava áspera sob meus dedos, farpas entrando na pele enquanto eu a agarrava e me erguia.

Uma lufada de vento jogou meu cabelo contra meu rosto, colando-o nos meus olhos cheios de lágrimas. Ouvi o vento passar pela água, o som das ondas novamente contra a costa. O murmúrio de concretização que passou pela multidão. De apreciação.

O corpo de Ifigênia deslizou do altar de madeira, caindo na plataforma. Afastei o meu cabelo do rosto. O sangue, o sangue estava em todo lugar, manchando sua pele drenada, espessando-se em seu cabelo, o cabelo pelo qual eu tinha corrido os dedos naquela manhã.

Ele já estava se afastando. Sua capa ondulava atrás de si na brisa que começara a soprar. Ele não tinha falado uma palavra.

O exército zarpou quase imediatamente. Tudo estava pronto; eles deviam ter feito os preparativos antes que chegássemos a Áulis. Enquanto seguíamos aos trancos pela estrada quente e empoeirada, eles estavam carregando os navios, antecipando uma rápida recompensa da deusa na forma da benção de ventos para soprá-los para longe da areia manchada de sangue.

Muito tempo depois, eu ouviria os bardos cantarem sobre a morte da minha filha, entre as outras histórias que contavam de Troia. Muitos diriam que, no momento em que Agamêmnon ergueu a faca, Ártemis teve pena de Ifigênia e a trocou por um cervo. Nessa versão da história, minha filha vive como sacerdotisa e favorita da deusa em uma ilha em algum lugar. Crucialmente, nessa versão, Agamêmnon não fez nada além de sacrificar um animal. É poético e bonito, e muito limpo.

Mas eu vi o corpo dela convulsionar nos braços do pai enquanto ele puxava a lâmina contra sua garganta. Eu a segurei, quente, ensanguentada e morta na praia, enquanto o sol subia no céu e os ventos nos açoitavam. Lembro-me do tecido cor de açafrão com manchas carmesins esvoaçando ao redor dos tornozelos dela, e de como fiquei encarando seu rosto por tanto tempo, sem acreditar que seus olhos não se abririam de novo e que ela não olharia para mim e me chamaria de mãe e me beijaria.

Não sei quanto tempo fiquei sentada lá, com minha filha no colo. Quantas horas eu tinha ficado sentada, presa pelo seu corpinho macio, quando ela era bebê? Naquelas noites em que seus olhos tinham finalmente se fechado e eu não ousara colocá-la no berço com medo de que ela acordasse, então ficava lá, na minha cadeira, acompanhando a passagem da lua pelo céu e a ouvindo respirar. Ali na praia ensanguentada, senti meu peito subir e descer, e me perguntei como ele continuava a se mover, como meu coração ainda batia no peito quando aquilo tinha acontecido.

Atordoada, eu as vi se aproximar — as mulheres. Só tínhamos visto homens desde a chegada a Áulis, mas agora as mulheres caminhavam pela praia na minha direção. Mulheres do vilarejo, talvez, mulheres que cuidavam dos soldados acampados ali. Eu não sabia, nem perguntei. De uma forma ou de outra, as mulheres sempre vinham depois de uma morte. No passado, eu mesma estive entre elas, cuidando de uma mãe chocada, gentilmente soltando seus braços do cadáver que abraçava. Pestes, epidemias ou acidentes; não era incomum perder um filho. Senti o toque de mãos gentis, ouvi murmúrios, as palavras que eu provavelmente tinha dito a outra mãe em outra vida. Quando tentaram me levantar, eu resisti, mas elas ficavam dizendo "O bebê, o bebê", e por fim percebi que não estavam falando de Ifigênia. Queriam que eu fosse para a sombra, que bebesse água pelo bebê em meu útero. A cabeça de Ifigênia estava apoiada no meu colo, e eu a abaixei na madeira áspera tão carinhosamente quanto se fosse seu berço, como se temesse acordá-la. E então as deixei me levantar. Parecia impossível que as ondas ainda batessem na areia, que meus pés pudessem dar um passo depois do outro. Enquanto duas delas me ajudavam, outras se ajoelhavam ao redor do corpo da minha filha. Ela era tão magrinha, tão pequena, que elas a ergueram com facilidade, mas eu fiquei feliz, mesmo com a mente estilhaçada, por elas a tocarem com tanto cuidado, como se ela fosse feita de vidro.

O acampamento foi deixado em ruínas. Círculos de terra chamuscados onde houvera fogueiras, estacas de madeira abandonadas que tinham sustentado tendas, o que quer que eles considerassem lixo apenas foi deixado na vegetação baixa. Eles devem tê-lo desmontado com eficiência implacável, em sua pressa para partir.

A tenda na qual Ifigênia e eu dormíramos foi deixada intocada. Talvez ninguém quisesse se aproximar dela. Foi para lá que as mulheres me guiaram. Elas puxaram uma cadeira e me fizeram sentar, passaram água na minha pele manchada de sangue e ergueram uma taça aos meus lábios para eu beber. A esteira na qual tínhamos dormido, onde ela tinha deitado ao meu lado, sua respiração suave e regular ao longo da noite — elas a ergueram, tiraram o tecido e deitaram o corpo dela ali. Mas, quando trouxeram água e panos, afastei suas mãos. Eu mesma faria isso.

Banhei seu corpo sozinha. Os panos eram macios, a água, quente. Tirei o vestido arruinado, seu vestido de casamento. Beijei sua pele limpa. Quando ela era pequena, gritava de tanto rir quando eu enterrava o rosto nas dobras rechonchudas dos braços, dos joelhos com covinhas. Agora seus membros eram longos e desajeitados. Agora ela jazia fria e imóvel, o mesmo que beijar a terra insensível.

Elas me trouxeram óleos aromatizados para esfregar em sua pele, ajudaram-me a enrolar linho limpo e branco no corpo dela. Trouxeram-me uma guirlanda; uma coroa de flores entrelaçadas para apoiar no seu cabelo. Uma moeda para pôr na sua boca. As últimas coisas que eu podia fazer por ela. As coisas que eu fazia para a minha filha para ela poder repousar, mesmo que meu corpo parecesse prestes a se partir, que ninguém pudesse sentir tanta dor por dentro e não estilhaçar.

Quando recuei para observá-la, pálida e linda, emoldurada por pétalas, coberta pelo tecido macio, o cabelo agitado gentilmente por aquela brisa provocadora e infinita, não consegui entender como o sol brilhava no céu — o mesmo sol que nascera com a morte dela.

Queria cavar a terra úmida com as unhas e deixá-la me sufocar. Queria que a escuridão se fechasse sobre meu rosto para sempre. Mas ainda não a tínhamos mandado em seu caminho; não tínhamos acabado. Em Micenas, grandes túmulos eram entalhados nas rochas para abrigar os restos mortais do rei e de sua família. Ifigênia não jazeria ao lado deles. Os ossos dela não iriam repousar com os assassinos cuja linhagem levava inexoravelmente a Agamêmnon.

Em Troia, os gregos queimavam seus mortos em batalha em piras gloriosas. Minha filha, a primeira vítima da guerra deles, queimaria antes deles.

Mais tarde, eu me obrigaria a recordar todos os detalhes daquele dia. Eu os repassaria na mente, sombriamente determinada a conhecer todos eles. Mas nunca lembrei o nome das mulheres de Áulis que vieram me ajudar, se é que elas me disseram. O corpo da minha filha foi queimado sob o canto de estranhas; foram as lágrimas delas que aguaram a areia, suas preces que acompanharam as cinzas dela pelo vento serpenteante e as carregaram pelo oceano.

Lembro-me de verter vinho na terra, e mel, leite e água, conforme o céu escurecia. Segurei uma mecha de cabelo na mão, do meu cabelo, e a coloquei sob as mãos dela, que estavam dobradas no peito. Sei que o pôr do sol foi magnífico, uma chama ardente afundando no mar, ateando fogo às nuvens com rosa e dourado. Lembro-me do crepitar das chamas enquanto a pira era acesa e de como cravei as unhas nas palmas até a pele sangrar para me impedir de mergulhar naquele fogo e puxar seu corpo dali. Não sei como o deixei ser consumido — seu rosto que eu tinha beijado, seu cabelo que eu tinha escovado, tudo escurecido e chamuscado até se desfazer em cinzas.

Minhas filhas vieram do meu corpo; sua carne nascera da minha. Seus braços se estenderam primeiro para mim, chamaram por mim na noite, e eu as abracei e respirei o aroma doce de suas cabecinhas carecas. Enquanto cresciam, eu sempre sentia o eco desses bebês. Meu corpo não podia saber o que minha mente sabia; doía com a ausência dela.

Eu temera mandá-la embora um dia para se tornar uma esposa, uma mãe. Essa separação já seria difícil. Vi o fogo lançar faíscas para o céu noturno e me perguntei onde ela poderia estar. Seguindo aquele caminho frio, úmido e sinuoso até o Submundo sozinha? Eu tinha ido a todo lugar antes dela; percorrido os caminhos pelos quais a mandara para certificar-me de que eram seguros antes de deixá-la ir. Como podia enviá-la agora a um lugar que eu não conhecia, sem estar ao seu lado?

Mas, se eu a seguisse para lá, como a vingaria? O pensamento era frio e nítido em minha mente, em meio ao caos do luto e da dor, enquanto mantive minha vigília durante a noite. A dor que me arranhava por dentro, rasgando minha pele e me despindo de tudo até não restar nada. Nada exceto isso. A certeza inflexível no meu âmago; o gosto frio de ferro e sangue no meu interior que dizia: *Ele sentirá isso também, e pior.*

Não foi o bebê que eu ainda carregava no corpo que me levou da areia muito depois que o fogo consumiu minha filha e deixou apenas cinzas para trás. Na luz do sol nascente, eu rezei para que meu marido sobrevivesse a essa guerra e retornasse são e salvo para mim. Não queria que nenhum soldado troiano tirasse o que era meu, que nenhum guerreiro aproveitasse sua chance de glória enterrando a espada no coração de Agamêmnon. *Deixem-no voltar,* sibilei para o céu vazio. *Permitam que volte para eu ver seus olhos quando a luz sumir deles. Permitam que volte e morra nas mãos de sua pior inimiga. Permitam que volte para eu vê-lo sofrer. E permitam que eu o mate devagar.*

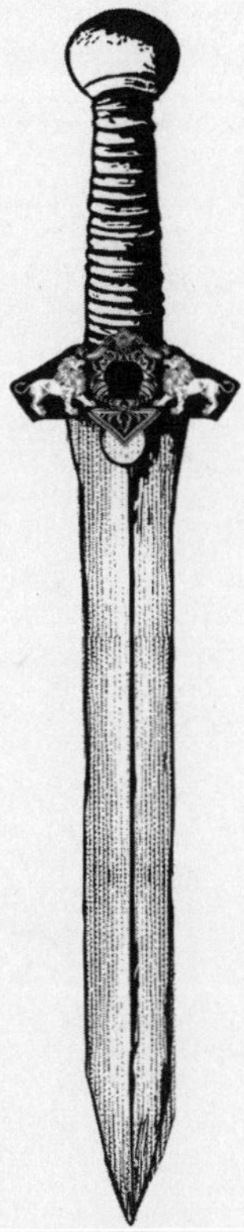

PARTE II

10

Electra

Quando Clitemnestra voltou de Áulis sem Ifigênia, seu rosto estava inchado e manchado de lágrimas, o cabelo pendendo em nós emaranhados. Crisótemis tinha me puxado para ir encontrar a carroça que voltava, mas quando vimos aquela mulher que mal se parecia com nossa mãe, virei-me e escondi o rosto nas dobras da saia da minha irmã. Até sua voz estava diferente — rouca, áspera e gutural enquanto ela cuspia palavras como veneno pingando sobre nós.

Uma vez, Crisótemis me levara ao porto e eu vira os pescadores puxando grandes barris de caramujos, suas conchas chacoalhando umas contra as outras. Quando perguntei para o que serviam, ela me contou como eles seriam triturados e a tintura roxa retirada dos fragmentos polpudos de seus corpos.

— É assim que fazemos roupas tão bonitas — disse ela, bem-humorada, e apontou para a cor escura dos detalhes do meu vestido. De repente, os adornos de que eu tanto me orgulhara pareceram repugnantes. O tom escuro de roxo-avermelhado, que indicava luxo e riqueza, de repente passou a parecer mais com manchas de sangue, e eu não conseguia afastar a imagem daqueles corpos pegajosos espremidos até que o muco espesso e escuro esguichasse. Antes me sentira bonita e delicada, agora manchada e maculada. Foi disso que as palavras de minha mãe me lembraram. Como veneno tóxico, bile azeda, eram tiradas das entranhas dela e lançadas sobre nós.

Ifigênia estava morta. Tentei entender o que isso realmente significava. Ela não tinha voltado; não ia voltar. Eu não ouviria mais seus passos leves; ela não estaria mais lá para se sentar e brincar de boneca comigo. Nunca mais eu subiria num banco para coroá-la com as flores que gostava de colher dos jardins e trançar.

E mamãe estava nos dizendo que papai tinha feito isso. Não fazia sentido algum.

Olhei para Crisótemis. Ela sabia por quê? Seu rosto estava pálido, seus olhos, arregalados enquanto ouvia. Apertei a mão dela, tentando fazê-la olhar para mim. Ninguém parecia como antes, e eu estava assustada.

— Foi um truque — disse minha mãe. — Não houve casamento algum. Ele cortou a garganta dela para conseguir um vento bom. — Seu rosto se contorceu como se ela fosse chorar. Estendi os braços para ela, sem entender o que ela queria dizer, mas com medo de vê-la tão quebrada, tão estranha. Mas ela só me olhou por um momento como se não me reconhecesse. E então se afastou, deixando-nos ali.

Foi Crisótemis que envolveu os braços ao meu redor. Embora fosse só alguns anos mais velha que eu, foi ela quem me reconfortou e explicou o melhor que pôde.

— Ártemis exigiu isso — contou-me mais tarde, a voz rouca entre soluços. — Papai tinha que sacrificar algo que amava para provar como é corajoso.

Assenti devagar. Se os deuses diziam que você precisava fazer uma coisa, você não tinha escolha. Isso era algo que eu sabia. Algo que conseguia entender.

— Tinha que ser ele, ninguém mais — continuou ela. — Ele é o líder do exército, então tinha que ser ele.

— Não é culpa dele — sussurrei. Falar as palavras fez que eu me sentisse mais leve: o peso esmagador que nossa mãe depositara em nós ergueu-se de repente com a revelação, a verdade. Ártemis tinha dado uma ordem, então Ifigênia estava morta.

Mas minha mãe não estava, então eu não entendia por que se comportava como se estivesse. Ela ficava trancada nos próprios aposentos, e mesmo quando saía, era como um fantasma flutuando entre nós. Eu tinha medo de olhar seu rosto inexpressivo, seus olhos vazios. Minhas pernas e cabeça doíam, mas ninguém parecia notar. Onde estava nossa mãe? Por que ela não vinha lavar minha testa e se sentar ao lado da minha cama de novo?

No pátio, eu ficava parada, de costas para o palácio, olhando para as montanhas, para além da construção arredondada que se erguia na planície. Era o túmulo que supostamente iria abrigar os corpos da nossa família um dia. Mas não tinham trazido Ifigênia de volta, e esse pensamento era perturbador: que ela tinha saído do nosso alcance, que nem podíamos dizer adeus. Ergui os olhos para os fiapos de nuvens coroando o pico das montanhas e virei as palmas para o céu.

— Ártemis — sussurrei.

Tentei pensar nas sacerdotisas, como seus rostos ficavam flácidos e seus olhares, distantes quando rezavam, como se estivessem fora de si. Como eu saberia se ela estava ouvindo? Encarei as nuvens até minha visão nadar. Não sabia como dirigir-me a ela, como pedir o que queria. Tudo que sabia de Ártemis era que ela caçava e corria pelas florestas, que era feroz e selvagem. Eu não sabia por que ela tinha levado minha irmã ou o que queria com a minha família. *Que seja suficiente,* foi tudo que pude pensar.

— Deixe meu pai voltar para casa — pedi em voz alta, desesperadamente esperando que, se me ouvisse, atenderia às súplicas de uma criança. — Por favor, não o leve também.

Quer a deusa se comovesse ou não, meu pai tinha ido embora, cruzado o oceano até um lugar que eu não conseguia sequer imaginar. Ifigênia estava no Submundo, um lugar onde eu não podia segui-la. Minha mãe estava atrás de uma porta fechada e, de alguma forma, mais distante que os dois. Eu não conseguia entender por que Clitemnestra não saía do quarto, por que não sorria para nós nem nos contava histórias como antes. E, mesmo quando eu batia na madeira sólida e a chamava, ela nunca respondia ou dava qualquer sinal de que me ouvia.

Se meu pai retornasse, ele a faria sair, eu tinha certeza. Todo mundo no palácio o obedecia. Se ele estivesse lá, falaria com ela. A cada noite, eu pegava a adaga que ele me deixara, que eu mantinha enrolada em tecido e escondida sob a cama. Eu a segurava com cuidado, traçando o contorno do leão. Torcia para que meu pai rosnasse na cara dos guerreiros troianos do mesmo jeito. Ele não temeria suas lanças e seus gritos de guerra; eles cairiam em seu caminho e ele retornaria vitorioso para casa, eu sabia. Eu olhava para o mar distante todo dia, vasculhando as ondas vazias pela aproximação dos navios compridos. Mas dia após dia se passava, um igual ao outro, e ele nunca voltava.

11

Clitemnestra

Eu temia o parto iminente como não temera nenhum dos outros. Não era a dor que me assustava. Eu não tinha medo pela minha vida, nem pela do bebê. Acima de tudo, estava apavorada com a ideia de olhar o rosto do meu novo bebê e ver Ifigênia. Talvez pudesse ter sido um conforto para mim, mas tudo que eu sentia era um temor dolorido de que mais sofrimento inexplorado se escondia em mim, e que a tempestade da maternidade me lançaria contra mais rochas afiadas. Eu me encolhia do pensamento, fraca e covarde.

Lutei contra a onda crescente quando veio. Andei de um lado para o outro o máximo que pude, apoiando os punhos na parede, engolindo meus berros. Suor banhava minha testa e eu gemia. Não podia impedir aquilo mais do que voltar àquela praia, que eu via sempre que fechava os olhos, e arrastar minha filha para longe dali.

Era um filho. Um menino, cuja chegada eu pensara que iria esmagar a concha fria da minha existência e me deixar contorcida na luz dura, exposta e sensível. A verdade talvez tenha sido pior — pois, embora eu tivesse me preparado para a agonia do amor e do luto renovado, segurei meu bebê e não senti nada.

Ele nos fez retornar a uma espécie de normalidade, acho. Eu não podia mais ficar deitada, entorpecida pelo sofrimento, o dia todo.

Ele era só um bebê, e eu tinha pena dele pela vida que o aguardava. Não imaginara que traria meus filhos a um mundo que podia drenar seu sangue à luz da aurora antes que sequer tivessem uma chance de viver. Senti uma onda de simpatia por uma criança inocente nascida de pais como Agamêmnon e eu: o pai, um monstro além da imaginação, e eu, sua mãe, incapaz de invocar um fiapo da devoção que tinha concedido a minhas meninas. Ofereci a Orestes uma maternidade mecânica. Embalei-o, amamentei-o e beijei seu rostinho, mas não construí seu futuro em sonhos. Entregava-o às amas sempre que podia. Não me voltei aos altares fumegantes na cidade para rezar por sua sobrevivência. Sabia que essas preces não seriam ouvidas. Toda mãe em Micenas fazia essas barganhas fervorosas — não só para que seus bebês fossem poupados da peste e da febre, mas que seus maridos voltassem de Troia. Nessa última prece, eu me juntava a elas. Mas era a única súplica que eu fazia aos deuses agora. Teria sido melhor para Ifigênia sucumbir à doença antes de poder falar, antes de poder ela mesma sonhar com seu futuro.

Então, eu cuidava do bebê quando era obrigada e deixei meus aposentos para reassumir meus outros deveres maternais, embora Crisótemis e Electra pudessem ver o fracasso de minhas tentativas cansadas, a mortalha entorpecedora jogada sobre meu coração. Com que propósito eu lhes ensinava a tecer ou cantar? Como eu sabia que não criava outra criança para o abate? Se a maré virasse nas praias troianas, se o exército de Agamêmnon fosse rechaçado, será que uma multidão furiosa invadiria o palácio buscando sangue inocente para pagar o preço aos deuses vorazes novamente? A ideia de enfrentar aquela dor de novo era um ferro ardente na minha pele. Melhor me proteger, me esconder atrás da única armadura que podia construir. Eu olhava por cima da cabeça das minhas filhas, olhava para além delas e não ouvia quando falavam. Não queria mais lembranças tenras que estraçalhariam meu coração quando elas também fossem tiradas de mim.

Além disso, Agamêmnon tinha deixado uma enorme lacuna para trás. Não só o rei tinha deixado Micenas, mas todos os homens com idade para lutar. Ele tinha levado todos, determinado a ter a melhor e mais poderosa força entre os aqueus. Tudo que restou em Micenas foram os homens mais velhos, debilitados demais para a guerra, e garotos jovens e inexperientes. Um dia passei pelos anciões e os ouvi lamentar, preocupados. Como conduzir o reino, como arbitrar cada disputa, como cuidar dos estoques e depósitos para o inverno à frente enquanto os homens ainda estivessem em Troia. Como nos defender contra invasores, quando vissem como nosso rei nos deixara desprotegidos em sua avidez para conquistar glória em costas estrangeiras. Parei atrás dos pilares do salão do trono, ouvindo seus resmungos ansiosos. No corredor, o riso das minhas filhas ecoava. Procurei a voz de Ifigênia entre elas antes de me impedir, me proteger. Encolhi-me, girei nos calcanhares e segui para a câmara grande e arejada do trono antes que pudesse pensar.

Os olhos dos homens caíram sobre mim; em parte suplicantes, em parte desconfiados. Ouvi passinhos infantis se afastando; as crianças tinham passado, deixando para trás um silêncio abençoado.

Se Agamêmnon, apesar do seu ego frágil e da sua vaidade feroz, tinha conseguido liderar Micenas, isso certamente não estava além das minhas capacidades.

Minha voz soou, o eco no espaço abobadado me fazendo soar mais ríspida e imperiosa do que eu esperava.

— Micenas sofre na ausência dos homens. — Com movimentos cuidadosos e deliberados, eu me sentei no trono ao lado do assento vazio de Agamêmnon. Alisei o vestido e examinei cada rosto incerto à espera. — A cidade precisa de um líder. — Deixei minhas palavras serem absorvidas. — Então, por que não me trazem seus problemas mais urgentes e eu lhes darei minhas ordens?

Eles poderiam ter se irritado, protestado, mas seus rostos, em vez disso, demonstravam alívio. Ninguém queria ser a pessoa que teria que enfrentar Agamêmnon quando voltasse e explicar ao rei furioso por que suas riquezas tinham sido pilhadas e seu poder desperdiçado enquanto ele estava fora. Estavam contentes de ter alguém disposto a assumir a culpa. E eu estava contente, profundamente grata, por ter problemas à minha frente com soluções, por focar minha mente em algo com um propósito e uma resposta: qualquer coisa para impedi-la de vagar por túneis escuros e sinuosos até um lugar que eu nunca poderia alcançar, em busca de algo que nunca poderia ter.

Um pouco da névoa que pairava sobre mim desde Áulis por fim começou a se dissipar. Mas a determinação que me acompanhava desde que estive na praia ao lado da pira funerária da minha filha não se suavizou. Ela ardia dentro de mim como uma chama inextinguível. Eu preservava o reino de Agamêmnon não para apresentá-lo a ele no seu retorno, mas para torná-lo meu.

12

Cassandra

No começo, Páris manteve Helena enclausurada. Eu não sabia se era finalmente uma pontada de vergonha, se sentia certo desconforto quando fitava o rosto enrugado do nosso pai, ainda mais vincado de preocupação depois do que o filho rebelde de Troia tinha feito. Ou talvez meu irmão apenas temesse que outra pessoa a roubasse, aproveitando a oportunidade como ele fizera em Esparta. Mas ele não conseguiu resistir ao impulso de exibi-la por muito tempo. De que adiantava ter a mulher mais linda do mundo como sua esposa se ninguém mais podia vê-la?

Ela era charmosa também. Eu a via nos corredores do palácio, observava a naturalidade com que falava com todos. Tratava Príamo e Hécuba com um respeito deferente, e por mais que os olhos de minha mãe fossem marcados pela suspeita, eu via o rosto do meu pai relaxar na presença dela. Eu a via puxar conversa com Heitor, os sorrisos dele genuínos, pelo que podia ver. Perguntei-me quantas vezes ele tinha considerado arrastá-la até um navio cheio de ouro e mandá-la de volta para o marido com nossas desculpas mais fervorosas. A ideia devia ter cruzado a cabeça dele. Mas Príamo a tinha aceitado, e ele era nosso rei. Os dias se passavam e ainda não havia sinal de vingança grega no horizonte.

Fiquei longe dela. Sentia-me envergonhada por ter arrancado seu véu quando ela chegou, porque as coisas que ela teria ouvido sobre a irmã louca de Páris sem dúvida tinham se provado verdadeiras assim que me conheceu. Quando sentia o calor do seu olhar sobre mim e suspeitava que ela estava prestes a falar, eu fugia. Só quando veio ao templo de Apolo, eu falei com ela pela primeira vez.

Ela era inconfundível, seguindo na direção da entrada. Mantive-me nas sombras, semioculta atrás de uma coluna enquanto a observava se aproximar. A brisa agitava seu vestido, fazendo-o ondular ao redor das pernas. Ela pisava tão de leve, como uma nuvem flutuando através da cidade, esculpida em uma perfeita forma humana, mas não mais substancial do que o ar. Algo que nunca conseguiríamos segurar, algo que poderia sair flutuando a qualquer momento, além do nosso alcance. Eu não conseguia tirar os olhos dela. Seu olhar estava abaixado, sua postura, recatada, os braços, cheios de flores que devia estar trazendo ao deus. Era prudente tentar cair nas graças do nosso benfeitor imortal, vincular-se a Troia e seus protetores. Os caprichos de Afrodite não seriam suficientes para manter Páris e ela seguros.

Ela não ergueu os olhos até chegar aos degraus. Ao fazê-lo, sorriu como se estivesse surpresa ao me ver, mas eu tinha certeza de que sabia que eu a estava observando o caminho todo.

— Cassandra — cumprimentou, a voz cheia de sinceridade e afeto.

Tentei encontrar seus olhos, mas desviei os meus. Um pequeno lagarto cruzou a pedra quente, entre as barras de luz e sombra que entravam através das colunas do templo. O animal parou, mantendo-se perfeitamente imóvel como se também aguardasse minha resposta. Eu não sabia como falar com ela.

— Desculpe se estou interrompendo seus deveres — disse ela.

Balancei a cabeça.

— Entre — eu disse, ainda sem a olhar. Tive uma impressão do cabelo dela balançando ao passar, do seu sorriso, do aroma doce das flores que ela carregava. Virando-me, pisquei depressa, tentando afastar as formas gravadas na minha visão pelo sol forte enquanto meus olhos se ajustavam à penumbra no interior.

— Que lindo — disse ela.

Eu não sabia se estava falando do templo como um todo ou da estátua de Apolo, para a qual olhava. Imaginei por um segundo os olhos dele virando-se para nós, seus pés de marfim se flexionando e se erguendo do plinto, sua túnica entalhada esvoaçando ao redor dos ombros. Será que ela continuaria parada ali com a mesma confiança inabalável?

— Os templos são assim em Esparta? — Fiquei surpresa com minha própria pergunta.

Ela a considerou com cuidado.

— Algumas coisas são parecidas — respondeu. — Mas Troia é um lugar muito diferente. — Ela suspirou. — Eu nunca deixei Esparta desde que era criança. Isso é outro mundo.

Eu queria perguntar aonde mais ela tinha ido, mas hesitei. Havia um eco de tristeza em sua voz, algo que eu não sabia se podia ou deveria bisbilhotar.

— Páris contou muito sobre a cidade para você? — perguntei por fim, então me encolhi ao pensar nos dois a bordo do navio, afastando-se da casa dela. Será que ela ia querer revisitar a experiência ou era uma lembrança dolorosa? Eu realmente não fazia ideia. Ela não parecia a mulher que eu tinha imaginado, convencida e serena diante do desastre que eles trouxeram para nós. Em vez disso, era quieta e contemplativa, muito diferente de Páris. Não era tão fácil odiá-la quando estava à minha frente.

— Como descrever algo que você nunca imaginou? — Ela deu um sorriso irônico. — Enfim, Páris mal conhece Troia também. Ele é um estranho aqui quase tanto quanto eu.

No entanto, ele não se comportava como um estranho. Parecia tão à vontade, tão familiar no palácio, como se tivesse crescido ali, esparramando-se em cadeiras intrincadamente entalhadas a vida toda, bebendo de cálices incrustados de joias, coberto de linho fino, sempre sorridente, sempre tagarela.

— Todos em Esparta me conheciam — continuou Helena. — Eu e minha irmã, Clitemnestra. — Uma brisa fria insinuou-se ao redor das colunas curvas, arrepiando meus braços. — E eu os conhecia. Aqui, todos sabem meu nome, mas eu não sei o deles nem nada sobre eles. — Ela olhou por cima do ombro para mim e nossos olhos se encontraram por fim. — Mas eu sei um pouco sobre você. Que você vê coisas.

— Se ouviu isso, sabe que ninguém acredita em mim. Acham que sou louca.

Ela deu de ombros.

— Como eu disse, é difícil descrever algo que alguém nunca imaginou. Para pessoas que não foram visitadas por um deus, é fácil desacreditar. Minha mãe... as pessoas achavam que ela estava mentindo, quando disse que Zeus a visitou.

— Quando mudaram de ideia?

— Quando eu nasci.

A beleza inumana de Helena era a prova; todos se convenceram de que ela tinha um parentesco divino assim que a olharam. Abaixei os olhos. Onde estava a minha prova? Mesmo quando meus avisos se provavam verdadeiros, as pessoas pareciam esquecer que eu os dera. Minhas palavras eram insubstanciais, perdidas no ar assim que eram ditas.

— Quando Páris viu as deusas Afrodite lhe prometeu que eu seria sua esposa. E cá estou. — Ela sorriu e eu me lembrei de minha irritação com ele quando nos contou a história, ou parte dela, ao menos. Ele tinha deixado de fora que Helena seria seu prêmio. — Mas Apolo concedeu uma dádiva a você que as pessoas não enxergam, então talvez seja mais fácil para eles pensarem que é loucura.

— Uma dádiva — repeti.

O rosto dourado da estátua permaneceu impassível. Mordi o interior da bochecha para não falar mais. Beleza e amor eram dádivas, talvez — mesmo que eu soubesse que a beleza de Helena era uma coisa terrível, o estopim da guerra e do caos. Mas se eu lhe dissesse isso, apesar de toda a gentileza com que falara, ela dispensaria o alerta como todos os outros. Permaneci imóvel, com os braços cruzados. Ela poderia fingir que entendia, mas eu sabia que, se contasse a ela, se a deixasse vislumbrar mesmo uma fração das revelações que estilhaçavam minha mente, ela acharia um jeito de esquecê-las, ignorar a verdade e ouvir outra coisa no lugar.

— Você veio fazer uma oferenda — eu disse. — É sábio vir a Apolo, sendo recém-chegada à nossa cidade. Se é para ser uma princesa de Troia, é bom que o venere.

— É claro.

Ela jogou a cabeça levemente para trás, o rosto liso e amigável como antes, mas algo se fechara entre nós. Eu era a sacerdotisa de novo, ocupando-me com os rituais que aprendera, que podia repetir e agarrar todos os dias enquanto tudo ao meu redor parecia tropeçar, torcer e mudar. Essa era a dádiva: estabilidade. O chão de pedra sólido onde podia apertar a testa, as paredes que se erguiam ao meu redor e me abrigavam — pelo menos por ora, até a tempestade que eu sabia que viria nos varrer.

Quando Helena saiu, eu não a vi se afastar. Sabia que ela voltaria, e contra minha própria vontade senti uma centelha de curiosidade, uma atração por ela: a outra forasteira na minha cidade.

Embora eu soubesse que viriam, não consegui me preparar para o momento em que a frota grega foi avistada no horizonte, uma vasta fileira de navios compridos com proas curvas que se estendiam por toda a margem do mundo. Ninguém nunca tinha visto tantos navios.

Até Helena ficou surpresa; Helena, que me visitava no templo, voltando depois daquela primeira conversa para falar comigo como se eu fosse qualquer outro membro da família, uma irmã do marido dela, como Andrômaca, que se casara com Heitor.

— Eles devem ter convocado cada homem em idade de lutar de cada ilha — disse ela, enrolando uma mecha rebelde que pendia ao lado do rosto adorável.

O ar do crepúsculo estava estagnado, as estrelas cintilando no céu. Atrás dos muros da cidade, na praia, os gregos estavam montando seu acampamento. Seu número era inacreditável. Em Troia, o pânico se misturava com uma estranha empolgação, uma descarga de energia enquanto nos preparávamos. A tensão se rompeu por fim, a espera por retaliação tinha acabado. Príamo recebera uma delegação antes da invasão; Troia tinha segurado o fôlego para ver se ele entregaria Helena, mas ele não entregou. Então o exército veio. Vendo suas dimensões, será que ele vacilaria? Era isso o que preocupava Helena? Que ele a entregaria a eles, que a devolveria ao marido? Mesmo se o fizesse, certamente eles não se contentariam em ir embora só com ela. Milhares de homens tinham deixado suas casas; deviam ter recebido mais promessas do que apenas uma mulher. Eu não precisava ver o futuro para saber que isso não seria suficiente.

— Por que tantos viriam? — perguntei.

Ela balançou a cabeça, franzindo o cenho de leve.

— Não sei.

Perguntei-me se ela estava com medo. Perguntei-me o que aconteceria com ela quando o exército derrubasse nossos muros. Meu destino, como o do resto das mulheres de Troia, parecia mais claro. E eu me vi aterrorizada. Tinha sofrido o desdém de todos ali, sua irritação com a minha maldição, mas isso não era nada comparado ao que me aguardava se a cidade caísse — ou *quando* a cidade caísse, como eu vira no dia em que Páris voltara para nós.

O ressoar de bronze do outro lado das planícies era tudo que ouvíamos, onde antes eu conseguia sair da cidade agitada e sentir a brisa fresca do mar no rosto, com as gaivotas guinchando e rodopiando acima. Todos estávamos presos dentro dos muros de Troia, todos exceto os homens, que vestiam sua armadura ao amanhecer e saíam para a praia como um enxame de formigas. Eles voltavam ao cair da noite, feridos, ensanguentados e quebrados. Os mortos jaziam espalhados pelas planícies, empalados, de olhos vítreos, encarando o vazio enquanto o sangue congelava em seus ferimentos e as moscas zumbiam em nuvens espessas acima deles. Em intervalos, havia tréguas em que gregos e troianos reuniam os cadáveres. A fumaça das piras asfixiava o céu, subindo dos acampamentos gregos espalhados na costa e jorrando da nossa cidade sitiada. Só os mortos podiam sair de Troia agora.

13

Clitemnestra

Quando chegou, disse que era um viajante. Eu mal prestei atenção nele.

— Deem comida, um banho e uma cama para ele — ordenei com um aceno para as escravas, cujos rostos se tornaram indistinguíveis para mim. No começo, eu via a curva macia do braço de Ifigênia ou o seu cabelo lustroso em toda jovem que encontrava, por menos que se parecessem com ela. Quer fossem escravas ou as filhas nobres das outras casas ricas de Micenas, doía vê-las vivas enquanto ela estava morta. Era a esperança da juventude, talvez, a doçura da vida no auge do viço que eu reconhecia. E não eram só as meninas; eu via a mulher que ela podia ter sido em toda figura feminina que encontrava: uma noiva ansiosa, uma nova mãe, até uma anciã enrugada — coisas que ela nunca seria. Eu tentava só não olhar para elas.

Um viajante procurando hospitalidade não era nada para mim. Os únicos que me interessavam eram os mensageiros que nos traziam notícias de Troia. Então eu apurava os ouvidos, escutava o que tinham a dizer. No começo, eu não tinha um sistema pronto; dependia dos arautos que podiam viajar mais rápido do que uma frota de navios para me avisar se meu marido estava voltando vitorioso. Agora, tinha instalado torres de sinalização e vigias que se estendiam pelas ilhas entre nós e Troia, prontos para acender uma cadeia de chamas que traria a notícia assim que a cidade caísse. Até o momento, havia pouco a relatar. Os soldados gregos acampavam nas costas de Troia, mas os muros da cidade resistiam.

Eu começara a caminhar no pátio de noite, depois de passar o dia imersa nos assuntos do reino. Ao contrário das irmãs, o bebê Orestes dormia contente em seu berço, mas descobri que não conseguia tolerar as horas que passava acordada ouvindo sua respiração suave. Ansiava pela solidão mais do que qualquer coisa — quase qualquer coisa, ao menos, sem esquecer como meu coração acelerava ao ouvir da guerra e dos incontáveis jeitos como meu marido poderia morrer nela, ou, o que seria mais precioso para mim, depois dela. Mas na maioria dos dias eu só queria ser deixada em paz. As conversas dos outros, fossem minhas filhas ou qualquer outra pessoa, eram como uma coceira insuportável. Eu ansiava por me perder em meus próprios pensamentos, planos e meu único sonho remanescente. Vivia pelas horas quietas da noite, quando tudo que podia ouvir era o refluxo e o sibilo suave das ondas distantes, quando tudo que me tocava era a carícia fria da brisa escura.

Jamais me perturbavam quando eu estava no pátio. Duvido que alguém soubesse que eu ia para lá, noite após noite. Sempre fora um lugar privado: quando Agamêmnon e eu nos sentávamos juntos sob as estrelas, logo após nos casarmos; quando eu tinha caminhado com bebês inquietos de um lado para o outro; quando eu conseguia um momento de paz entre a agitação de criar três garotas enérgicas depois de finalmente persuadi-las a dormir. Agora, eu passava horas solitárias ali, na escuridão silenciosa, e eram os únicos momentos de paz que conseguia encontrar em minha alma destruída.

Então o som de passos foi tão inesperado, tão raro, que no começo acho que nem os ouvi. Não estava preparada ou alerta a perigos. Antes, porque era complacente demais. Agora, porque não me importava o que acontecesse.

— Clitemnestra. — A voz dele saiu baixa e suave nas sombras.

Virei-me depressa. Por um segundo, achei que pertencesse a Agamêmnon; que, de alguma forma, ele poderia ter voltado sem que eu soubesse que a guerra tinha acabado. Eu não estava preparada; minhas torres não tinham iluminado a escuridão para me avisar. Recuei, cravando as unhas na palma, minha respiração arranhando os pulmões. Estávamos junto a um muro baixo: o palácio se abria para uma queda íngreme e as rochas abaixo seriam suficientes. Medo se misturou com exultação; eu podia sentir o gosto de sangue, azedo e metálico, na garganta.

— Por favor, não tema. Não vou te machucar.

Aquilo não fazia sentido, não era eu que tinha algo a temer, pensei, confusa. Mas então ele deu um passo à frente e vi que não era meu marido, mas um homem mais jovem, iluminado pelo luar fraco que entrava entre os pilares. Era magro, mais alto que Agamêmnon, mas desajeitado, como se tivesse crescido rápido demais e não soubesse o que fazer com toda aquela altura. Que eu fosse temer alguém tão nervoso me pareceu absurdo e, quando a risada que escapou de mim o assustou, a situação se tornou ainda mais cômica.

— Guardas de todo palácio vão correr para cá se eu gritar — eu disse a ele. Defender o palácio tinha sido uma das minhas primeiras prioridades, e tínhamos recrutado homens de províncias vizinhas para o serviço. Homens sem lealdade a Agamêmnon. Homens que só conheciam a mim como governante. — Você nem parece páreo para um dos meus homens. — *Ele não parece páreo para mim,* pensei.

— Sei disso — respondeu ele. Seus olhos sustentavam os meus com firmeza, apesar da ansiedade que eu sentia emanando dele. — Os guardas do seu marido já me expulsaram deste palácio uma vez.

— Então você é um tolo por voltar — respondi. Não tinha a menor vontade de entreter qualquer súplica que ele quisesse fazer. Chamar os guardas, porém, parecia uma ideia ridícula. Ele era um incômodo, não uma ameaça. Queria que fosse embora, mas não conseguia reunir a energia para fazer um alarde.

— A senhora vê algo familiar em mim? — perguntou ele.

Eu não podia imaginar por que ele achava que eu me importaria o bastante para olhar de perto.

— Ver o quê? — me ouvi perguntar.

Ele deu mais um passo para a frente e eu enrijeci ainda mais. Como ele parecia mais uma presa do que um predador, não me mexi. Mas não acho que foi pena. Talvez uma pontada de interesse, contra minha própria vontade.

— Achei que meu sangue me distinguiria — disse ele suavemente. — Como se a maldição de Atreu estivesse gravada em meu rosto como uma cicatriz para todos verem. Mas atravessei as portas do seu palácio e ninguém se importou; seus criados me concederam abrigo quando pedi, sem perguntar nada.

— O quê? — Os botões pesados de flores que entrelaçavam as colunas lá fora balançavam sonolentos no ar escuro, soltando sua fragrância, e me recordei vagamente de uma conversa com Agamêmnon uma vez, no ar melado de uma noite espartana tanto tempo antes. À beira-rio, tínhamos falado do valor da vida de uma criança. De uma só vez, as peças se encaixaram no lugar. — Egisto? — perguntei baixinho.

Eu não enxergava a semelhança. Não havia a marca das feições pesadas de Agamêmnon no rosto estreito e ansioso à minha frente. Seu cabelo caía reto, não cacheado demais, e seus olhos eram sombrios e desconfiados.

— Sou eu — respondeu ele. — Seu marido, meu primo, matou meu pai aqui, neste palácio. Ele me expulsou da cidade quando eu era menino e me abandonou à própria sorte.

Minha boca ficou seca. Desde meu retorno de Áulis, tinha pensado que o mundo não tinha mais surpresas para oferecer. Para alguém se surpreender, era preciso crer que o mundo seguiria seus ritmos e padrões como sempre tinha feito. Eu tinha queimado o corpo da minha filha em uma praia estranha e descoberto que o homem com quem me casara tinha uma alma danada. Achava-me imune a surpresas. Mas aquela revelação me chocou.

— Foi o meu marido, de fato — eu disse. As palavras saíram roucas e fiquei irritada por soar mais fraca do que era. Inspirei fundo e me aprumei. — Mas ele está em Troia, lutando a guerra dele. Se busca um acerto de contas, ficará decepcionado. — Eu o observei mais de perto, procurando qualquer sinal de uma arma. — Se planeja se vingar da esposa e dos filhos na ausência dele — continuei, a voz endurecendo —, descobrirá que é inútil. Ele não é marido nem pai; você não vai ferir um homem machucando o que ele preza tão pouco quanto Agamêmnon nos preza.

Com isso, Egisto relaxou um pouco.

— Eu torcia para que dissesse isso — falou ele, aproximando-se até fechar o espaço entre nós. Eu podia ver o brilho em sua testa, pálida e úmida sob o luar. Senti um aperto estranho no peito, um impulso quase protetor. — Não havia ninguém no mundo com mais motivo para odiar aquele homem do que eu… até ele cometer um assassinato mais abominável do que eu o considerava capaz, por mais abjeto que ele seja.

Senti um arrepio atravessar meu corpo. Quase ninguém falava do ato de Agamêmnon. As mulheres que eu conhecia desde que chegara a Micenas fugiam de mim, sumindo nas multidões ou desaparecendo pelos cantos em vez de olhar no meu rosto e ver minha dor. Mas eu sabia como o assunto era discutido longe de mim. As pessoas chamavam de sacrifício. Uma agonia além da imaginação, um dilema tortuoso: a amada filha contra o reino e os gregos; a vida de uma garota contra a ambição de toda a Grécia. Pelas minhas costas, diziam que ele tinha feito um ato nobre, que Ártemis estabelecera seu preço terrível e, de todos os homens do exército, Agamêmnon fora o único com a coragem de pagá-lo.

— Quando ouvi que ele tinha assassinado Ifigênia… — disse Egisto.

Ninguém mais pronunciava o nome dela. Nem as escravas do palácio que a tinham amado, nem as próprias irmãs o diziam em voz alta. Ouvi-lo agora, da boca de um estranho, foi como o choque da água fria sobre a pele quente.

— Fale — sussurrei.

— O homem que invadiu este palácio, que matou meu pai na frente dos meus olhos enquanto eu gritava e implorava por misericórdia… eu não acreditava que nem uma fera como ele podia massacrar a própria filha por um vento bom — concluiu ele.

As lágrimas começaram a escorrer pelo meu rosto antes que ele pudesse terminar a frase. Ninguém falava tais coisas. Era como se esse rapaz tivesse surgido do nada e começado a articular a raiva e a dor que rugiam em mim.

— Eu não desejo lhe causar mais dor. — Ele se atrapalhou com as palavras. Balancei a cabeça, incapaz de proferir qualquer som, mas acenando a mão de um jeito que indicava que queria que continuasse, implorando que continuasse. — Perdoe-me por falar assim. Mas quando descobri quão depravado esse rei falso é... — A preocupação em seu rosto se tornou fúria em um segundo. Ele engoliu com força de novo, o peito subindo e descendo como se buscasse se controlar. — Eu me perguntei se havia alguém no mundo que teria ainda mais motivos para odiá-lo do que eu.

Ele parecia um vilão improvável, aquele jovem desajeitado e dolorosamente ansioso, mas eu entendia. A força do seu ódio superara seu medo e o trouxera de não sei qual distância, por algum oceano e de algum lugar seguro, até ali, o lugar onde o pai tinha morrido diante dos seus olhos impotentes, um lugar que poderia ainda custar a vida dele. Mas eu sabia como a decisão devia ter sido fácil; como o ódio cristalizava tudo no mundo, como tornava tudo tão simples.

— Eu não preciso da sua ajuda — contestei.

— Mas eu preciso da sua — disse ele.

Aquela nota de angústia na voz, que ameaçava rachá-lo e estilhaçá-lo. Eu tinha me sentido como um bloco de pedra desde que vira Ifigênia subir aos céus como fumaça cinza. Minhas filhas vivas tinham chorado em meus braços e minha garganta se fechara ao redor de qualquer palavra de conforto que eu poderia ter dito. Meu bebê nasceu e eu só sentira indiferença. Mas de alguma forma a dor daquele desconhecido fez com que eu recuasse. Talvez fosse o fato de enxergar até o âmago dele; seu coração pulsante exposto para mim, espelhando o meu. O uivo agoniado em nossas almas que só podia ser aliviado por uma coisa: vingança.

Encarei o tremor em sua garganta tenra. Queria tocar sua pele. Não suportava que mais ninguém se aproximasse de mim. Se minhas filhas jogavam os braços ao redor do meu pescoço, só conseguia ver sua pele fria e sem vida ao meu toque, só conseguia ver seus olhos vazios encarando o nada, só conseguia pensar em sua pele derretendo numa pira funerária. Egisto, porém, parecia um homem que já estava morto. Sabia disso porque eu também estava. O que mais poderia ser, quando minha alma descia pelo caminho úmido, frio e sinuoso até o Submundo, sem conseguir romper aquele vínculo entre mim e minha garota amada, como se o cordão entre nós não tivesse sido cortado? Só meu corpo estava ali e sobrevivia por um único propósito. Egisto e eu poderíamos ser dois fantasmas parados no centro do pátio — e, se fôssemos, quem poderia nos julgar?

Senti o choque ondular pelo corpo dele quando segurei seu rosto e o puxei para perto do meu. Quando o beijei, seu gosto era doce. Não o travo azedo do medo em sua boca ou as rachaduras secas e finas nos lábios. Era outra coisa que o tornava tão delicioso. O primo do meu marido. Filho do rival dele. Um inimigo que sentia mais ódio do que qualquer um dentro dos muros de Troia e que estava mais determinado a derramar o sangue de Agamêmnon do que qualquer pessoa viva. Qualquer pessoa, claro, exceto por mim.

14

Electra

Quem sabe em outra vida, uma vida em que meu pai não teve que ir à guerra e minha família prestasse qualquer atenção ao que eu fazia, eu não teria sequer falado com o filho de um fazendeiro. Mas um príncipe desonesto de Troia foi para Esparta e levou a irmã infiel da minha mãe embora e eu não vivia a vida que deveria ter tido. Então eu falei com ele. Ninguém mais queria saber de mim, afinal. Todos pensavam que eu ficava no palácio o dia todo, que nunca ousaria escapar. Eu mantinha minhas perambulações em segredo, algo que pertencia apenas a mim.

Naquele primeiro dia, enquanto observava os homens trabalhando sob o sol escaldante, fascinada pelo ritmo incessante e repetitivo, senti um cutucão no braço e dei um pulo. Ele tinha uma cabeleira preta e braços magros. Não sorria, e eu também não. Claramente era o filho de um dos fazendeiros — desgrenhado, sujo e diferente de todos com quem eu já tinha falado. Seu nome era Georgios e rapidamente se tornou meu amigo. Se eu não escapulisse para visitá-lo, parecia passar dias sentada sozinha. Crisótemis estava sempre ocupada, distraída demais para falar comigo. Cuidava do bebê e lançava olhares ansiosos para nossa mãe, dando instruções às escravas para levar coisas a Clitemnestra — caldo, vinho, bandejas de fruta — para distrair a rainha do seu desespero vazio. Eu sentia o peso do nome de Ifigênia não dito entre nós. Sabia que Crisótemis chorava por nossa irmã perdida, pela proximidade que elas tinham compartilhado. Imaginei que eu era uma pobre substituta. Então, as horas se acumulavam, um peso grande e opressivo passado na solidão e no tédio, com apenas o fiel Metepon ao meu lado. Naqueles dias infinitos, só com meu cão como companhia, eu senti que começava a crescer por dentro, perdida em pensamentos que se intensificavam em minha cabeça como um labirinto serpenteante. Ia aos campos sem que minha família reparasse, esperando Georgios conseguir escapar sem ser visto. As pedras grandes do muro da fortaleza ficavam quentes do sol, e eu me sentia segura quando me encostava nelas, traçando suas rachaduras com os dedos.

— Ciclopes construíram esses muros — contei a Georgios.

Seus olhos se arregalaram e ele estendeu a mão para tocá-las. Olhei a mão dele, a sujeira sob as unhas e a camada cinza de poeira sobre os nós dos dedos.

— Seu pai os conheceu? — perguntou ele.

Eu ri.

— Não. Acho que foi muito tempo atrás.

— Talvez o pai dele tenha, então.

— Talvez.

Era confuso tentar imaginar uma época antes do reinado do meu pai. Imaginei os ciclopes, gigantes pesados carregando os blocos de pedra pelas encostas e protegendo o palácio de invasores. Pensar no rosto deles, nas testas ásperas pontuadas por um único olho, me deixava nauseada. Meu pai não teria medo deles se os visse, eu tinha certeza. Alguém devia ter ordenado que fizessem aquilo; um rei de Micenas que vivera ali na época, cujo sangue ainda devia fluir em nossas veias. Senti um arrepio de emoção, parada ali no sol, ao pensar nisso.

— Posso fazer carinho no cachorro? — perguntou Georgios.

Dei de ombros.

— Se ele deixar. — Ninguém mais na família se interessava por Metepon; ele se tornara meu cachorro desde que Agamêmnon tinha partido. Georgios deu tapinhas na cabeça larga dele, no começo cauteloso diante do maxilar poderoso e da aparência feroz, mas então mais ousado quando o cão fechou os olhos de prazer. Eu ri. — Acho que ele gosta de você.

Em outro dia, Georgios me perguntou se eu sabia quanto tempo meu pai ficaria longe. Balancei a cabeça.

— Quanto tempo duram as guerras?

Nenhum de nós sabia.

— Por que seu pai não foi? — perguntei a ele.

— Ele é um fazendeiro, não um soldado — respondeu Georgios. Fazia sentido. O pai dele sempre parecia exausto e curvado; não era muito impressionante, comparado com a postura do meu pai, confiante e robusto como um urso. Eles não eram nem um pouco parecidos. Tive pena de Georgios. — Mas ele disse que não vai demorar muito — disse Georgios, e meu coração se aliviou. — Disse que é o maior exército que qualquer um já viu, então vão ganhar fácil.

Eu sorri, tomada por uma onda de exultação. Fiquei tão grata a ele por dizer isso. Ninguém falava o nome de Agamêmnon perto da minha mãe. Eu não ousara perguntar a ela quanto tempo ele ficaria longe, embora não pensasse sobre quase mais nada.

— Mas meu pai não sabe por que eles foram atrás de Helena. — Georgios me olhou com curiosidade, e me perguntei se sabia que ela era a irmã da minha mãe. — Ele disse que ela é só uma puta.

Uma puta. Franzi a testa, confusa.

— O que isso significa?

Ele deu de ombros.

— Achei que você saberia.

Eu não sabia. Mas gostei de algo no jeito como ele disse isso, a inflexão que devia ter copiado do pai. Havia raiva nela. Era uma palavra que se podia cuspir; algo nela continha frustração, uma raiva contida. Eu não conhecia minha tia, mas odiava o nome dela. Se Ártemis a tivesse exigido em vez da minha irmã, meu pai nunca teria ido embora. Fiquei feliz por chamá-la de alguma coisa, pelo menos na minha cabeça.

E então, um dia, Clitemnestra apareceu de novo. Não uma sombra dela, flutuando pelos corredores com a cabeça curvada como se pensasse que ela que tinha morrido em Áulis. Clitemnestra parecendo a mãe de que eu me lembrava: o cabelo reluzindo sob o sol, um colar brilhando no pescoço, bordados dourados cintilando no vestido. Sua aparência me fez dar um pulo, me afastando de meus devaneios confusos. Abri a boca para falar, mas as palavras não vieram. Olhei para Crisótemis, que parecia tão perplexa quanto eu. Uma emoção desconhecida borbulhou em mim ao vê-la, uma mistura de esperança e reconhecimento, um nó de felicidade inesperada. Porém, antes que eu pudesse achar a voz, vi que havia outra pessoa. Um homem, magricelo e carrancudo, andando atrás da minha mãe como se ele tivesse esse direito. Ao meu lado, senti Metepon se sentar, o pelo eriçado.

Ela nos disse o nome dele. *Egisto.* Eu o encarei, uma inquietação se agitando dentro de mim, e não disse nada.

Mais tarde, fui atrás de Crisótemis. Ela estava ajoelhada no pátio, segurando as mãos de Orestes para ele andar, seus dedos gorduchos agarrando os dela, um olhar de concentração feroz no rostinho enquanto os joelhos vacilavam.

— Sabe aquele homem com mamãe, o visitante? — perguntei a ela.

Ela assentiu. Com seus olhos apertados sob o sol forte, não consegui ver sua expressão.

— Quanto tempo ele vai ficar?

— Não sei.

Estendi a mão para Orestes e ele soltou a de Crisótemis, pegando a minha. Suas palmas eram quentes e macias e, por mais ansiosa que estivesse, ri do seu sorriso cheio de gengivas e de suas bochechas rechonchudas.

— Papai devia ver isso — falei. — O filho tentando andar. — Orestes deu um gritinho e percebi que eu apertara demais. — Desculpa! — disse, consolando-o. — Egisto tem notícias da guerra? Da volta de papai?

Crisótemis balançou a cabeça.

— Acho que não. Mas talvez ele esteja aqui para ajudar enquanto papai não volta. — Ela olhou para Metepon, em dúvida. — Tudo bem deixar esse cão perto de Orestes?

— Ele é o cão do papai — eu disse. — Nunca machucaria Orestes.

Mordi o lábio com força. Algo não parecia certo com Egisto. Talvez fosse o jeito como ele andava, um pouco perto demais da nossa mãe, ou o nervosismo que irradiava dele e pairava no ar ao seu redor. Ele não parecia nem um pouco com nosso pai. Agamêmnon era um homem grande e largo. Seus ombros preenchiam a porta. Sua voz era retumbante. Eu me lembrava dessas coisas, coisas a que me agarrava. Ele tinha partido antes de Orestes nascer, e agora meu irmão dava seus primeiros passos e o rosto do meu pai já estava anuviado na memória.

Hesitei, me perguntando se deveria mencionar Georgios — ele poderia saber alguma coisa ou conseguir descobrir algo pelo pai. Mas não sabia se queria dividi-lo com minha irmã. Suspeitava que ela poderia não aprovar a amizade; além disso, estava irritada por sua falta de questionamentos, como ela parecia aceitar aquele intruso, confiando em nossa mãe.

Orestes tropeçou e seu rosto se contorceu, ficando vermelho com uma tempestade iminente de lágrimas. Eu me desvencilhei dele o mais depressa possível, soltando nossos dedos entrelaçados e o empurrando para minha irmã.

— Vamos, Metepon.

Crisótemis pareceu aliviada por nos ver ir.

Eu estava certa ao achar que Georgios conseguiria mais informações sobre Egisto.

— Ele morava aqui antes, quando era menino — contou a mim. — Meu pai se lembra dele.

— Aqui? No nosso palácio?

Georgios assentiu.

— Antes do seu pai voltar, Egisto morava aqui com o pai dele. — Ambos fizemos uma pausa de um minuto, desemaranhando a história bagunçada e cheia de pais. — Seu pai voltou para ser rei. — Ele abaixou a voz e me olhou intensamente. — Seu pai matou o pai dele.

— Por quê?

— O pai de Egisto roubou o trono. Era para Agamêmnon ser o rei, então ele veio e o matou.

Senti um calafrio descer pela coluna.

— Egisto veio *nos* matar? — Olhei ao redor, começando a entrar em pânico. — Minha mãe sabe?

Georgios pareceu preocupado.

— Não pensei nisso.

Eu olhei para trás, para os muros imponentes do palácio. Tinha deixado Crisótemis e Orestes no pátio; e se Egisto fosse atrás deles? Devia ter ficado com Metepon para protegê-los. Minhas pernas tremiam e eu não sabia se conseguiria correr se precisasse. Desejava tanto que meu pai estivesse ali. Inspirei fundo, trêmula, prestes a chorar — e então ouvi. Um som que não ouvia desde que ela fora a Áulis, um som erguendo-se do que parecia ser o passado distante: a risada de Clitemnestra.

Pressionei-me contra o muro, perto de Georgios. Podia sentir sua respiração na testa e segurei a minha, tentando não fazer barulho. Quando ela se aproximou, ouvi o murmúrio suave de sua voz, não do jeito forçado que ela falava quando finalmente se dignava a falar conosco, mas um fluxo rápido e animado. Tomei coragem antes de espiar pelo canto e vi os dois, Clitemnestra e Egisto, caminhando juntos pelos jardins do palácio. Ele gesticulava para a depressão do vale e as montanhas à distância, jogando o braço em um arco expansivo para englobar tudo que dava para ver dali. Ambos sorriam. Eu me senti fria, apesar do sol quente. Ela não ria comigo fazia tanto tempo. Eu me esquecera do som.

O terror que me agarrara antes cedeu espaço a um pavor mais duradouro. Ele não estava atacando minha mãe com uma espada; caminhava com ela como se fossem melhores amigos, sem qualquer preocupação. E meu pai estava do outro lado do oceano, sem saber nada a respeito. Eu não sabia como era possível, mas de alguma forma isso era pior.

15

Clitemnestra

Como Helena teria agido? Foi isso que me perguntei da primeira vez que acordei ao lado de Egisto. Minha irmã, que tinha embarcado no navio de Páris na calada de noite, que agora assumia seu lugar como uma princesa de Troia. Às vezes eu a imaginava sendo arrastada, outras vezes pisando com calma e dignidade no convés de madeira, com a cabeça empinada e um novo horizonte à vista. Esperava, pelo bem dela, pelo amor que tivéramos uma pela outra em Esparta, que fosse a segunda opção, mas quando pensei no que isso tinha me custado — a vida da minha filha vertida na areia, a filha de Helena viva e ilesa, abandonada como o resto de nós —, era mais difícil de suportar. Seria melhor se ela tivesse resistido, se tivesse sido forçada, se fosse culpa de Menelau por deixá-la desprotegida e indefesa, por ter sido tolo demais para notar o brilho de cobiça nos olhos do príncipe troiano? Se ela tivesse gritado atrás da pressão quente dos dedos dele sobre sua boca, se tivesse tentado arrancar a pele das mãos dele com os dentes em seu desespero para voltar a Hermione, para segurar a filha nos braços, ficar com ela e nunca carregar a culpa por essa guerra desastrosa?

Qualquer que fosse a verdade, eu estava certa de uma coisa: mesmo se tivesse chutado, arranhado e brigado enquanto era levada de Esparta, a mulher que desembarcou do navio de Páris em um porto distante e desconhecido teria sido a Helena serena da realeza. Não sabia o que fervilhava sob a superfície, se é que havia algo; mas sabia no meu âmago que ela nunca revelaria sequer um sussurro disso ao mundo. Caminharia pelas ruas de Troia como se sempre tivessem lhe pertencido, como se ela fosse a princesa de direito e, mesmo que sua beleza não os fizesse cair a seus pés, ela nunca sentiria a queimação do seu ressentimento ardente — e, se sentisse, não se importaria.

Eu não sabia se a amava ou odiava, ou alguma mistura azeda das duas coisas, mas precisava da sua compostura. Precisava da sua confiança; precisava me mover pelo mundo como ela, com a certeza plácida de que tudo que eu fazia era correto.

Se Helena tivesse levado o amante para dentro do palácio enquanto o marido estava na guerra, ela não ficaria na cama, paralisada de ansiedade, sem fazer ideia de como proceder — entraria no salão do trono com ele ao seu lado e arquearia uma sobrancelha desdenhosa a qualquer um que ousasse questioná-la.

Egisto se remexeu, sonolento, e virou a cabeça para mim. Segurei o fôlego por um momento, não querendo que acordasse. Seu rosto estava nas sombras; a pele ao redor dos olhos era escura e encovada. A imagem do seu crânio de repente surgiu na minha mente — esmagado pelo machado de Agamêmnon, a pele pendendo em retalhos, insetos rastejando no osso à mostra.

A luz entrando pela janela nos aquecia, as paredes cinza ficando douradas. Seus olhos se abriram. Não eram os de Agamêmnon. Podiam partilhar o fardo do seu sangue, mas eles não eram iguais.

Ele estendeu a mão para mim. Não era Agamêmnon, não era Ifigênia. Eu me sentira presa naquela praia desolada, com a pira funerária dela queimando ao meu lado, os navios já atravessando o oceano vazio. Mesmo enquanto caminhava nos corredores de Micenas, mesmo quando minhas filhas tentavam falar comigo, mesmo quando meu bebê chorava, eu ainda estava lá, impotente e furiosa, sem saber como avançar. Agora eu fazia alguma ideia.

— O que faremos? — perguntou ele. Sua voz era calma. Gentil. Sem o timbre de um rei.

— Agamêmnon levou os homens consigo. Levou todos os homens consigo.

Os olhos de Egisto estavam focados nos meus.

— Todos eles?

— Ele não quer que a glória pertença a Aquiles, Odisseu ou a qualquer outro. Quer que seja dele. Levou todo homem com idade para lutar; deixou apenas os anciões e os garotos. Ninguém vai se opor a nós aqui.

Ele franziu o cenho.

— Não podem ser todos tão frágeis. Deve ter um número suficiente para nos causar problemas, se quiserem. Agamêmnon é o rei deles. E se a guerra acabar depressa? Não vão querer que ele volte e os considere desleais.

— Agamêmnon é o rei deles? — perguntei. — De todos eles? Os homens que ficaram aqui têm idade para se lembrar de Tiestes, para se lembrar de você. A lealdade deles passou de um para outro; pode acontecer de novo. Sei que há pessoas aqui que amavam seu pai. Que se compadeceram do seu destino e o receberiam de braços abertos. Só precisamos descobrir quem são.

— E os outros?

— Agamêmnon não é amado — eu disse. — Menos ainda agora que levou os homens embora. Maridos, filhos e pais, todos se foram. E quem sabe quanto vai durar essa guerra? Quantos vão retornar? Os troianos têm seus guerreiros poderosos, assim como nós; têm deuses que os amam também. — Hesitei antes das minhas próximas palavras. — E tudo por uma mulher, eles dirão. Uma mulher infiel que fugiu com um príncipe estrangeiro. Ela vale mil de nossos navios, dezenas de milhares de nossos homens?

Ele queria acreditar em mim. O som da minha voz era convincente, até para mim. Eu a ouvi como se fosse de Helena, suave mas confiante, e senti uma emoção exultante espiralando dentro de mim, algo que não sentia desde antes da chegada de Menelau, pálido de choque e desespero, com sua notícia sobre Helena. Ver a expressão na cara de todos valeria a pena.

No entanto, tínhamos que aguardar o momento certo. Egisto havia entrado escondido em Micenas, e mantê-lo oculto era essencial. Precisávamos de uma força atrás de nós; ele tinha vindo de modo imprudente, inflamado pelo desejo de vingança, determinado a dividi-la comigo, mas precisávamos agir com cuidado. Eu já tinha meus guardas a postos, mas convocamos mais; homens jovens e fortes, que vieram de muito longe, que não tinham sido levados à guerra.

Quando contei a verdade à escrava, à mulher que me informara da maldição após meu casamento, seu rosto se iluminou.

— Egisto está vivo? — perguntou ela.

Quando eu lhe disse que sim, que era verdade e ele estava ali, seus olhos reluziram de deleite. Havia amor pelo menino que fora rechaçado do palácio, pena pelo seu luto e raiva pelo seu exílio. Não estávamos sozinhos em Micenas, Egisto e eu. Ela ajudou a mandar nossas mensagens, discretas e protetoras. Reunidos homens suficientes em segredo, chegou a hora de agir.

Fiquei satisfeita com o rebuliço entre os anciões da corte, os homens mais velhos que Agamêmnon deixara para governar, quando conduzi Egisto até o salão onde ele vira o pai morrer. Sentia-me como o gume afiado de uma faca: não o nervosismo que tinha esperado, mas empolgação. Atrás de nós, nossos guardas se enfileiraram com as costas eretas.

— Muitos de vocês viram Tiestes morrer; muitos de vocês o serviram como rei antes de Agamêmnon cortar a garganta dele aqui. — Fiz uma pausa e deixei que pensassem sobre isso; o homem que eles conheceram massacrado diante de seus olhos enquanto o filho observava. — Vocês viram minha filha crescer aqui; despediram-se dela quando partiu para sua nova vida e seu novo marido, e sabem o que aconteceu em vez disso: o truque cruel que Agamêmnon pregou para poder levar nossos homens, seus filhos e seus sobrinhos, para lutar nessa guerra. Garanto a vocês que ele não se encolheu, que não hesitou por um momento sequer quando assassinou Ifigênia. A doce Ifigênia, amada por todos. Ele deu as costas a Micenas, matou sua princesa mais linda e foi embora. — Deixei minhas palavras pairarem no ar e olhei para cada um deles. Alguns me encararam de volta, os braços cruzados sobre os peitos magros; outros abaixaram os olhos ou fitaram o nada como se apertassem os olhos numa névoa pesada. Ao longo de tudo, nossos guardas assomavam, silenciosos e impenetráveis. Ao meu lado, Egisto estava rígido, mas as palavras rolaram de mim tão suaves quanto mel. *Eu não preciso ser Helena*, pensei.

— Eu me lembro — disse um deles, erguendo os olhos reumáticos para Egisto. — Eu me lembro de você.

Houve um burburinho no salão, sandálias se remexendo no chão de pedra, gargantas pigarreando e túnicas farfalhando enquanto outros murmuravam em concordância. Alguns ficaram imóveis e silenciosos. Eu reparei, mas não importava. Os que se ressentiam de nós não ousaram nos enfrentar naquele momento, e se tornaria mais difícil fazer isso depois.

Porém, se aquela batalha pareceu facilmente vencida, havia outra a lutar.

Crisótemis fitou Egisto confusa e desconfiada quando o levei a elas, mas Electra, ainda que fosse tão pequena, fervilhava de hostilidade. Ficou parada, tensa, quando eu disse o nome dele, e quando minha mão roçou o braço dele, vi seu punho se fechar ao redor da saia da irmã.

Crisótemis abriu a boca, hesitou e não disse nada. Antes que eu me desse conta, ajoelhei-me diante das duas e tomei a mão de Crisótemis na minha. Afastei a imagem que brilhou atrás dos meus olhos, a mão de Ifigênia pálida e fria quando eu a segurara pela última vez.

— Você já ouviu o nome dele — eu disse, e ela me olhou, ainda confusa, mas assentiu.

Os olhos de Electra se estreitaram. Sua careta me lembrava do rosto de Agamêmnon, da primeira vez que o vira no salão de pretendentes. Engoli com força.

— Ele é primo do seu pai, mas seu pai foi cruel com Egisto, quando ele era jovem. Não muito mais velho do que você é agora, Crisótemis — eu disse. — Ele foi cruel com Egisto como foi cruel com sua irmã. Teria o matado também, mas eu pedi que não.

Electra disse algo baixo demais para eu ouvir.

— O quê? — perguntei, mas ela balançou a cabeça e encarou o chão, recusando-se a falar de novo. Suspirei. — Agamêmnon é um homem cruel. Egisto é gentil. — Eu precisava explicar mais do que isso? Não sabia se havia algo a mais a dizer, algo que elas pudessem entender. E, afinal, não era suficiente? — Por que vocês não brincam lá fora? — perguntei, me erguendo de novo e alisando o vestido.

Crisótemis estalou a língua.

— O sol é forte demais para Electra; ela fica com dor de cabeça.

Contive outro suspiro antes que escapasse. Elas sempre estavam dentro do palácio, a infância delas tão diferente da minha e de Helena em Esparta. Pensei nas horas que minha irmã e eu passávamos juntas à beira-rio, a liberdade de trocar confidências, nunca com medo de sermos entreouvidas, nunca com medo de sermos impedidas. Minhas garotas tinham uma experiência diferente ali, mas o que mais me frustrava era que nunca pareciam sentir falta da liberdade que lhes era negada. Pareciam contentes em ficar dentro dos muros do palácio, aprendendo a tecer e a cantar. Nem se perguntavam o que havia lá fora.

Crisótemis entenderia, decidi, e Electra era jovem e logo esqueceria o que tinha acontecido antes. Elas nunca veriam Agamêmnon de novo; eu me certificaria disso. Essa era a vida delas, e seria melhor do que era antes. Elas logo se acostumariam com isso.

Naquela noite, saí da minha cama, como fazia tantas vezes, e fui ao pátio escuro onde passava as horas em que todos os outros dormiam. Só uma vez eu tinha sido perturbada lá, quando Egisto tinha chegado. Agora que sua presença era conhecida no palácio, ele deve ter se sentido encorajado a ir lá de novo, pois, para o meu choque, senti suas mãos se fecharem nos meus ombros enquanto eu olhava para a escuridão. Virei-me assustada.

— O que está fazendo aqui? — perguntei.

— Por que você sempre vem para cá de noite?

Afastei-me do seu toque.

— Não consigo dormir.

— Você fica vigiando?

Envolvi meus braços ao redor do corpo.

— Eu fico. Preciso saber quando as torres se iluminarem, quando a guerra acabar.

— Escravos podem vigiar para você — disse ele. — Podem vir acordá-la quando acontecer.

Balancei a cabeça.

— Eu não confiaria essa tarefa a mais ninguém.

Ele não respondeu. Eu queria que fosse embora. Aquela era a minha hora: eu não queria compartilhá-la com mais ninguém, nem mesmo ele.

— Por que você não volta para a cama? — perguntei a ele quando o silêncio tinha se alongado. Estava escuro demais para ver seu rosto direito, mas pude sentir sua mágoa.

— Está pensando em Ifigênia?

Puxei o ar com força.

— Estou sempre pensando nela.

— Eu penso no meu pai também — disse ele, e fiquei feliz que não dava para ele enxergar minha expressão. Temia que meu desdém estaria estampado no rosto.

O que era a perda de um pai comparada à de uma filha? Eu não o queria ali, comparando seu luto com o meu.

— Eu vejo a cena sem parar — disse ele.

O cabelo dela balançando quando ele a puxou contra seu peito, o braço dele se fechando ao redor dela e o pânico que reluziu nos olhos dela. A faca cortando, vez após vez na minha mente, uma visão que nunca me deixava.

— Mas, quando eu penso nisso, quando penso em Agamêmnon o matando, eu me obrigo a ver outra coisa — continuou ele. — Eu me vejo levantando, vejo o machado em minha mão. Em vez de chorar no chão, eu o ergo e golpeio sua cabeça.

Minha irritação suavizou.

— Continue.

— Eu o vejo implorando por misericórdia, de joelhos no chão. — A respiração de Egisto ficou acelerada, as palavras saindo depressa. — Mas não vou conceder misericórdia; eu rio dele. Prolongo o momento.

Semicerrei os olhos, senti o cabo de madeira nas mãos, o peso da lâmina, como seria girá-lo no ar, a força e o poder por trás dele. Quando Egisto se aproximou de novo, não me afastei. Ele segurou meus braços.

— Não pense no que ele fez. Pense em como vamos puni-lo por isso.

Estendi a mão e puxei seu rosto para perto do meu.

— Quero dar o golpe pessoalmente. Jurei que faria isso em Áulis, depois que… depois. Foi o único motivo de não ter me jogado na pira com ela.

Ele não discutiu. Sua respiração era quente contra o meu rosto.

Abaixei as mãos abruptamente.

— Volte para a cama. Eu vou ficar de vigia mais um pouco.

Ele hesitou um momento.

— Não demore muito.

— Claro — respondi. — Vá na frente. Eu vou em breve.

Não fui. A escuridão pertencia a mim, o lugar mais reconfortante que eu conseguia encontrar, o mais perto que podia estar de Ifigênia enquanto ela flutuava pela noite subterrânea. Mas perdoei Egisto pela intromissão. Fiquei grata pela cena que ele desenhara para mim, o gosto do seu ódio na minha boca. Eu não estava mais sozinha no meu luto; não estava mais sozinha na minha raiva.

16

Electra

Com a chegada de Egisto, Clitemnestra não passava mais o dia todo no quarto. Ela sempre podia ser encontrada no salão do trono, nas longas mesas de banquete, nos pátios largos e ensolarados. E ele sempre estava logo atrás, a centímetros dela, como se um fio invisível os conectasse. Eu era jovem demais no começo para entender por que aquilo era um escândalo, o significado dos olhares de soslaio e dos sussurros pesados que os seguiam. Porém, com o passar do tempo, fiquei cada vez mais horrorizada com a ousadia dela. Ela poderia ter sido despida e arrastada pelas ruas para ser apedrejada pelo povo. Eu me perguntei se isso teria sido suficiente para abalar sua compostura implacável. Mas quem faria isso? Acho que era essa a questão. Meu pai tinha ido embora e levado seus guerreiros. Clitemnestra podia governar até o marido voltar ou Orestes atingir a idade de assumir o trono. Caberia a Agamêmnon lidar com a esposa rebelde quando voltasse. Se Egisto fosse forte, eu teria entendido mais. Se ele tivesse invadido o palácio, assumido seu lugar à força e curvado todos nós à sua vontade, eu poderia tê-la perdoado. Mas aquele espectro covarde e hesitante, com cara de rato, que agia como a sombra da minha mãe — *esse* era o homem que assumiu o trono ao lado dela, que ousava se sentar onde o poderoso Agamêmnon reinou?

A primeira traição, como um choque de água gelada, aconteceu logo depois que Egisto chegou. Crisótemis, no pátio, alisando um retângulo colorido de tecido, erguendo-o para minha mãe. Era fácil impressionar minha mãe com nossa tecelagem; ela nunca se dedicara à habilidade, então os murmúrios de admiração que ouvi provavelmente não eram falsos. Mas não era só a sinceridade do interesse da minha mãe que me chocou; quando espiei ao redor da coluna de onde estava escondida, eu o vi. Egisto, parado junto ao muro baixo, assentia em concordância aos elogios dela. Meu peito se apertou. Crisótemis piscou, incerta por um momento, e então deu um sorriso tímido para ele.

Engoli minha raiva. Não ousei dar um passo na direção deles. Fiquei paralisada ali, com medo de que um deles olhasse na minha direção e me visse encarando. Quando confiei que conseguia me mover, afastei-me o mais silenciosamente possível. Era algo em que me tornaria experiente depois: esgueirar-me pelo palácio, nas sombras, fingindo que não existia.

Eu estava impotente. Ele estava sempre lá, então não importava que eu visse mais a minha mãe, pois nunca a via sem ele. No começo, acordava toda manhã me sentando depressa, o coração acelerado após pesadelos que não lembrava, formas vagas tentando me agarrar no escuro. Mas todo dia se passava sem acontecimentos, as estações seguiam-se umas às outras, as pernas de Metepon ficavam mais trêmulas e menos firmes enquanto Orestes ficava mais alto, caminhando confiante; a guerra continuava em Troia... e Egisto permanecia em Micenas, por mais impossível que isso parecesse.

Foi Georgios a quem recorri. Georgios podia pedir informações ao pai, e uma imagem emergiu aos poucos. O palácio estava mais dividido do que eu sabia. Havia aqueles que tinham permanecido secretamente leais a Tiestes e seu filho banido, enquanto outros eram profundamente devotados ao meu pai. O pai de Georgios estava entre os últimos. Aprendi o que Georgios ouvira dele: que Tiestes tinha roubado Micenas e exilado Agamêmnon e Menelau, e que eles tinham marchado com exércitos espartanos e as outras forças que reuniram em seus anos de exílio solitário para recuperar o que era seu. Descobri que foi a pena da minha mãe que salvou o menino Egisto de morrer com o conspirador Tiestes.

E, o mais intrigante, Georgios me contou sobre a maldição.

Escutei, fascinada, e quando ele chegou ao fim, olhei para minha casa como se a visse por outros olhos. Não só as pedras tinham sido dispostas por ciclopes, mas nosso palácio tinha recebido deuses do Olimpo como convidados dos meus antepassados. Nossos ancestrais foram honrados pela sua companhia. Havia grandeza em nosso sangue, o sangue que vinha até mim por meio de Agamêmnon. Porém, como tantas grandes famílias, havia um ramo doente, profundamente enraizado e entrelaçado com a nobreza. Meu pai era um homem amado pelos deuses; disso eu tinha certeza. Ele liderava o maior exército que já existira; eles deviam sorrir para ele com afeição. Mas ele portava a mácula dos membros da nossa família que não eram dignos, que buscavam coisas que estavam além deles. Tântalo tinha cedido à húbris, mas seu exemplo não detivera Pélops nem Tiestes. Cabia a Agamêmnon arrancar a parte doente, cortá-la da parte sadia, deixar nossa família inteira e intacta, com toda a grandeza dos que vieram antes e nada de sua vileza. Só que ele cometera um erro: deixara Egisto crescer, feio e mirrado, um insulto ao nosso sangue. Vivendo no nosso palácio. Deitando-se com a rainha.

— Por que ela nunca me contou nada disso?

Georgios parecia solene.

— Ninguém em Micenas pode contar essas histórias.

Puxei o ar.

— Então ela manteve segredo, esperando que as pessoas iriam esquecer. — Balancei a cabeça. — Os deuses foram amigos de nossa família uma vez e podem ser de novo. Como ela pôde esconder isso de mim?

— Só sei que é proibido.

Como se fosse um motivo de vergonha. Minha gratidão a Georgios por me transmitir essas informações não mitigou a amargura que eu sentia de minha mãe por escondê-las. Como uma pontada aguda de ressentimento no peito. Ela não queria que eu soubesse quem era meu pai, tudo que nossa família tinha suportado. Perguntei-me que outros segredos ela guardava, o que mais poderia haver que eu não sabia e ninguém ousava me contar.

— Obrigada — eu disse a Georgios, esperando que ele ouvisse a sinceridade em minha voz e soubesse como aquilo era importante para mim.

Eu podia entender que minha mãe tinha voltado de Áulis enlutada. Ela não conseguira ver a situação como eu via agora: que os deuses tinham um propósito para a Casa de Atreu. Ártemis exigira algo terrível do meu pai, e era natural que Clitemnestra ficasse aflita. Eu podia perdoá-la por isso. Em retrospecto, podia ver que o que me parecera um abandono frio quando criança era a dor que a tomara, um sofrimento que não conseguia superar. Até a chegada de Egisto — talvez, se me forçasse, talvez eu pudesse acreditar que ela estava enlouquecida pela perda e fora enganada por ele enquanto ainda sofria pelo luto.

Porém, com o passar dos anos, por que não recobrara o juízo? E se ainda não tinha feito isso, algum dia faria? Eu rezava para meu pai voltar para casa, para a guerra acabar e os vencedores retornarem, para ele consertar as coisas. A incerteza me corroía. O que ele faria quando voltasse e descobrisse? O crime dela se tornava mais grave a cada dia.

Minha frustração fervia dentro de mim o tempo todo, incessante e inescapável. Não havia nada que pudesse fazer. Eu evitava Egisto sempre que o via; nunca me dirigia a ele. No começo, temi que minha mãe me censuraria pela grosseria, mas quando ela não fez nada, me vi ansiando por uma reprimenda. Por que ela só sorria, tão calma, e seguia em frente? Ele abandonou as cortesias em pouco tempo; me fitava com suspeita silenciosa, e eu desviava os olhos, cheia de ódio, enquanto ela ignorava a nós dois.

Ele ficou mais ousado, caminhando pelo nosso palácio como se fosse seu por direito. Os anéis do meu pai reluziam dourados nos seus dedos, as capas de lã suntuosas que ele vestia nos ombros eram pagas com a fortuna do meu pai. Agora que Metepon estava cansado demais para rosnar e mostrar os dentes para ele, Egisto não se afastava de nós. Uma tarde, enquanto meu cão dormia em um trecho de sol, eu o vi estender o pé e chutar a pelugem cinza nas suas costelas.

— Como ousa? — As palavras saíram antes que eu pudesse pensar em ser circunspecta.

Em um instante, minha mãe estava lá.

— O que é isso, Electra?

— Ele chutou Metepon! — Meu peito subia e descia com força.

— O cão não deveria dormir ali, no caminho de todos — disse ela, guiando Egisto para longe com uma mão no cotovelo.

Eu fervilhei com a injustiça. O cão do meu pai, maltratado na casa do meu pai, mais um insulto somado a tantos outros. Sabia que, como eu, Metepon aguardava o retorno do seu dono, mas ele tinha envelhecido ao longo da guerra e seu coração bom e leal não resistiria muito. Quando a vida o deixou, chorei copiosamente, soluçando e encharcando seu pelo até arrancarem seu corpo de mim.

Mais sozinha do que nunca, eu evitava todos eles o máximo possível. Quando vi minha mãe e minha irmã conversando no pátio um dia, só as duas, eu me escondi ali perto. Elas se pareciam tanto, o sol brilhando nos seus cabelos escuros, as linhas limpas do rosto em perfil, mas enquanto Clitemnestra se mantinha com as costas retas, Crisótemis abaixava a cabeça em deferência. Clitemnestra gesticulava, com uma expressão animada, enfiando uma mecha solta atrás da orelha enquanto outra se agitava para enfatizar o que estava dizendo. Crisótemis parou, pensativa, nunca erguendo os olhos para nossa mãe.

— O que ela queria? — perguntei depois.

— Falar comigo sobre... meu futuro.

— Seu futuro?

Minha irmã corou.

— Casamento.

Como podíamos seguir em frente se nosso pai ainda estava na guerra, se tudo estava suspenso, à espera do retorno dele? Eu ficava enjoada só de pensar nisso.

— Quem? — perguntei.

— Não sei ainda. Ela só estava dizendo… dizendo que é a hora. — Crisótemis deu de ombros, impotente.

— Como pode ser a hora? — Eu não conseguia ficar parada e andei pelo pátio até a mureta, olhando para as montanhas. Minha respiração se agitava no peito, a agitação e a raiva brigando, e era difícil falar. — Como ela pode fazer planos? Como ela pode escolher? Cabe a nosso pai fazer isso!

Minha irmã suspirou.

— Não posso refutá-los.

— Quem?

— Mamãe e Egisto.

— O que ele tem a ver com isso?

Ela riu, exasperada.

— Ele governa Micenas com ela. Não posso agir contra a vontade deles.

— Então você vai se casar com o homem que Egisto escolher? — Minha voz estava estridente e ela deu um passo para trás, se abraçando.

— Não vejo outra opção.

Rangi os dentes.

— Eu preferiria morrer.

Ela olhou para o chão.

— Eu não.

Virei-me. Então era assim que eu perderia Crisótemis. Ela se casaria com um aliado de Egisto, obediente demais para protestar. Eu só podia esperar pelo que esperava desde o dia em que ele partira: que Agamêmnon voltasse logo para casa. Mas talvez Crisótemis não tivesse fé nele como eu.

Algo se quebrou entre minha irmã e eu naquele dia. Eu não tinha mais qualquer esperança de que nós três poderíamos ser aliados: Crisótemis, Orestes e eu. Orestes era filho do nosso pai, um jovem

Agamêmnon em nossa casa. Mas ele não se lembrava do nosso pai, nunca o vira. Se Crisótemis podia abandonar o homem de que se lembrava melhor do que eu, como eu poderia manter Agamêmnon vivo para Orestes? Ele estava crescendo sem pai, e nossa mãe passava menos tempo com ele do que eu e minha irmã. Era meu dever garantir que ele soubesse de onde vinha, o que tinha acontecido conosco e o que estávamos esperando. Garantir que, quando Agamêmnon voltasse para casa, pudesse ter orgulho de pelo menos dois filhos.

Comecei a contar histórias para o meu irmão, recontando as que tinham sido trazidas para nós da guerra, as informações desconjuntadas que recebêramos ao longo dos anos. Faltava tanta coisa; eu tinha que preencher as lacunas.

— Nosso pai é o líder do exército todo — eu disse. — Ele é tão corajoso e forte que todo homem em toda a Grécia queria segui-lo.

Orestes me fitava com os olhos arregalados e firmes.

— Os deuses lutam ao lado dele — continuei. — Sempre favoreceram a nossa família.

— Se os deuses também estão lutando, por que ele ainda não venceu? — perguntou Orestes.

Franzi o cenho.

— Não sei. Às vezes as coisas dão errado. Como aqui, em Micenas. Os deuses querem que Agamêmnon seja o rei aqui, mas aí Egisto veio e roubou o lugar dele. Já aconteceu com a nossa família.

Orestes pareceu confuso.

— Não se preocupe — eu disse, apertando-o mais. — Estou aqui para cuidar de você até o papai voltar. Quando ele voltar, vai se livrar de Egisto por nós. E então tudo vai melhorar.

Ele se ajeitou em meus braços, encostando a cabeça no meu ombro.

— Me conte mais sobre a guerra — pediu ele. — Me conte sobre as batalhas que o papai venceu.

Invoquei todos os meus poderes de imaginação.

Era o décimo ano de guerra, um período inimaginavelmente longo. O garoto que eu tinha conhecido junto à choupana do fazendeiro já era um homem que trabalhava nos campos. Não um homem como Agamêmnon; não um rei alto e orgulhoso com olhos reluzentes e cabelo lustroso, de cujo abraço forte eu ainda me lembrava. O trabalho de Georgios tornara seus olhos cansados; seus braços eram magros apesar de musculosos, e ele andava curvado após as horas de trabalho braçal. Talvez fosse a paciência que desenvolveu das horas exaustivas de trabalho que lhe permitia me ouvir, vez após vez. Eu estava sentada num degrau de pedra nos fundos do palácio, com vista para a longa extensão de colinas ondulantes sob nós; o palácio era construído na mais alta delas. Vegetação rasteira pontuava a paisagem, e o sol de fim de tarde lançava uma luz dourada em tudo. Queria que sua beleza pudesse me tocar, despertar algum tipo de emoção. Sentia a ausência do cão ao meu lado. Às vezes ainda abaixava a mão para afagar sua cabeça antes de lembrar que ele tinha morrido.

— No que está pensando?

Suspirei profundamente. Não virei a cabeça, mas sabia como o veria, sentado ao meu lado. Seus olhos estariam estreitados contra a luz oblíqua, mas ele não os protegeria com a mão. Não seria mais do que um camponês para a minha mãe e o amante dela, mas era meu amigo — o único amigo que eu tinha, o único amigo de que precisava. A única pessoa que já me contara a verdade sobre minha família.

Eu sabia que ele desejava que às vezes falássemos de outras coisas — e eu desejava conseguir pensar em qualquer coisa além da minha raiva. Às vezes eu podia me escutar como se estivesse fora do meu corpo, e me encolhia com o tom duro da minha voz. Mas meus longos discursos ainda vinham, me estrangulando como um nó de videiras que se retorciam e se contorciam para se libertar. Eu era grata a Georgios por sempre estar ali para ouvir.

— Eu estava pensando que, se meu pai estivesse aqui, empalaria Egisto com sua espada como devia ter feito vinte e cinco anos atrás — eu disse.

— Seu pai foi gentil — comentou Georgios, ecoando de novo o que tínhamos dito tantas vezes antes, e franziu a testa. — Meu pai sempre diz que as coisas eram melhores quando Agamêmnon era rei. Egisto não sabe nada sobre governar um reino, e os homens que ele trouxe... são rudes e gananciosos, ou então inúteis como trabalhadores. Não é como antes, não mais.

Se apenas eu tivesse tido a sorte de ter nascido como filho em vez de filha... Poderia cortar pessoalmente a maldição que se enraizara tão fundo em Micenas. Separar o ramo doente da nossa árvore genealógica, deixando-nos finalmente puros e sadios. Mas eu tinha crescido nas sombras; sem ser vista, sem ser notada, em vez de brilhar forte como ele esperara que eu fizesse, e tudo que eu podia fazer era esperar que meu pai voltasse para casa.

— Há notícias de Troia? — perguntei. Recebíamos mensagens oficiais de arautos sobre batalhas travadas e homens perdidos, mas eu sabia que, entre os trabalhadores, camponeses e escravos, cujas línguas eram mais soltas, informações mais preciosas podiam ser encontradas.

Georgios suspirou.

— Nenhuma que vá lhe agradar, Electra — disse ele.

— Quê? — Senti minha boca secar. Não acreditava que seria a notícia que eu temia; Agamêmnon não podia fracassar... ainda assim, meu coração fraco estremeceu.

Georgios uniu as sobrancelhas.

— Ouvi dizer que Aquiles não luta mais pelos gregos — disse ele.

Suspirei de alívio.

— É só isso?

— É o suficiente.

— Aquiles é só um homem — respondi. — Os mirmidões são só uma fração do exército. Há muitos outros guerreiros. — Ájax, uma montanha. Odisseu, astuto e estratégico. Meu pai, o chefe de todos.

— Troia não vai cair enquanto Heitor viver — disse Georgios. — E ninguém é páreo para Heitor, exceto Aquiles.

Inspirei bruscamente, dando-lhe um olhar de censura gélida. Deixei um instante passar, engolindo minha réplica.

— E por que esse grande guerreiro desertou os gregos? — perguntei, tensa.

— Ele brigou com seu pai. O rei Agamêmnon tomou um prêmio dele, uma escrava conquistada por Aquiles.

Dei de ombros.

— Todos os prêmios conquistados na guerra pertencem ao rei, e ele os distribui como achar adequado.

— Bem, essa garota, Briseida, Aquiles não queria abrir mão dela. Está ofendido e não vai lutar se ela não for devolvida a ele. — O tom dele ficou mais sombrio. — Os gregos sofreram muitas derrotas. Estão com dificuldades, Electra.

Balancei a cabeça.

— A maré da guerra muda com frequência. Quantas vezes ouvimos que Troia estava à beira do colapso; depois, que os gregos tinham sido rechaçados e então se reagruparam? No fim, meu pai vai vencer.

— Será que devo ir? — A intenção súbita na voz dele me surpreendeu.

— Ir aonde?

— A Troia. Posso ir e lutar. Tenho idade para isso.

— Como você chegaria lá? — Eu me ergui com um salto. — A viagem seria longa e perigosa. Por que você faria isso?

Ele se ergueu também e pôs a mão no meu ombro. Eu não queria olhar para seu rosto franco, honesto. Imaginara o campo de batalha de Troia tantas vezes. Era suficiente me torturar todos os dias com os modos como uma espada ou lança troiana poderia perfurar o corpo do meu pai; eu não suportava pensar em Georgios no coração da batalha também.

— Seu pai precisa de homens, Electra. Eu sou forte. Posso ir até lá, ajudar a vencer a guerra, para ele voltar para você.

Lágrimas fizeram meus olhos arder.

— Não.

— Por que não?

Eu me abracei, desviando o olhar dele.

— Você não é um soldado.

— Posso aprender.

Balancei a cabeça.

— É loucura.

— Loucura fazer algo para ajudar em vez de ficar aqui, enquanto você sofre todos os dias?

— Você *ajuda.* Ajuda estando aqui. — Imaginei meus dias sem Georgios ali. A solidão esmagadora, suportando a visão de Egisto no lugar do meu pai, sem qualquer amigo para me apoiar. — Você não pode me deixar.

— Eu nunca gostaria de deixar você. Mas se puder ajudar...

— Então não sugira isso de novo — interrompi. — Meu pai vai vencer essa guerra, com ou sem Aquiles.

Ele assentiu devagar.

— Não vou falar de novo sobre isso, se chateia você.

Assenti, piscando para conter a ameaça de lágrimas. Esperava que não fosse egoísta negar mais um guerreiro ao meu pai. Mas eu já tinha dito que um homem não podia fazer muita diferença em uma guerra. Ali em Micenas, porém, a presença de Georgios significava mais do que eu percebera até pensar em perdê-lo. A ausência do meu pai entalhara um abismo no centro da minha vida. Não achei que suportaria perder meu amigo também.

Voltei desanimada para o palácio conforme o crepúsculo caía. Esgueirando-me pelos corredores, experiente em andar invisível pelas sombras, passei pelos aposentos da minha mãe. Pude ouvir o murmúrio suave da voz dela enquanto falava com alguém — *ele,* provavelmente. Não me importava o que ela tinha a dizer na maior parte do tempo, mas me perguntei se tinha ouvido a mesma história da guerra que Georgios me contara. Queria saber se ela comemorava a desavença entre os gregos.

Eu me aproximei da porta, que estava entreaberta.

— ... não me surpreende, é claro — eu a ouvi dizer, a voz aguda e rápida. — Ainda assim, me pergunto como pode ser verdade.

Egisto, com sua vozinha irritante, disse algo para apaziguá-la.

— Ele tem filhas — disse ela. Uma nota de desespero soou em sua voz. — Sei que a guerra é assim. Sei o que ele já fez. Mas essa garota, essa escrava sobre a qual eles brigam como cães lutando por um osso... ele nem sequer pensa nela como uma pessoa, a filha de alguém, que poderia ser a dele?

Ouvi Egisto com mais clareza; acho que ele acabara se levantando e ficando mais perto da porta onde eu me escondia, talvez para se aproximar de Clitemnestra.

— Eu nunca lutei na guerra, mas...

Ela o cortou como se ele nem tivesse falado:

— Mas por que eu pensaria por um momento que ele se importaria com os sentimentos de uma mulher, mesmo se fosse a própria filha, mesmo se os troianos perseguissem a ele e seu exército pelo mar até Micenas? Tudo que importaria seria seu próprio orgulho. Mas a crueldade disso... — Houve um longo silêncio. Quando falou de novo, ela soava mais calma. — Ele não tinha o rosto de um monstro. Quando me casei com ele, eu não sabia, nunca imaginei que... E agora ele toma uma mulher como se fosse um objeto, arrisca a guerra toda, a guerra pela qual sacrificou a própria filha como um animal, só para dizer que Briseida é dele, e não de Aquiles. — A voz de Clitemnestra ficou fria. — Como aquela pobre garota deve desprezá-lo.

Eu tinha ouvido o suficiente. Virei-me, seguindo em silêncio até meus aposentos, um fantasma em minha própria casa. Foi só depois, quando repassei a conversa entre minha mãe e o odiado Egisto na cabeça, que analisei toda a amargura que despertou em mim.

Minha mãe sentia uma afinidade com aquela mulher distante, a escrava do meu pai. Ela imaginava Briseida desprezando o rei que a tinha reivindicado como sua. Eu me virei na cama, apertando o rosto contra os cobertores macios. Respirei fundo e devagar, e senti o calor do ar exalado aquecer minha pele. Aconchegada no meu ninho, pensei nela. Eu me perguntei como seria sua aparência, a mulher que tinha parado a guerra. Imaginei que deveria ser alta e com uma bela figura, cabelos ondulantes e olhos grandes. Olhos que podia erguer ao meu pai. Ela podia olhar o rosto dele, o rosto que eu só podia ver na névoa de uma lembrança distante. Devia ser bela. Pensei em como ela deveria se sentir; reivindicada por Aquiles, de quem tantas histórias eram contadas, o jovem e feroz guerreiro que inspirava temor no coração dos troianos. E então a marcha dos soldados de Agamêmnon até o acampamento dos mirmidões, seus passos batendo na areia enquanto iam levá-la até o rei.

Clitemnestra sentia pena dela por pertencer a Agamêmnon. Fechei os olhos com força. Conseguia quase sentir a areia da praia troiana escorrendo entre os dedos dos pés. Os pontinhos laranja que explodiram contra minhas pálpebras apertadas podiam ser as chamas das tochas gregas. As mãos dos soldados segurariam os antebraços dela com firmeza enquanto a levavam para a tenda. Ela abaixaria os olhos quando se aproximassem, o cabelo solto caindo sobre o rosto até parar diante dele.

A cena se dissolveu na minha cabeça. Tentei me lembrar das feições dele: a barba escura, os cachos espessos. Teria fios grisalhos dos anos que se passaram, da pressão de liderar a guerra? Eu tinha certeza de que seus olhos brilhariam tão escuros e calorosos como sempre, mas talvez mais cansados que antes.

Minha mãe não se importava com quanto ele tinha sofrido, o peso que aquelas batalhas incessantes deviam ter cobrado dele. Ela lhe negaria qualquer conforto, qualquer espólio de guerra que era seu por direito, ao mesmo tempo que dormia ao lado do traidor, o usurpador que ousava dormir na cama de Agamêmnon.

Com os pulmões prestes a explodir, afastei os cobertores, emergindo da caverna sem ar que criara. Meu cabelo estava colado às têmporas suadas. Eu sentia ao mesmo tempo uma inquietude enorme e terrível, uma energia frustrada em meus membros que me fez desejar de novo que houvesse o mar entre Micenas e Troia. Mesmo que o deserto mais árido e inclemente nos separasse, eu poderia atravessá-lo para ver meu pai de novo.

Eu era uma princesa. Dormia numa cama com os tecidos mais finos, em um quarto com as paredes pintadas, enfeitado com cortinas suntuosas, com joias cintilantes à espera para adornar meu cabelo e meu pescoço, e janelas que mantinham longe o calor escaldante do dia e deixavam entrar a brisa fresca da noite: todo conforto que eu era capaz de imaginar estava na ponta dos meus dedos. No entanto, cada fibra do meu ser doía de saudade — cada parte do meu corpo miserável ansiava por estar entre a fumaça das fogueiras, sob o tecido áspero de uma tenda, para trocar de lugar com uma escrava que não tinha nada exceto o que eu mais queria no mundo: os braços do meu pai ao seu redor.

17

Cassandra

A guerra se estendeu, infindável, ao longo de semanas, depois meses e por fim anos. Como eles ainda tinham estômago para a luta? Como era possível se levantar toda manhã para realizar o mesmo massacre sombrio e incessante, depois beber, dormir e acordar para fazer tudo de novo? O exército grego era poderoso, apesar dos corpos que mantinham os corvos inchados grasnando no céu, e assistíamos do topo de nossas muralhas enquanto eles transformavam seu acampamento improvisado em algo que se assemelhava a uma civilização.

Ainda assim, nossos muros aguentaram. Eu não podia mais caminhar além deles, mas todo dia olhava de cima a colisão fervilhante dos exércitos diante do mar plácido. Assistia até que pontos pretos cintilavam e preenchiam minha visão, até minha cabeça latejar e não conseguir mais enxergar nada. Buscava a outra cegueira, o abismo de luz, o conhecimento do que estava por vir.

Porém, desde o dia em que Páris tinha partido para Esparta, Apolo não falara mais comigo. Nenhuma agonia rachava meu crânio, nenhum clarão ardente de luz branca me ofuscava, nenhuma revelação me perfurava. Às vezes, eu sabia de uma verdade: uma criança saltitava na rua e eu a via febril e suada, depois imóvel como mármore. Um dia depois, a mãe estaria arrancando os cabelos e arranhando as faces enquanto chorava e clamava em vão por Apolo. Um homem de rosto sombrio, pouco mais que um menino, cujas mãos tremiam quase imperceptivelmente enquanto prendia o peitoral, pronto para pisar na terra ensanguentada — eu o via ofegar, sem ar, sob um céu vazio, seu corpo jogado na areia. Essas pequenas verdades me atacavam todos os dias, mas o que eu buscava quando olhava para a carnificina, o que implorava para ver quando rezava aos pés da estátua de Apolo todos os dias, não vinha.

Até eu comecei a me questionar sobre minhas previsões; talvez, pensei, o que eu vira em Páris era apenas o fato da guerra? Troia estava arruinada de muitas formas, a cidade imobilizada, todos nós presos atrás de pedra em um cerco sem fim. Contra meus instintos, contra o peso do desespero que carregava no estômago todos os dias, não pude impedir aquele broto traiçoeiro de esperança de entrelaçar-se com a minha tristeza: talvez Troia sobrevivesse, no fim das contas.

O rosto de Apolo no templo era pedra lisa, suave e vazia. Os olhos pintados olhavam para a frente sem ver nada. Ele não me fazia revelações.

Nos primeiros dias do cerco, medo e pavor pairavam no ar de Troia. Pela primeira vez, não era só eu que via morte e destruição em cada esquina. Todo altar levava fumaça aos céus, o ar estava cheio de incenso, e o mugido do gado levado ao sacrifício se misturava com os cânticos finos e melódicos aos deuses. Por toda a cidade, os rostos estavam retesados de angústia. Dia após dia, os homens morriam — maridos, irmãos, filhos e pais, mutilados e dilacerados, sufocando em seu próprio sangue na areia. As terras que cercavam a cidade foram caindo, pouco a pouco, nas mãos dos gregos, que levaram nossas colheitas e animais também. A ameaça da fome espreitava toda casa. Parecia que o fardo seria demais para suportar; todo dia, o horror iminente nos assombrava, ameaçando desabar sobre nós e nos esmagar a qualquer momento.

Mas, dia após dia, isso não acontecia. Meu irmão Heitor reunia as forças de Troia. Embora os homens pudessem ter se enfraquecido pelo medo e pela infelicidade, ele os revitalizava com sua liderança calma e os unia com esperança e confiança. Aprendemos a viver com o que tínhamos, e aos poucos começamos a esquecer a brisa fresca do mar e a sensação das ondas aos nossos pés. Era pior para os gregos, todos concordavam, longe de casa e da família, morando em nossas praias, jogando-se contra nossos muros firmes sem nunca fazer qualquer progresso. Eles não conseguiriam suportar tanto quanto nós. O fim chegaria, só precisávamos ser fortes e esperar.

Bem, tínhamos esperado, e o décimo ano começara e ainda esperávamos. Os dias se assentaram em uma espécie de rotina terrível, que se tornara tão familiar que muitas vezes eu esquecia o horror de tudo aquilo, até que sacudia meu corpo e eu ficava rígida de choque de novo. Parecia impossível, mas essa era a vida normal para nós. Foi assim que, naquele décimo ano, acordei cedo uma manhã e encontrei um céu espesso de nuvens e um gosto metálico no ar. Os resquícios de um sonho dissolvido se agarravam a mim; seus fragmentos me provocavam, fora de alcance.

Algo tinha mudado. Eu me vesti depressa e não parei para pentear ou prender o cabelo, deixando-o solto e emaranhado quando atravessei o palácio adormecido e saí na cidade.

Ele estava ali. Eu podia sentir sua ameaça no ar: a fúria de Apolo, tão certeira e sólida quanto fora tanto tempo antes no templo sob a pressão violenta dos seus lábios. Meu coração martelava, contrastando com a paz e a suavidade da manhã. Eu queria fugir, mas era como se areia movediça me puxasse para baixo e eu estivesse presa no lugar, impotente e vulnerável. Apertei os braços ao redor da cabeça, senti pedras arranharem meus joelhos quando caí ao chão. Arquejando, esperei o golpe.

Os momentos se passaram. Ousei erguer a cabeça um centímetro do chão quando o senti se afastar. Engatinhei até o muro, me escorei ali e olhei para a planície, na direção do acampamento grego.

Então a dor estilhaçou meu crânio como um raio. Apertei as têmporas com força, desesperada para manter a cabeça em um só pedaço. O ar saiu do meu corpo quando a luz dele atravessou minha mente, e desabei contra a pedra encharcada pela névoa.

Minha visão voltou aos poucos. Observei, boquiaberta, quando o miasma desceu sobre os gregos, invisível a todos os outros: o fedor acre da doença, o cheiro asfixiante da peste soprada dos lábios perfeitos de Apolo, uma nuvem distendida com todas as doenças que ele sabia curar. Uma maldição de pústulas abertas e putrefatas que explodiriam na pele; febres altas que chacoalhariam os corpos; chiados no peito e preces ruidosas que não seriam atendidas. Eles implorariam por sua misericórdia, por seus poderes de cura, e ele os veria morrer.

Por dez dias, todos vimos. Os gregos tentavam queimar os corpos freneticamente, mas eles se empilhavam mais rápido do que conseguiam acender as piras. A infecção se alastrou pelo acampamento, invisível e mortal. Eu podia sentir o desespero e o terror deles dos sofás almofadados que os escravos dispuseram no pátio do palácio, onde meus pais assistiam comigo. Andrômaca, embalando o filho, também observava com o corpo tenso de esperança.

Heitor, claro, galopava na frente dos troianos. Nossos homens estavam encorajados, exultando com sua vantagem. Não havia ninguém para rechaçá-los. As forças gregas estavam em desvantagem; muitos homens estavam doentes ou moribundos, ou já tinham morrido da peste de Apolo. Eles continuavam resistindo, mas por um fio, e parecia impossível que poderiam aguentar muito mais. O fim da guerra se ergueu à nossa frente, uma linda visão que parecia ao nosso alcance. Eu era a única em minha família e na cidade que não acreditava nela.

Se foram os altares ardentes que os gregos acenderam em honra a Apolo ou algum outro apaziguamento, o décimo primeiro dia amanheceu claro e fresco. O miasma vil que pairara sobre o acampamento grego se dissipou com o nascer do sol. Destemido, meu irmão levou suas tropas novamente para a batalha contra o inimigo exausto.

Naquela noite, Heitor voltou exultante ao pôr do sol, relatando que, embora a doença não se alastrasse mais pelo exército grego, Aquiles se recusava a lutar com eles. Ele e seus mirmidões não participaram da batalha. Era verdade — não vimos sua inconfundível biga voando pelas planícies depois disso; a biga que, todos os dias antes, deixara nossos filhos, irmãos e maridos massacrados e mutilados atrás de si.

Se Aquiles tinha se retirado da guerra, a vitória era nossa — e todos em Troia sabiam disso. As semanas se passaram, mas nossa confiança continuou a crescer. Os gregos podiam ter sobrevivido a uma peste, mas nunca conseguiriam vencer sem Aquiles. Era só questão de tempo. Vi os olhos cansados de Andrômaca brilharem, um sorriso nervoso ousando curvar seus lábios. Minha mãe bebia vinho, a tensão nos ombros relaxando. E Helena, com o rosto tão calmo e belo como sempre.

Eu mordia o lábio, ansiosa, a pele seca rachando sob os dentes. Não via nossa salvação à frente, só o terror azedo de um desastre imprevisto.

Em uma aurora fantasmagórica, observávamos de novo dos muros da cidade, espectadores inúteis reunidos nas muralhas, esperando nosso destino ser decidido. A monotonia da guerra, dia após dia por dez anos, o desespero impotente que nos prendia ali para assistir — será que se romperia por fim?

A névoa veio do mar com as ondas, uma maré branca exalada pelo mar revolto. Ela cobriu o acampamento inimigo, estendendo os dedos para as fogueiras troianas na base dos muros. Estávamos parados ali, todos nós, uma cidade silenciosa reunida naquele momento infinito. Creio que toda alma entre nós segurava o fôlego enquanto os guerreiros se reuniam em suas fileiras, a postos.

Mas o silêncio sinistro ainda reinava, rompido apenas pelo grasnado rouco de um pássaro solitário que voava baixo acima de nós, a batida das asas tão alta que era assustador.

E então, de algum lugar na escuridão turva, veio o som das rodas de uma biga. Andrômaca estava ao meu lado e senti seu corpo enrijecer. Esperávamos ver um ataque troiano, mas, antes que eles tivessem dado um passo, parecia que, incrivelmente, os gregos se aproximavam — os gregos exaustos e quase derrotados. Uma escuridão vasta expandiu-se atrás da névoa que se dissipava e, de uma só vez, um grande grito se ergueu, reverberando contra as pedras antigas de Troia. Um capacete horrivelmente familiar reluziu nos primeiros raios fracos do sol, a armadura brilhante que todos reconhecíamos.

Andrômaca apertava minha mão convulsivamente.

— Aquiles retornou — falou, ofegante.

Balancei a cabeça, apertando os olhos para a figura impressionante que açoitava os cavalos, orgulhoso, em pé na biga e flanqueado pelo exército mirmidão, cuja ausência pensávamos que salvaria a todos nós.

— Não, Aquiles está sozinho — falei, soltando o ar. Eu o vi, solitário e emburrado, tão taciturno quanto as brasas da fogueira ao lado da qual se sentava. Ele encarava o mar, resoluto, com a mãe ninfa ao seu lado, os olhos pretos reluzindo de satisfação.

— Não é Aquiles — sussurrei. Eram as palavras de Apolo, ardendo em minha garganta.

Andrômaca, alheia a elas, ficou paralisada ao meu lado, os olhos arregalados de horror.

— Heitor.

Claro que meu irmão perseguiu a biga de Aquiles; claro que não podia só ficar parado vendo seus homens serem derrubados à sua frente. Eu podia sentir a ameaça brilhante e prateada no ar, estremecendo como a corda tesa do arco de Apolo sobre a batalha, e tive certeza de que um dos homens lutando com urgência na areia abaixo morreria.

No silêncio distante do acampamento mirmidão vazio, senti Aquiles ficar rígido com uma tensão súbita, e soube que ele virou a cabeça na direção da batalha distante se desenrolando na base dos muros da nossa cidade. No mesmo momento, vi uma cena impossível — o escudo de Aquiles jogado no campo de batalha, seus joelhos se dobrando e seu grande capacete emplumado rolando da cabeça enquanto ele caía para trás.

O sangue reluziu na espada de Heitor, seu brilho escarlate visível até das muralhas.

Hesitei. Às vezes, nos sonhos, sabia que estava dormindo e me sentia presa nos eventos que se desenrolavam em minha mente adormecida, sem conseguir escapar. Sentia-me assim naquele momento, enquanto as pessoas se viravam umas para as outras, sem acreditar, atordoadas.

Lá embaixo, Heitor terminou de arrancar a armadura enquanto os mirmidões atacavam, querendo proteger a carne tenra do corpo. O cadáver se tornou o coração fervilhante de uma nova luta, uma batalha feroz e desesperada para reivindicar os restos mortais esfarrapados e ensanguentados do homem que tinha lutado na armadura de Aquiles.

A cabeça de Príamo pendeu em derrota quando compreendeu a mensagem que se espalhou pelos homens.

— Não é Aquiles — disse ele.

Eu me virei, nauseada e exausta. Não conseguia assistir ao massacre naquele dia. Fitei as ruas pavimentadas sob meus pés, buscando a verdade perdida na dor entorpecedora que chacoalhava meu cérebro. Eu sabia que ela espreitava em algum lugar: uma joia brilhante, provocadora e além do meu alcance. Se ao menos Apolo me deixasse enxergá-la com clareza; se ao menos eu pudesse traçar o caminho que levaria à destruição de Troia; se ao menos eu pudesse saber exatamente a forma que nossa ruína assumiria...

No templo dele, rezei de novo. Não implorei por nossa salvação. Queria só saber quanto tempo o tormento da espera duraria. Envolta em fumaça perfumada, a estátua de Apolo olhava impassível por cima do meu corpo prostrado. No campo de batalha, o massacre continuava. Todo momento se alongava interminavelmente, mas as horas se seguiam umas às outras. Fora do templo e de sua luz baça, as nuvens pesadas começaram a se dissipar, seguidas por estrelas pálidas cintilando no céu que escurecia. Os homens bateriam em retirada; os vivos voltariam mancando para lavar ferimentos, chorar pelos amigos caídos e jurar vingança contra os inimigos quando o sol nascesse pela manhã. E os chacais se esgueirariam das sombras, vorazes e famintos.

Heitor veio. Ele passou por mim, entre as colunas, e parou aos poderosos pés de bronze de Apolo. Eu me ergui para vê-lo.

O cabelo do meu irmão pendia em cachos úmidos. Ele devia ter limpado a poeira e a sujeira da batalha antes de aparecer diante do deus. Sua nuca estava à mostra, sem o capacete emplumado balançando sobre a cabeça. A vulnerabilidade daquele pedacinho de pele exposta fez meu coração se apertar. Naquele dia, ele cintilava com saúde e vitalidade, os braços rijos e musculosos, o peito subindo e descendo, o sangue correndo pelas veias. Fechei os olhos, lágrimas ardendo atrás das pálpebras.

Ouvi o tilintar de metal e o líquido sendo servido. Então veio o aroma doce de vinho misturado com o cheiro do incenso, e soube que Heitor tinha feito sua libação a Apolo. Ele parou diante da estátua, com os braços esticados, e rezou.

Através da fumaça turva, senti uma calma espalhando-se pelo meu corpo, limpando parte do emaranhado em minha mente. Abri os olhos e o peguei me encarando.

— Veio perguntar o que acontecerá amanhã? — indaguei com os lábios secos, a voz rouca pela falta de uso. Eu não falava desde minha avaliação do campo de batalha, quando vira que não era Aquiles que caía sob a espada de Heitor.

— Só os deuses sabem isso — respondeu ele.

Como seus olhos podiam ser tão doces, tão contemplativos? Certamente ele vinha perguntar a Apolo sobre a vingança de Aquiles. Olhei para o deus silencioso e imponente atrás do meu irmão. Por fim, senti o borrão acelerado dos meus pensamentos se assentar e, peça a peça, eles se encaixaram.

— Eu posso ver — sussurrei.

Ele nunca me desprezara ou censurara. Para os gregos, ele segurava a morte nas mãos, um guerreiro formidável sem misericórdia ou fraquezas. Em Troia, era nosso protetor, tão gentil com a irmã desvairada quanto era com todos os outros.

— Não importa o que aconteça comigo — disse ele, ajoelhando-se ao meu lado no chão. — Não é isso que quero saber.

— O homem que você matou hoje... — comecei.

— Eu matei muitos homens hoje — disse ele. — E em cada dia dos dez anos dessa guerra. Mas o homem em quem você está pensando, que usava a armadura de Aquiles, o nome dele era Pátroclo. — Ele olhou para mim. — Aquiles vai querer meu sangue por isso, eu sei. Pátroclo me amaldiçoou enquanto morria, me avisou do que estava por vir.

Pátroclo. Uma luz branca se esgueirava nas bordas da minha visão, mas engoli a bile e forcei meu olhar a se fixar no rosto de Heitor.

— Mas Aquiles é um homem só — continuou Heitor, em voz baixa. — Antes de hoje, quase subjugamos os gregos. Vamos persegui-los até seus navios, e ele pode vociferar e se enfurecer contra nós o quanto quiser. Talvez o luto o deixe descuidado.

Estendi a mão e segurei seu antebraço. Estava quente, a vida pulsando sob a pele. Ao pôr do sol, no dia seguinte, estaria flácido e manchado de terra, arrastado atrás da biga de Aquiles. Encarei seu pulso, tracei o padrão de veias verdes no interior tenro. Vi as chamas que o aguardavam, prontas para consumir meu paciente irmão.

— Venha — disse ele, erguendo-se e me puxando gentilmente. — Não fique aqui. Venha ao palácio e fique conosco.

Ninguém mais iria me querer lá. A pena dele só me machucava mais. Mas fiz o que pediu, pois não receberia outros pedidos do meu irmão. Ergui os olhos para Apolo quando saímos, o vinho que Heitor tinha vertido em sua honra reluzindo vermelho em uma tigela a seus pés. À noite do dia seguinte, Troia choraria com mais desespero do que fizera em dez anos de guerra. Caminhei atrás do meu irmão, já me enlutando por ele a cada passo.

18

Clitemnestra

— Continue — encorajei, inclinando-me para a frente com tanta avidez que o vinho quase transbordou do meu cálice.

Ele me observou com certa apreensão. Era um rapaz esguio, tenso e inseguro, embora sentisse que estava me trazendo boas notícias. Seu olhar preocupado ficava espiando Egisto ao meu lado: Egisto, cujos ombros estreitos não preenchiam o encosto largo da cadeira imponente e monstruosamente banhada em ouro. Concluí que era isso que deixava o mensageiro tão ansioso, pois anunciava a notícia de triunfos gregos em Troia a um homem sentado no trono de Agamêmnon.

— Dizem que Aquiles lutou como um homem possuído — continuou ele, tropeçando um pouco nas palavras. Assenti para incentivá-lo. — Ele... ele atravessou as fileiras troianas como um incêndio em uma floresta no verão mais seco.

— Fale-me daqueles que ele matou — eu disse.

— Ele era mais leão do que homem...

— Sim, sim, ele assolava como um incêndio e rugia como um leão, mas me conte o que ele *fez*.

— Heitor usava a armadura de Aquiles, que ele tinha roubado do corpo de Pátroclo, mas Aquiles avançou em uma armadura mais magnífica do que qualquer uma já vista... certamente um presente de sua mãe imortal, digna da forja do próprio Hefesto. — O jovem se calou quando viu a irritação cruzar meu rosto. — Os troianos ficaram aterrorizados, rainha Clitemnestra, e fugiram diante de sua fúria. Mas ele os perseguiu sem dar trégua.

Saboreei um longo gole de vinho.

— Vez após vez, ele jogou sua lança, abrindo caminho entre homens em fuga. Pulou da sua biga para arrastar os homens das deles, e se eles agarravam os seus joelhos e imploravam por suas vidas, ele não demonstrava pena. Fatiou os corpos deles, enfiou a espada em seus fígados, cortou suas cabeças e mandou os cavalos pisotearem seus corpos até a biga estar decorada com o sangue que borrifava de baixo das rodas sacolejantes e dos cascos retumbantes. — Ele estava entrando no ritmo, percebendo que essa descrição era exatamente o que eu desejava ouvir. — Ele perseguiu os troianos até as margens do rio Xanto, e lá deixou a água vermelha com o sangue deles. Só poupou doze homens…

— Por que poupar algum? — perguntou Egisto. Vi que ele também estava fascinado pela história, embora eu pudesse vê-lo se contorcer um pouco na cadeira. Ele não partilhava do meu deleite.

— Ele jurou cortar a garganta deles na pira funerária de Pátroclo. Mas não queimaria o corpo do seu amado até ter saciado sua vingança e, para isso, só a morte de Heitor seria suficiente.

— Onde estava Heitor? — perguntei.

— Aquiles não conseguiu encontrá-lo no caos da batalha, mas derrubou cada homem em seu caminho enquanto procurava. Outros filhos de Príamo morreram ofegantes aos seus pés e o rio engasgou com os cadáveres. Tamanhas eram sua selvageria e sua imprudente sede de sangue que ele teria lutado contra o próprio Apolo. Em desvantagem, os troianos correram para a cidade, desesperadamente buscando o abrigo de seus muros antes que Aquiles pudesse massacrar a todos.

Recostei-me nas almofadas, bebericando meu vinho. Nunca vira Aquiles em Áulis; se ele estava lá, não vi seu rosto. Também nunca me importei com seus feitos em batalha; nada disso me interessava até ele se opor a meu marido com sua birra por uma escrava roubada. Eu me preocupei que sua retirada da guerra entregaria a vitória a Troia, e que outra pessoa, talvez o famoso Heitor, me roubasse o privilégio de assassinar meu marido. Agora que ouvia de seu retorno feroz à luta, porém, senti uma espécie de afinidade com Aquiles começar a se agitar em meu interior. Podia vê-lo, com o luto e a raiva crescendo em seu peito, e senti o prazer cruel que ele devia ter sentido ao agarrar aquela lança e disparar sobre as terras troianas, pronto para dar vazão à sua dor sobre um exército inteiro. A inveja se retorceu dentro de mim. Se eu pudesse ter empunhado uma espada e uma lança e partido entre o exército aqueu que tinha assistido à minha filha morrer, teria sentido a mesma satisfação — e, como Aquiles, não teria parado até encontrar o assassino que procurava. Gesticulei para o mensageiro continuar.

— No começo, Heitor não fugiu — disse ele. — Ficou parado sozinho diante dos portões da cidade enquanto o pai, o rei Príamo, berrava das amuradas.

Ouvi um som suave quando Egisto engoliu em seco. Será que imaginava o pai assistindo ao filho morrer, como ele vira o pai morrer? E Príamo, o rei ancião, famoso em nossas terras por seus cinquenta filhos — por quantos deles já tinha chorado? Por um segundo atordoante, a verdade sombria se escancarou à minha frente: um emaranhado medonho de filhos perdidos e a agonia do luto; a violência que reverberava através das lendas dos ancestrais de Atreu, erguendo-se como uma onda desde o nosso passado e arrastando a todos nós com sua força irresistível.

— Heitor tinha lutado contra centenas dos nossos melhores soldados e vencido. Mas Aquiles se ergueu na planície com toda a força e fúria do próprio sol e, à medida que seus ataques continuavam, Heitor não conseguiu mais resistir com tanta coragem. Fugiu de Aquiles como um homem preso em um pesadelo, correndo desesperadamente ao redor dos muros da cidade, procurando um refúgio que não conseguia encontrar. Jogou sua lança contra Aquiles em vão; ela ricocheteou contra o grande escudo dele e caiu inútil no chão. E quando invocou sua força e coragem para atacar Aquiles com sua espada, que já tinha despachado tantos gregos, Aquiles enfiou a própria lança na garganta de Heitor.

Soltei o ar.

— Eu lhe agradeço por essa notícia — eu disse. — Sem Heitor, não deve demorar muito até recebermos nossos homens de volta. — Ainda não, eu sabia disso. Entre as colunas do salão, podia ver o céu iluminado apenas por estrelas. Não havia fogueiras acesas ainda. Troia resistia. Quando caísse, eu seria a primeira em Micenas a saber.

— Não é só isso — disse o mensageiro.

Seus olhos tinham se desviado para Egisto de novo, quando eu mencionara receber os homens de volta, mas soube que ele não ousaria expressar o pensamento que cruzara sua mente.

— Não? O que mais?

— Com seu último suspiro, Heitor implorou a Aquiles para devolver seu corpo ao pai. Mas a raiva de Aquiles ainda era grande, mesmo com o assassino de Pátroclo sangrando na areia a seus pés. Ele tirou a armadura de Heitor. Cortou seus pés e passou tiras de couro bovino pelos ferimentos para prender o cadáver atrás de sua biga. Então o arrastou pela terra, com os pais assistindo dos muros da cidade. Dizem que os gritos da rainha podiam ser ouvidos até nos navios gregos. Ele jurou dar o corpo de Heitor aos cachorros, mas acho que o teria comido cru ele mesmo se pudesse.

Mantive o rosto impassível.

— Bem, isso é uma excelente notícia. Você descansará aqui esta noite; temos muitos confortos à sua disposição e ficamos realmente gratos por tudo que nos relatou hoje. Peço que me dê apenas mais uma informação, se puder.

Ele olhou para mim. Eu via a tensão entalhada em seu rosto: ele precisava se dirigir a mim como rainha, fazer o que eu pedia enquanto Egisto sentava-se no trono do rei, enquanto o tempo todo devia estar se perguntando freneticamente como Agamêmnon puniria essa deslealdade ao retornar.

— E amanhã — acrescentei depressa — você pode partir com ouro para provar nossa gratidão. Um navio mercante partirá para a Etrúria cheio de cerâmicas e belas joias para vender; tenho certeza de que terão um lugar a bordo para um rapaz ambicioso como você.

Ele deu um levíssimo suspiro de alívio com a perspectiva de fuga.

— O que mais a senhora deseja saber? — perguntou ele.

Eu me inclinei para a frente.

— Há notícias de Helena? Minha irmã… Você sabe se ela está viva, se foi avistada?

— Os gregos a veem às vezes — respondeu ele. — No topo das muralhas, entre os troianos, mas inconfundível mesmo à distância. Ela está viva, mas é tudo que sabemos.

Eu não esperava ouvir nada mais. Depois, quando o palácio dormia e eu perambulava, não pude impedir meus pensamentos de se voltarem a ela. Em Esparta, a filha que Helena deixara para trás se tornava uma jovem mulher enquanto minha filha vagava pela escuridão do Submundo. Será que minha irmã pensava em Hermione, apenas uma criança quando ela e Páris tinham se esgueirado na noite até o navio dele? Hermione estava mais velha do que Ifigênia tinha se tornado; a prima mais nova tinha superado minha filha, que permaneceria congelada aos catorze anos para sempre. Mesmo assim, sua mãe perdia tempo em uma corte estrangeira, os anos escorrendo por seus dedos, irrecuperáveis. Se minha filha habitasse qualquer lugar neste mundo, nenhum exército ou oceano poderia me impedir de alcançá-la. Mas Helena permanecia longe.

Suspirei de impaciência. Então, de algum ponto no vazio, ouvi o burburinho urgente de sussurros. Eu me enrijeci, fiquei imóvel e apurei os ouvidos.

Vozes masculinas, graves e roucas. Não estremeciam de velhice nem eram agudas com juventude. Minha respiração ficou presa na garganta. Junto às vozes, pude ouvir um baque abafado e algum objeto inerte sendo arrastado. Houve alguns xingamentos enquanto eles o ajeitavam, depois uma bufada baixa, uma risada contida, dura e sem humor. Em algum ponto na escuridão, seus passos desvaneceram até sumir. O vento suspirou sobre o mar e o silêncio se acomodou de novo.

Fiquei lá fora até a aurora começar a manchar o céu, desbotada e fantasmagórica no horizonte.

Dormi ao longo das primeiras horas do dia. Quando me levantei, o alvoroço da manhã tinha se acalmado e se tornado o zumbido baixo de costume. Quando segui pelo corredor na direção do salão do trono, passei pelos guardas de Egisto, aglomerados em um grupinho. Seus olhos se voltaram para mim quando passei. O rosnado baixo de suas vozes e sua postura curvada e ameaçadora serviam como um lembrete a qualquer um em Micenas para não questionar a presença do meu consorte. Eu tinha me sentido tranquilizada pela promessa de sua proteção enquanto esperávamos. Mas esperávamos havia tanto tempo. Duvidava que fosse respeito o que via em seus olhares cada vez mais demorados, respeito pela rainha que os tornara guardas de um rei. Seria impaciência?

Minha certeza nunca vacilou, mas minha paciência estava se esgotando. Eu me perguntei se a deles também; se a estagnação na qual nos encontrávamos, esperando o final de uma batalha para podermos lutar a nossa, estava levando a tolerância de todos ao limite.

Entrei na antessala. Através das colunas à frente, vi Egisto se recostando nas almofadas empilhadas em seu trono.

— Clitemnestra? — Ele se endireitou, me fitando entre as colunas, com os olhos semicerrados.

Entrei no grande salão. Entre nós, as chamas tremeluziam na lareira redonda no centro da sala. Quatro colunas se erguiam ao redor dela, e a fumaça espiralava até o quadrado azul de céu aberto logo acima, interrompendo os padrões pintados ornados que se repetiam ao redor do teto. As colunas estavam pintadas de uma cor de creme suave, com detalhes dourados. Cada ladrilho do chão tinha bordas de um laranja quente como fogo. E, por toda parede, feras e monstros selvagens saltitavam em afrescos elaborados, jogando as cabeças para trás e batendo os cascos; ondas congeladas erguiam-se em oceanos pintados, enquanto homens e deuses caminhavam no meio de tudo, emoldurados com motivos vívidos e rodopiantes. A história crescia e me pressionava nesse salão de todos os ângulos; os feitos do passado apresentados como proezas e triunfos a serem proclamados por toda parte. A mancha de sangue tinha esvanecido no chão diante do fogo, mas ambos a víamos todos os dias, tão nítida quanto se o sangue tivesse acabado de ser derramado.

— Nosso convidado embarcou em seu navio esta manhã? — perguntei. — É uma longa viagem até a Etrúria, ele não vai voltar antes que… ele não vai voltar tão logo.

Egisto sorriu.

— Ele partiu antes do amanhecer.

Hesitei. Havia uma nota desconhecida em sua voz? Examinei seu rosto.

— Ele trouxe notícias bem-vindas. Um fim à vista para essa guerra. — Um fim à vista para nossa espera. Minhas mãos se fecharam em punho ao lado do corpo. — Fiquei feliz por recompensá-lo por isso.

— Ele foi bem recompensado. — Ele deu um sorrisinho irônico.

Eu estava prestes a falar, mas vi os olhos dele se voltarem à entrada da antessala. Virei-me depressa.

— Electra?

Ela estava parada sem jeito entre duas colunas.

— Electra? — chamei de novo. Ouvi a rispidez em meu tom, a irritação que eu nunca conseguia suprimir. Não havia nada exceto espera em nossas vidas agora; ela precisava piorar a situação ficando em silêncio antes de começar qualquer conversa? Isso irritava meus nervos sensíveis e me deixava cruel, embora eu tivesse prometido, repetidas vezes, ser mais gentil e paciente.

— Heitor realmente está morto? — perguntou ela.

— Está — respondi.

— Então a guerra vai finalmente acabar. — A voz dela falhou.

— Troia não pode resistir sem seu maior guerreiro — eu disse.

Ela ergueu os olhos para mim.

— Então meu pai voltará para casa.

— Sim.

O olhar dela deslizou para Egisto, e o senti enrijecer atrás de mim. O silêncio se estendeu teso e trêmulo no salão. Eu não conseguia suportar.

— É só isso? — disparei.

— É só isso — disse ela, um leve sorriso curvando sua boca quando olhou para Egisto, e foi embora.

Minha cabeça doía. Virei-me para Egisto. Queria poder voltar para a cama e dormir o dia todo. A fumaça do fogo no centro do salão fazia meus olhos arder, e eu o via através de uma névoa aquosa.

— Pois bem. Nenhuma notícia deve alcançar Agamêmnon sobre a… a situação aqui em Micenas, antes de ele chegar.

Os fios cinza espiralaram na direção da abertura no telhado, escapando para o céu.

— Nenhuma notícia o alcançará. Estou certo disso. — Seu olhar desviou-se para o grupo de guardas pelo qual eu tinha passado ao entrar.

Lembrei-me dos sussurros fora dos muros do palácio na calada da noite. O som de algo pesado sendo movido e arrastado pelo chão. O rosto de Egisto, diferente agora.

Sua postura, agora que a espera estava quase acabando, não era mais ansiosa, como eu antecipara. Ele não estava se encolhendo. *Ele parece pronto*, pensei.

E me perguntei por que isso não me trazia nenhum conforto.

19

Cassandra

— Páris está ferido! Ele está ferido!

Os gritos ecoaram de um lado a outro pelas ruas de Troia enquanto caía o crepúsculo. No templo de Apolo, virei a cabeça para o som, surpresa.

Páris era um homem condenado desde que Heitor caíra. Ele tivera seu momento de glória no campo de batalha no dia em que uma de suas flechas tinha milagrosamente se cravado fundo no pé de Aquiles. A ponta coberta de veneno agira a partir dali. Fora a primeira vez que meu irmão belo e elegante tinha se distinguido no campo de batalha; ali, nos dias derradeiros da guerra, quando parecia que quase mais ninguém se importava com o que acontecia. Aquiles, quando sua ira se esgotou, tinha lutado de forma desolada e desconexa. O luto emanava dele; o coração funesto de uma estrela desabando em cinzas brancas. Ele vagava pelas planícies em busca da própria morte; foi por isso que a flecha de Páris por fim encontrou seu alvo. Aquiles a recebeu de bom grado. Com isso, Páris foi brevemente celebrado em nossos salões; nas escassas imitações que Príamo e Hécuba tentavam reproduzir dos banquetes que realizávamos. A cadeira vazia de Heitor, o rosto vazio de Andrômaca, os olhos vidrados dos meus pais — tudo isso só tornava mais gritante o contraste com aquelas antigas celebrações.

Eu tinha perdido a noção dos dias fazia algum tempo. Agora, os gritos formaram palavras claras e eu entendi. Então, aquele era o dia da morte de Páris. Chegava com dez anos de atraso.

Meus pais chorariam por ele. Por eles, eu iria até o palácio, mesmo que não houvesse palavras de consolo restantes. Porém, quando saí dentre os pilares, no ar noturno suave, foi Helena quem vi.

— Para onde ele fugiu? — perguntou ela.

Pensei por um momento.

— Quando chegou a Troia, ele tinha deixado uma esposa para trás — eu disse. — Enone, uma ninfa do rio. Eles moravam nas montanhas antes que ele partisse para buscar um prêmio diferente.

Ela me olhou com firmeza.

— Ela o ajudará?

Enone. Vi o rosto dela, manchado de lágrimas quando ele partiu, retorcido de raiva quando descobriu aonde ele tinha ido e por quê. Eu podia ver Páris, sangrando e mancando pelos caminhos que eles tinham percorrido juntos no passado, implorando pelas habilidades de cura dela, uma década depois de tê-la abandonado.

Balancei a cabeça.

— Não.

Helena desviou o olhar.

— Ele devia ter morrido naquela montanha quando bebê — eu disse. As palavras soaram duras na brisa suave. Não era o que eu pretendia dizer.

— Ele morrerá lá hoje — disse ela.

Dei um aceno rígido e brusco.

Ela estendeu a mão e tocou meu ombro. Olhei para seus dedos esguios, as unhas ovais, rosa e reluzentes. Seu toque era quente. Gentil. Perguntei-me por que ela parecia estar me reconfortando quando era ela que se tornava viúva, sua posição em Troia mais precária uma vez que não tinha marido para reivindicá-la, nem cunhado para protegê-la. Ouvira dizer que, se Páris morresse, ela seria dada em casamento a Deífobo, um dos filhos sobreviventes de Príamo, um dos meus últimos irmãos. Como Helena se sentia a respeito disso, eu não fazia ideia. Mas nenhuma preocupação ou ansiedade franzia sua testa, e eu só encontrei compaixão em seus olhos.

Nomes lendários tinham lutado nas planícies diante da cidade por uma década, mas agora todos estavam mortos. As batalhas eram cansativas e dolorosas: nenhuma fonte gloriosa de sangue se revolvia em uma espuma carmesim sob as rodas da biga de Aquiles; só havia homens exaustos de uma guerra que parecia durar para sempre, homens que se arrastavam, dia após dia, para lutar outra vez.

Quando começara, eu tinha pensado que a guerra acabaria em uma poderosa conflagração; uma enorme explosão de violência e selvageria, um ataque contra nossos portões e a derrubada de nossas torres. Mas pelo visto seus últimos passos seriam mancos, os vencedores engatinhariam sobre as pilhas dos mortos para nos exterminar e fecharíamos os olhos e curvaríamos a cabeça para o final lento e inevitável.

Então, quando os gregos foram embora, todos fomos apanhados de surpresa. A notícia chegou até nós pelas planícies; nos reunimos nos muros e olhamos para uma longa extensão vazia de areia até o mar cintilante. Não se viam navios. Os batedores voltaram, confirmando que era verdade. O exército tinha desaparecido tão abruptamente quanto chegara.

Meus concidadãos troianos estavam atônitos, quase não ousando acreditar. Vi seus sorrisos incrédulos, os arquejos de alegria passarem de um a outro, faiscando entre a multidão. Os portões de Troia se abriram e os habitantes jorraram por eles.

O chão pareceu se mover sob meus pés quando segui. Eu me perguntei se iria se partir e sugar nossa cidade para as entranhas da terra; se sufocaríamos na poeira em vez de perecer em chamas, como eu vira e como o sonho de Hécuba sobre seu bebê amaldiçoado tinha previsto.

A brisa litorânea se agitou ao meu redor, erguendo meu cabelo. Inspirei o ar fresco e salgado, lágrimas ardendo em meus olhos. A ondulação e a cintilação da água, a areia úmida onde as ondas e a espuma lambia a praia, os tufos de alga marinha flutuando em emaranhados — eu estava fascinada. Olhei até minha visão nadar com água salgada.

Quando vi o cavalo, tive uma sensação de reconhecimento. Era como ver uma pessoa familiar à distância até que saía do sol ofuscante e seu rosto ficava nítido. *Então é isso,* pensei. *Um truque. É assim que morreremos por fim.*

Era uma construção vasta, erguendo-se sobre nós, seu rosto inexpressivo curvado para o mar. Grandes tábuas de madeira estavam amarradas em pilares para formar as pernas e sobrepostas em camadas cuidadosas para criar a curva dos flancos, o longo declive das costas e o pescoço abaixado. Como eles fizeram isso, na praia, só com a madeira que podiam reunir, era um mistério; *por que* tinham feito era a questão que dominava a multidão trêmula e empolgada. Embora sua silhueta fosse rústica e desajeitada, eles tiveram o cuidado de trançar juncos para formar a crista, alisando sua forma e criando um objeto de beleza surpreendente.

Vi meu pai, Príamo, curvado pela idade e arrasado pelo luto, se aproximar dele. Ele estudou a obra, andando de um lado para o outro ao longo de sua extensão, estendendo uma mão como se quisesse tocá-lo e então recuando no último momento, inseguro.

— Antenor? — chamou.

O conselho de Antenor era respeitado em Troia, mas eu não era a única a lembrar como ele tinha sinceramente instado meu pai dez anos antes a devolver Helena aos gregos com todos os presentes que pudéssemos reunir em troca da paz, e como Príamo tinha se virado para Páris e visto o ressentimento queimando em seus olhos. Antenor tinha deixado o palácio naquele dia, a capa esvoaçando atrás de si, suas palavras de sabedoria descartadas para que o filho de Príamo pudesse ficar com sua esposa roubada.

Pensei em todos os homens que tinham caído desde aquele dia e estremeci ao sentir a pressão fria daquela multidão silenciosa, seus olhos enfumaçados encarando o cavalo conosco.

— Um presente aos deuses — disse Antenor por fim. — Para sua protetora, Atena, imagino. Eles o deixaram aqui em homenagem a ela, para que abençoe seu retorno seguro para casa.

O alívio percorreu a multidão. Essas palavras tão doces e cheias de conforto — todos ansiavam por acreditar nelas, gratos ao sábio

Antenor por proferir aquela sentença gloriosa, por sua fé de que os gregos realmente tinham partido.

— Vamos levá-lo! — O grito veio de algum lugar entre os espectadores reunidos e começou a ser ecoado através deles, as pessoas assentindo vigorosamente e sorrindo com a ideia. — Vamos levá-lo à cidade e oferecê-lo nós mesmos a Atena, e ela sorrirá para nós em vez de para eles.

Um horror escuro e vertiginoso dominou minha visão. Tomada por um pânico crescente, comecei a abrir caminho entre os grupos animados, tateando até alcançar a frente, respirando cada vez mais rápido enquanto tentava chegar ao meu pai.

— Tolos!

Não fui eu quem gritou. No coração embaraçado da multidão, eu parei, procurando a voz que falava tão inesperadamente contra aquela loucura. Os rostos irritados ao meu redor, incomodados pela minha intrusão, passaram a demonstrar surpresa e confusão, e então mudaram para choque quando uma lança pesada reluziu sobre nossas cabeças, cortando o ar tão perto de mim que senti a brisa do seu voo balançar meu cabelo.

Não era uma emboscada grega, como os primeiros gritos horrorizados sugeriam. Girei ao redor para ver de onde tinha vindo, e ali, parado à parte do resto dos troianos, com as costas para a praia, estava o sacerdote Laocoonte, os braços ainda erguidos sobre a cabeça, embora a lança que tinha jogado estivesse cravada, estremecendo, no flanco de madeira do grande cavalo.

Ele falou no silêncio chocado.

— Tolos! — repetiu. — Como podem ser tão cegos? Como podem não ver que isso é um truque? — Seu rosto estava contorcido de raiva, o peito arquejando enquanto cuspia as palavras para todos nós. Ao seu lado, os dois filhos jovens o encaravam como se não o reconhecessem.

A esperança rachou meu peito. Eu não estava sozinha, não era a única a ver, e o alívio delirante me fez rir alto: uma gargalhada de gratidão que saiu muito mais brusca do que eu pensava. Os mais próximos a mim recuaram, um desdém familiar retorcendo suas feições enquanto o espaço aumentava ao meu redor. Eu não me importava; Laocoonte também via o perigo, e eles acreditariam nele. Meus ossos doíam desesperadamente com o fervor da minha confiança. Tinham que acreditar nele; iam acreditar, sem dúvida.

E então a lâmina de luz branca atravessou minha cabeça, rachando meu crânio. Eu me debati como um peixe no anzol quando Apolo estilhaçou o interior da minha mente de novo; os raios abrasadores, dementes e torturados da visão cortaram a carne tenra do meu cérebro, e vi o que acontecia em seguida em uma série fragmentada de imagens.

A fúria de Laocoonte. A multidão hesitando em dúvida. Um momento congelado; nosso futuro na balança. E então vieram os gritos, o berro angustiado de terror, fino e agudo, do filho mais jovem de Laocoonte. O irmão dele se contorcia em silêncio, seus gritos amortecidos pelo peso sufocante de espirais escamosas que já envolviam seu pequeno corpo.

A areia abafou meu grito quando tentei me levantar, ofuscada novamente por outro clarão perfurante, e eu rolei até parar de costas, a cabeça batendo numa rocha, o sangue escorrendo quente e úmido pelo pescoço. Não conseguia enxergar através da massa horrorizada de pessoas, mas soube o que estava acontecendo quando as duas serpentes gigantes se ergueram das ondas, enrolando-se ao redor dos filhos de Laocoonte. Quando ele se lançou contra seus corpos úmidos e reluzentes, elas o pegaram também. Soube o instante em que os rostos dos meninos ficaram cinza e imóveis entre as escamas; soube que Laocoonte viu também, momentos antes das presas se cravarem em seu pescoço e do veneno inundar suas veias.

Gritos. Passos em fuga. Terror e pânico fizeram a multidão sair correndo pela areia, fugindo daquela cena congelada de horror. Laocoonte, entre seus filhos, ainda desesperadamente tentando alcançá-los, as poderosas serpentes enroladas ao redor dos três em um emaranhado inescapável de morte. Eu sentia o sangue pulsando do corte atrás da minha orelha quando a cegueira começou a se dissolver.

Os sibilos morreram. As serpentes deslizaram de volta ao mar, seu trabalho concluído. E, uma a uma, as pessoas voltaram seu olhar acusador para a lança de Laocoonte, ainda tremendo no flanco do cavalo.

Talvez tivesse sido suficiente: uma mensagem clara aos troianos de que os deuses se moveriam depressa para punir qualquer dano ao cavalo. Mas se o teriam arrastado pelas planícies e através dos portões da cidade sem Sinon, eu não sei. Ele era um grego que nos jurou às lágrimas que tinha escapado do seu próprio exército, o qual queria sacrificá-lo aos deuses por um vento bom para voltar para casa. Eu via Sinon falar, cada palavra uma mentira venenosa. Eles faziam sacrifícios, os gregos. Eu sabia que isso era verdade, pois vira uma garota tremendo em um altar improvisado, uma faca reluzindo na luz do sol nascente acima do seu pescoço nu. Mas não teriam sacrificado esse homem, cujos olhos se desviavam enquanto falava, que nos instava a pegar o cavalo e roubar a sorte dos gregos que partiam, para que seus navios afundassem e nós prosperássemos.

Apertei o cotovelo do meu pai.

— Não acredite nesse homem — implorei a ele.

Príamo afastou minha mão como se fosse uma mosca zumbindo ao seu redor.

— Os gregos o trataram mal — disse ele. — Veja os cortes em suas pernas, onde o açoitaram; os hematomas nos pulsos, onde as cordas o amarraram.

— Um truque para que acreditemos nele! — exclamei.

Acalmei minha respiração, acelerada pelo pânico, balancei os cachos emaranhados e tentei aprumar os ombros, assumir uma postura nobre. Andrômaca vagava pela areia com Astiânax dando passinhos hesitantes ao seu lado, seus pensamentos tomados pelo luto enquanto ele dava gritinhos de prazer com a sensação desconhecida de areia escorrendo pelos dedos rechonchudos. Helena contemplava o cavalo. Será que acreditava que seu primeiro marido realmente voltara a Esparta, deixando-a viúva naquela terra estrangeira à qual Páris a trouxera? Ou também suspeitava de um grande truque, uma emboscada final para levá-la para casa por fim? Seu lindo rosto não revelava nada.

Príamo e Hécuba, meu pai e minha mãe, estavam encolhidos pela dor, e eu podia ver que não havia nada em que queriam acreditar mais do que na história de Sinon e na orientação de Antenor. Tantos de seus filhos vagavam, pálidos e insubstanciais, pelo Submundo. Como deviam amargar o fato de que lhes restara eu, sua filha louca, que agora tentava destruir suas esperanças de reivindicar algum tipo de vitória por fim.

Soltei o braço frágil do meu pai, as marcas dos meus dedos criando círculos enrugados na pele flácida.

— Podemos deixar o cavalo aqui na praia — sugeri. — Dedicá-lo a Apolo, aqui, sob seu olhar ao sol, e trancar nossos portões esta noite caso algum grego tenha permanecido.

Os discos de bronze batido que enfeitavam o pescoço de sua túnica reluziram na luz inclemente.

— Eles rogam a boa vontade de Atena com esse cavalo de madeira — disse ele. — Mas se Troia lhe der tal presente em vez deles, quem pode dizer que no fim ela não vai nos favorecer?

Lágrimas de frustação ardiam atrás dos meus olhos. Meu pai encarava o cavalo com tanta atenção que minhas palavras eram tão inúteis quanto penas flutuando no vento.

A multidão se pôs em movimento, homens lançando cordas ao redor do grande cavalo, puxando-o com toda sua força. O sol brilhava sobre eles, seus braços nus banhados em uma camada de suor enquanto puxavam juntos, fazendo caretas e rindo ao mesmo tempo. Uma leveza percorreu os troianos, um sopro doce de alegria por estarem livres da luta e do cerco, por enfiarem os dedos na areia e falarem de liberdade outra vez. Eu fiquei à parte.

Se ia fugir, era a minha chance. Ninguém queria ouvir mais avisos meus; não queriam ouvir nada que pudesse perfurar o delírio frágil que tinha tomado a todos. Em uma cidade que havia sucumbido a uma credulidade que parecia insana, só eu, a profetisa louca, enxergava com clareza.

Uma maré de ressentimento estava crescendo em meu corpo, fervilhando ao ponto da fúria. Eu tinha feito tudo que podia para servir Troia. Tinha cuidado do templo de Apolo, entoado as preces e realizado os rituais para manter nosso patrono feliz. Tinha contido minhas revelações indesejadas o máximo que consegui, todos aqueles anos. Dera o meu melhor para contê-las. Apolo me punira tão cruelmente e eu nunca sussurrara uma palavra contra ele, nunca me revoltara contra a injustiça, só tentara servi-lo melhor para merecer sua misericórdia. E todos eles tinham dado as costas para mim. Eu não tinha o respeito das pessoas de Troia; eu, filha de Príamo e Hécuba, era insultada e ignorada, por mais que tentasse ajudá-las. Talvez devesse deixá-las à sua ruína, para que alegremente abraçassem a devastação da cidade.

Abri os olhos. A multidão estava mais adiante, na encosta, aproximando-se dos muros da cidade. Seus gritos flutuaram na brisa: os portões não eram largos o suficiente, diziam alguns, eles precisariam derrubar um lado para o cavalo ser levado para dentro sem arranhar qualquer tábua. Os muros que tinham suportado dez anos contra os ataques do maior exército da história cairiam sob mãos troianas, por conta da tolice troiana. Balancei a cabeça. Dei um passo para a frente, longe de todos eles. E então mais um. E outro.

— Aonde você vai?

Mordi o lábio. Mantendo os olhos fixos no mar, não respondi a ela.

— Cassandra?

Seus passos eram leves na areia enquanto me seguia. Afastei sua mão do meu ombro.

— Cassandra, não é seguro aqui fora.

A nota de pânico em sua voz me fez hesitar. Eu nunca ouvira Helena tão abalada. Nem quando o exército chegou, e certamente não quando Páris morreu.

— Não é seguro lá dentro — eu disse.

Ela agarrou meu ombro de novo. Estava tão próxima, mas desviei os olhos, recusando-me a olhar em seu rosto.

— Não sei o que o cavalo significa — disse ela, as palavras escapando baixas e rápidas. — Nem por que os gregos o deixaram, se devem levá-lo para a cidade ou não... eu não sei. — Seus dedos se cravaram dolorosamente na minha pele. — Mas você não pode ficar aqui sozinha, desprotegida. Se algum soldado permaneceu, se deixaram alguém para trás...

Um soluço ficou preso em minha garganta. Em algum lugar, na distância, se eu pudesse apenas caminhar o suficiente para encontrá-la, havia segurança, eu sabia disso. Podia vê-la mais claramente do que o oceano à minha frente. Colinas suaves, florestas acolhedoras. Uma casa de fazenda tranquila, uma espiral de fumaça erguendo-se da chaminé. Uma solidão pacífica, um lugar onde nenhuma agonia estilhaçaria meu crânio, um lugar onde nada de importante jamais aconteceria, de modo que não haveria nada a prever.

— Não há para onde ir — disse Helena.

Olhei para ela. Sua mão livre esfregava ansiosamente a nuca, as sobrancelhas apertadas e os olhos transbordando de preocupação. Preocupação por mim, percebi. Meus pais, minhas irmãs, meus irmãos sobreviventes, todos tinham ido na direção dos portões, com a multidão e com o cavalo. Só Helena ficou ali por mim. E eu podia ver o quanto isso lhe custava, como seus olhos percorriam o horizonte à procura de perigo. Se algum grego além de Sinon tinha ficado na praia para vigiar, o que fariam com Helena se ela estivesse ali desprotegida? A visão da casa de fazenda evaporou e o mundo retornou de uma só vez ao meu redor. Eu não conseguia puxar o ar. Podia sentir o medo dela me infectando: a pressão de milhares de olhos observadores, a massa silenciosa de um exército invisível contra nós, esperando a hora de agir.

Ela tinha razão. Eu não chegaria ao assentamento mais próximo, a nenhum vilarejo que não tivesse sido arrasado pelos gregos. Eu não queria morrer aqui fora sozinha. Deixei que ela me puxasse de volta pela areia, lançando um último olhar para a praia vazia e o mar silencioso. Se havia morte naquela direção e morte na outra, o que eu devia fazer? Aonde devia ir? Quem restava para nos ajudar?

Meu irmão Heitor tinha sido o protetor e o defensor de Troia até Aquiles matá-lo. Parei por um momento, imobilizada, ignorando a irritação de Helena enquanto pensava.

Heitor, o príncipe de Troia, estava morto.

Agora a cidade só tinha a mim.

Eu era a única que via essa ameaça; era a única que sabia como e quando Troia cairia. Apolo me amaldiçoara por um motivo. Helena chamara aquilo de dádiva uma vez; e se tivesse razão? Engoli a bile, as lágrimas e a dor das visões que sacodiam meu corpo. Aquele era o dia em que tudo faria sentido; Apolo concedera esse conhecimento apenas a mim, o que significava que eu me encontrava entre Troia e a ruína que tinha previsto quando Páris chegou despreocupado das montanhas, com nossa morte nas mãos. Eu, Cassandra de Troia, podia salvar a cidade. Podia salvar minha família… e podia salvar a mim mesma.

20

Cassandra

Uma atmosfera feroz envolvia as celebrações pela cidade. O cavalo, com uma guirlanda de fitas, foi deixado na praça central de Troia, e as pessoas dançavam e exclamavam ao seu redor com um júbilo real. Elas soluçavam, uivavam e gritavam para o céu pontilhado de estrelas; uma mistura inebriante de descrença, exaustão e êxtase em uma liberação de dez anos de sofrimento que acabava tão subitamente. Uma loucura possuía a cidade, tão sedutora que eu mesma quase senti que sucumbiria a ela, como se pela primeira vez não precisasse ficar longe da minha família e do meu povo, como se pudesse me render a essa alegre intoxicação dos sentidos junto a eles.

Mas eu sabia o que nos aguardava, e meu coração doía em seu pesar. A felicidade deles era uma ilusão, uma cilada tecida pelo nosso inimigo, que esperava pacientemente pelo seu momento.

A noite estava avançada quando os festejadores cederam à fatiga e se voltaram para o conforto de suas camas, os rostos manchados de lágrimas brilhando de alívio porque no dia seguinte, pela primeira vez em tanto tempo, não acordariam com os gritos de guerra ecoando sob os muros da cidade e a colisão monstruosa de bronze ressoando no ar.

Eu me escondera em um canto da praça fora do templo de Atena, para onde o cavalo tinha sido levado. Enquanto as últimas pessoas partiam, com os fragmentos de suas canções derradeiras flutuando atrás de si, ergui as pernas rígidas e doloridas e cruzei a praça o mais rápido possível. Segurei uma tocha junto à chama sagrada que queimava eternamente diante da entrada do templo, e sua cabeça resinosa desabrochou de uma só vez no fogo crepitante, o longo cone do seu corpo escorregadio na palma da minha mão livre. Na outra mão, eu segurava o machado que roubara horas antes. Com ele, Heitor mantivera os gregos à distância até ter sido superado pela força da ira de Aquiles. Ele o tinha empunhado como se não fosse nada; para mim, era pesado e desajeitado, mas, entre as chamas e sua lâmina, eu sabia que os gregos escondidos não teriam como fugir.

O cavalo era construído de madeira seca; os juncos que se entrelaçavam na base de suas pernas para segurá-las era a lenha perfeita. Eu precisaria agir rápido, dispor mais combustível ressequido e sedento das tigelas de fogo na praça ao redor de cada perna antes de encostar a tocha nele. Então, presos na barriga do animal, quando sentissem o cheiro de queimado, eles entrariam em pânico, caindo ao chão em meio à fumaça cegante, onde eu estaria esperando com o machado.

Eu precisava ser rápida; quem sabia por quanto tempo eles se demorariam ali, dando a nosso povo tempo suficiente para mergulhar num sono profundo, até seus sentidos entorpecidos não ouvirem mais os alertas de uma emboscada? E eu precisava garantir que o fogo queimaria depressa, para não dar aos soldados escondidos nenhum jeito de descer através das chamas violentas. Respirei fundo e, com a tocha erguida, segui depressa para a enorme construção.

Trabalhei rápido, espalhando mais gravetos no chão, e então me ajoelhei diante de uma das patas dianteiras. Encarei a madeira curvada acima de mim, imaginando por um momento que meus olhos podiam penetrar a camada espessa e ver os soldados agachados ali, prontos para fazer chover destruição em nossa cidade adormecida.

Cerrei a mandíbula com satisfação silenciosa quando abaixei a tocha e chamas começaram a lamber o primeiro membro de madeira.

— Cassandra! Não!

O grito veio uma fração de segundo antes de ele me derrubar, o peso do seu corpo expulsando o ar dos meus pulmões. Por um momento, fiquei deitada no chão, atordoada, espremida contra o chão de pedra da praça. Ele estava pisoteando o fogo, e eu arranhei suas pernas, tentando puxá-lo, mas havia mais mãos no meu corpo, e eu gritei e tentei escapar, mas elas me seguravam firme. Alguém arrancou o machado do meu punho apertado, a tocha foi apagada e chutada. Quando me puxaram, eu vi apenas um fiozinho patético de fumaça subindo da perna do cavalo.

— O que significa isso? — Era a voz do meu pai.

Eu me debatia contra os guardas que me seguravam.

— Queime! — berrei. — Queime agora!

Foi Deífobo que apagou as chamas, que me jogou no chão. Ele se virou, um pouco ofegante dos seus esforços, e encarou Príamo.

— O senhor estava certo — disse ele, sombrio. — Ela estava esperando nas sombras para danificá-lo.

Eu me contorcia e me debatia, mas as mãos que apertavam meu braço me seguravam de modo implacável.

— Está cheio de gregos! Você precisa acreditar em mim! Por favor, queime, por favor!

— E atrair a fúria de Atena para o coração de Troia? — Meu pai apertou a cabeça como se fosse arrancar os escassos fios grisalhos de tanta exasperação comigo. — Não foi suficiente ver o que aconteceu com Laocoonte e seus filhos?

Espuma borbulhava em meus lábios enquanto eu gritava, pura fúria correndo pelo meu corpo. O punho do meu irmão me atingiu, fazendo dor explodir em minha têmpora, e meu grito estridente se tornou um gemido chocado.

— Você acha mesmo que há soldados ali dentro? — A voz dela soou calma das sombras, surpreendendo a todos nós.

— Helena?

Ela veio na direção da praça. Seu cabelo estava solto ao redor dos ombros, os olhos sérios e fixos no grande cavalo. As chamas das tochas ainda acesas lançavam uma luz tremeluzente em seu rosto contemplativo.

— Não vamos danificar esse cavalo! — A raiva tensionava a voz de Príamo, e pude ouvir sua exaustão e seu desespero enquanto falava, sua ansiedade para impedir que mais uma catástrofe transbordasse e tragasse todos nós. — Nós o trouxemos aqui para nossa proteção; não vamos desmontá-lo com base na palavra de um sacerdote morto e uma mulher louca!

Helena balançou a cabeça.

— Não é preciso desmontá-lo para descobrir o que você deseja saber — disse ela suavemente. Seus passos eram propositais e calculados enquanto se aproximava cada vez mais.

Ofeguei enquanto a observava, o pânico ainda fechando minha garganta e dificultando a respiração.

Ela apoiou uma mão na pata mais próxima do cavalo e fechou os olhos.

— Menelau? — sussurrou. — Menelau, estou aqui, sozinha no coração de Troia. Você veio aqui por mim, Menelau, meu marido. Faz dez anos, mas esperei por você. — Ela falou em grego, palavras não usadas havia muito tempo, mas que caíam suavemente dos seus lábios. — Não me faça esperar mais. — Ela esperou no crepúsculo, imóvel, seu perfil delineado contra a estrutura de madeira escura. O silêncio se alongou. Todos estávamos atentos ao som de qualquer movimento, qualquer resposta de dentro de suas entranhas cavernosas.

Quando falou de novo, sua voz mudou. Agora era mais grave, com uma nota diferente, talvez certo sotaque, certamente com o tremor de uma mulher muito mais velha, diferente dos tons melífluos de Helena.

— Diomedes? Diomedes? Como eu, sua mãe, anseio por vê-lo, por fitar meu filho outra vez antes de morrer. Diomedes, revele-se mais uma vez a Deipile, sua mãe idosa!

Vi a mão de Deífobo se apertar na espada enquanto a via começar a contornar o cavalo, chamando às tábuas de madeira impassíveis em uma série de tons e vozes cambiantes.

— Odisseu — chamou ela, a voz clara ressoando com uma nota de impaciência. — Penélope implora que ponha fim a isso, que pare agora e volte para casa, para mim e seu filho, Telêmaco, que não é mais o bebê que deixou para trás. Não se demore esperando no escuro, é hora de atacar! — Então, em uma voz mais jovem e doce, ela apelou a outro. — Anticlus, venha a Laodâmia, sua esposa solitária. Não se esconda de mim, Anticlus!

Assistimos, fascinados, enquanto ela rodeava a criatura silenciosa, a harmonia sinistra das diferentes vozes tecendo um feitiço ao redor de todos nós, um feitiço que deveria ser ainda mais poderoso para os gregos escondidos. Depois de dez anos lutando tão longe de casa, o som tentador de suas súplicas certamente era mais sedutor do que qualquer um deles poderia suportar.

Ainda assim, nada se movia na praça exceto Helena; ninguém fez som algum exceto por ela. Quando enfim completou o círculo, chamando o nome de todo homem que poderia estar escondido dentro daquele cavalo, parou e se virou para nós, os olhos brilhando na luz do fogo.

Vi que meu pai estava convencido, assim como Deífobo e os guardas.

— Está vendo, Cassandra? — suspirou Príamo. — Ninguém lá dentro; nenhum truque aqui.

Afastei os olhos dele, encarando o chão. Em breve, aquelas ruas estariam cobertas de sangue troiano.

— Queime — eu repeti. — Arrisque a vingança dos deuses; o que os gregos farão conosco é pior.

Ele suspirou, uma exalação triste e derrotada, e esfregou os olhos cansados.

— Os gregos estão muito longe no mar — disse ele, então fez um gesto cansado para Deífobo. — Leve-a para longe. Não a deixe fugir.

Eles me arrastaram da praça, surdos aos meus apelos. Virei a cabeça e vi Helena, emoldurada contra o cavalo, e amaldiçoei sua feitiçaria, protestando contra ela e a luz suave de compaixão em seus olhos enquanto meus pés se arrastavam nas pedras.

Continuei gritando enquanto eles me arrastavam pela entrada do palácio, através de corredores sinuosos, até meu próprio quarto.

Minha voz estava rouca e, quando os guardas soltaram meu braço, agarrei a mão do meu irmão antes que ele pudesse me dar as costas.

— Deífobo — implorei —, você é o único protetor que Troia ainda tem. Por favor, você é o príncipe desta cidade. Heitor está morto e Príamo não enxerga a verdade; só você pode queimar o cavalo, impedir nossa ruína e nos salvar, só você pode... — Mas ele estava balançando a cabeça, os olhos se desviando de mim em repulsa.

— Você deveria dormir.

Ele pegou meu pulso na mão e me empurrou para longe, recuando depressa e fechando a porta de carvalho pesada entre nós. Eu me joguei contra a madeira implacável mesmo quando ouvi a chave se virar na fechadura e os passos dele se afastarem.

Gritei de frustração e arranhei a porta, a madeira lascando sob minhas unhas, o sangue brotando da pele rasgada, embora mal sentisse a dor. Girando, saltei contra a janelinha estreita, por onde o ar noturno entrava, onde eu podia ver um trecho de céu escuro que não conseguia alcançar. Pressionei a testa à parede e me concentrei na pedra fria e suave. A espera parecia insuportável, cada segundo esticado além do limite da imaginação e ao mesmo tempo escorrendo como areia através dos meus dedos. Os últimos momentos antes do fim de tudo.

Embora não houvesse som, de repente algo mudou. O ar ao meu redor parecia zumbir; senti um formigamento na nuca, um estremecimento visceral ondulando pelos céus, e ergui os olhos.

Começou como uma lufada de vento, talvez uma onda batendo, e então cresceu até se tornar o rugido estrondoso da bocarra de algum monstro à medida que o fogo se alastrava. Os gregos deviam ter se espalhado pela nossa cidade adormecida e, obedecendo a algum sinal oculto, acenderam uma centena de fogueiras simultaneamente.

Através da fenda estreita da janela, vi o topo das chamas que se erguiam cada vez mais alto, alegremente devorando os telhados e as torres de madeira. Um brilho laranja infundiu o céu conforme a dança macabra do fogo se espalhava, faminta e descontrolada, e a fumaça preta pairava pesada no ar.

Nesse momento, ouvi os sons de pânico tomando o palácio. Passos pesados e portas batendo enquanto as pessoas corriam e gritavam e avisavam a todos para fugir o mais rápido que pudessem. Quando a brisa mudou e uma torrente de ar ardente entrou pela janela, asfixiando-me por um momento com calor e cinzas, alguém virou a chave da minha porta e a empurrou. Arquejante e curvada, eu só os ouvi gritar para eu sair enquanto passavam correndo.

Os gregos atacariam o palácio. Com um espasmo doloroso, pensei em meu pai, em minha mãe, em Andrômaca e no pequeno Astiânax. Não haveria abrigo ali.

Fechei os olhos com força.

— Apolo — murmurei fervorosamente. — Apolo, eu fui sua serviçal fiel, suportei minha punição sem reclamar. Por favor, nos ajude, tenha misericórdia de nós.

Por anos, desde que eu me afastara dele em seu templo e sentira sua ira, ele esteve comigo. Uma presença provocadora e atormentadora na minha cabeça, seus ataques brutais chegando sem aviso, sua malícia permeando cada centímetro do meu corpo, infiltrando-se como veneno enquanto eu me contorcia de agonia.

Mas eu estava sozinha. Nenhuma profecia excruciante me perfurou; nenhum brilho ameaçador ondulou no ar; nenhum rastro debochado de risada me seguia.

Ele tinha ido embora. Não ficou nem para me ver sofrer pela última vez. Tinha me abandonado.

O som dos passos frenéticos tinha morrido. O palácio parecia vazio. Uma calma desolada e vazia caiu no lugar do caos.

Eu não podia ficar parada, indefesa, esperando que os gregos me encontrassem. Sem saber aonde ia, saí correndo do quarto. Através das colunas flanqueando o pátio, pude ver que a cidade estava em chamas, o ar empesteado de cinzas. Ofegando, rasguei meu vestido e usei uma faixa da saia para cobrir a boca.

A confusão reinava; era como um pesadelo. Eu não conseguia entender nada, mal conseguindo enxergar através do véu de fumaça asfixiante. O fogo rugia em meio ao caos, entremeado com gritos, berros e estrondos altos conforme vigas cediam e grandes torres caíam do céu.

Rezei para que uma caísse sobre mim, que me esmagasse em um instante e me poupasse do que aconteceria em seguida. Uma morte rápida e misericordiosa: será que era tudo que eu podia esperar? Em algum lugar, nos vestígios do meu cérebro em pânico, eu soube que não seria assim, que os deuses não tinham nada tão gentil destinado a mim. Corri, jogando-me na desordem sem ter ideia de aonde ia ou do porquê.

Até que eu estava de volta à praça, onde o cavalo permanecia, com um buraco no flanco de onde os gregos tinham saído para o coração silencioso e adormecido de Troia. O resto do exército deveria ter se esgueirado da baía escondida para onde tinham fugido, escondidos pela noite, e ido até o pé de nossos muros para esperar que os portões se abrissem.

Chamas lambiam a casca de madeira, mas era tarde demais. Através do medo que me inundava, senti um arrepio crescente de raiva. Eu soubera — soubera e não conseguira impedir. A angústia se retorceu em mim, uma maré lancinante de desespero e fúria por não ter ateado fogo a ele enquanto estavam escondidos em sua barriga, por eles não terem sido queimados vivos no escuro, todos eles. Por meu pai e meu irmão terem me impedido. E o que aconteceria com eles agora? Já estariam mortos em algum lugar na cidade incendiada, ou os gregos os mantinham presos, tripudiando, fazendo-os assistir à destruição de tudo que amavam antes de despachá-los ao Submundo?

O calor era como uma parede sólida me pressionando de todos os lados e, se eu ficasse parada nessa raiva fútil e frustrada por mais tempo, também me consumiria. Não sei por que eu tentava preservar minha vida. Se Príamo, Deífobo e os demais homens da cidade seriam massacrados como ovelhas levadas ao sacrifício, isso era uma doce misericórdia comparado com o que me aguardava, e minha mãe, e minha irmã, e todas as mulheres e garotas de Troia. Essa verdade ardeu em minhas veias, mas eu ainda não ousava me lançar no fogo e pôr fim a tudo, antes do que estava por vir.

O templo. O templo de Atena, ainda por cima, a protetora dos gregos. De todos os imortais, ela era a mais venerada por eles, sua deusa da guerra de olhos cinza que fora tão generosa nessa batalha de dez anos. Se havia algo que eles poderiam respeitar, seria Atena. E era o seu templo que permanecia intocado pelo fogo naquela mesma praça. Era lá que eu encontraria refúgio; era lá que poderia ser poupada.

Corri entre as colunas, virando na entrada para olhar o que havia atrás de mim. Monstruoso. Impensável. As ruas por onde eu tinha caminhado, as construções que emolduravam o céu, toda visão familiar da minha vida estava derretendo e desabando até virar nada além de escombros e ferrugem. Meu peito doía, meus olhos escorriam e minha cabeça girava diante da enormidade incompreensível de tudo aquilo. Apesar do que eu vira nas visões exangues que Apolo mandara, não entendia a verdade visceral de tudo aquilo; não sentira o calor tostar minha pele e chamuscar meu cabelo.

Atravessei aos tropeços a entrada de pedra, o ar frio do interior como um choque contra minha pele sensível e queimada. A estátua de Atenas estava no centro, suas feições serenas, seus olhos pintados impassíveis e fixos, olhando diretamente para a frente. Joguei-me no altar a seus pés, apertei a testa contra ela e fechei os olhos. *Se o templo desabar sobre minha cabeça, que aconteça rápido,* implorei febril. *Não me deixe saber disso. Dessa vez, por favor, não me deixe ver o desastre antes de acontecer.*

Não havia nada nos olhos do soldado quando entrou no templo e me puxou do altar. Nenhum vestígio de humanidade ao qual eu pudesse apelar. Sob o olhar de Atena, gritei para que ele parasse, para pensar em onde estava, aquele lugar sagrado no meio da guerra, aquele santuário da profanação.

Uma vez, Apolo viera até mim em um templo e eu soubera seu propósito e me afastara dele. Sua ira tinha sido terrível; um preço que eu nunca sonhara que teria de pagar. Mas esse mortal, esse grego, esse soldado manchado de sangue e sujeira, não tinha a contenção fria e cruel de Apolo. O deus não profanara seu próprio lugar sagrado de veneração com o uso da força; ele se vingara de mim de outra forma, e eu tinha sofrido todo dia desde então. Talvez fosse por isso que não acreditei no que estava prestes a acontecer; talvez fosse por isso que meu corpo congelou enquanto esse homem me empurrou no chão, e eu pensei: *A qualquer momento, ele vai se lembrar de onde está, como a imagem sagrada de Atena o observa, e isso não vai acontecer, não pode acontecer.*

O sangue martelando dentro da minha cabeça abafou qualquer outro som. Presa sob seu corpo, com seu peso tirando o ar dos meus pulmões, meus olhos se ergueram para o rosto de Atena. Eu não conseguia falar, mas silenciosamente implorei à deusa que fizesse aquilo parar, que o impedisse com sua fúria divina, que ela não podia deixar aquilo acontecer no seu templo.

As íris pretas pintadas encararam as minhas, frias e insondáveis como o oceano. Senti seu desprezo gélido e seu olhar de ferro penetrarem minha alma.

Então, enquanto eu a olhava impotente, seus olhos de vidro se voltaram para o céu, para não ter que assistir.

Na praia, as mulheres estavam reunidas, aglomeradas em grupinhos chorosos. Na manhã anterior, tinham corrido até essa mesma praia, maravilhadas, eufóricas e descrentes. De um grupo de mulheres, ouvi um soluço e meu próprio nome numa voz rouca.

— Cassandra?

Os homens que tinham me levado até ali me empurraram na direção dela e eu tropecei, conseguindo me equilibrar antes de cair. Era minha mãe. Agachada na areia, encolhida, ela parecia muito mais velha, como se os anos da guerra tivessem se passado novamente em uma noite. Ao redor dela estavam minhas irmãs. Desviei os olhos, piscando contra as lágrimas ardentes. Andrômaca. Eu a vira se tornar uma viúva, forçada a ver o cadáver de Heitor arrastado na terra, e pensara que nenhuma mulher podia atingir um nível mais profundo de desespero. Mas havia coisas muito piores do que eu conseguira imaginar. O choque me atravessava a cada detalhe que eu percebia.

O momento em que vi que seus braços estavam vazios.

Minha irmã Políxena, tremendo como um junco, tão jovem que partia o coração.

E Helena, ali entre nós. Seu vestido estava rasgado, o tecido em retalhos esvoaçantes na frente dela. Quando olhei sem querer para os gregos, não pude ignorar como seus olhos se demoravam em sua pele exposta, o brilho de cobiça misturando-se com algo mais sombrio, ainda por ser liberto. A espera era agonizante, um tormento prolongado enquanto os soldados decidiam nosso destino.

Percebi o que eles estavam esperando quando vi o contingente se dirigindo até nós a partir das ruínas fumegantes da cidade. Eram quatro, andando com propósito na nossa direção. Olhei de volta para Helena. Seu rosto perdeu a cor e, embora ela se endireitasse o máximo que pudesse, eu via que tremia. Senti Andrômaca desmoronar atrás de mim, seus soluços ecoando no silêncio sinistro da aurora. Onde estava Astiânax? Eu desesperadamente não queria saber a resposta.

Outros soldados gregos seguiam esses quatro e se espalharam pela praia. O oceano tinha parecido tão vasto e vazio quando tínhamos saído da cidade no dia anterior. Neste momento, os longos navios enchiam os bancos de areia e os homens andavam de um lado para o outro, carregando o que tinham roubado de Troia. Eu me perguntei quantos deles tinham esposas os esperando, talvez mães e filhas. O que essas mulheres pensariam se pudessem ver seus homens nos vigiando, as sobreviventes chorosas e enlutadas de Troia? Enquanto esperavam para descobrir quais dentre nós podiam levar como prêmios, como o ouro e as joias que empilhavam? As mulheres da Grécia reconheceriam os garotinhos que abraçaram um dia, os maridos carinhosos de quem se despediram com um beijo, os pais gentis que as tinham embalado com orgulho?

Eu sabia que nunca veria a maioria desses encontros, nunca saberia se os monstros que estavam pilhando meu lar e assassinando os homens e garotos da minha cidade retomariam suas vidas como se isso não importasse. Mas o rei espartano que tinha vindo até ali atrás da esposa estava diante de nós, e era a hora do acerto de contas de Helena. Um círculo se abriu ao redor dela; ela esperou sozinha enquanto ele avançava.

Estávamos todos ali por causa dela. Mas me lembrei da pressão insistente de sua mão no meu ombro quando eu pensara em fugir, em como ela tentara salvar minha vida. Olhando para ela, tão sozinha entre o massacre cometido em seu nome, desejei poder fazer o mesmo por ela.

Menelau finalmente falou.

— Eu a levarei de volta. Ela pode ser julgada em Esparta.

Alguém bufou. Os homens se viraram, seus olhares acusadores se fixando firmemente em Hécuba. Minha mãe se ergueu com dificuldade, apoiando-se pesadamente nos braços de Políxena de um lado e de Andrômaca do outro.

— Ela vai para casa — cuspiu minha mãe. — Depois de tudo isso, ela vai para casa.

Menelau se empertigou.

— Helena será julgada em Esparta — repetiu.

Hécuba riu, uma gargalhada rouca que me fez encolher.

— Não, ela não será.

Na praia troiana, onde as mulheres esperavam para ser divididas entre os gregos na frente das brasas fumegantes da nossa cidade, achávamos que o pior tinha passado. Podíamos ver nossas vidas se estenderem à nossa frente, cativas daqueles que mais odiávamos, forçadas a olhar todos os dias para o rosto dos homens que tinham massacrado nossos pais, irmãos, maridos, filhos. Nossa dignidade, perdida; nossa liberdade, um sonho havia muito esquecido. Mas pensamos que o massacre tinha acabado. Não achamos que teríamos que assistir àqueles que amávamos serem assassinados na nossa frente de novo.

O homem mais jovem do contingente grego não estava satisfeito. Ele andava de um lado para o outro da costa, lançando um olhar funesto para o mar.

— O que o perturba, Neoptólemo? — Foi Odisseu quem perguntou. Ele falava com Neoptólemo, o filho de Aquiles. Era a ele que os gregos dirigiam suas perguntas, e a Odisseu a quem se voltavam por conselho. Não ao rei Agamêmnon, que desfilava em sua capa roxa, o peito estufado com a própria importância.

— Meu pai deu a vida pela glória desta guerra — respondeu Neoptólemo. Seu olhar taciturno correu sobre nós, seus olhos escuros como o fundo gelado do oceano, areias pretas que nunca conheceram o sol.

— E sempre o honraremos — disse Odisseu. Ele mudou o peso dos pés, ansioso para partir, ainda que exausto.

— Não é suficiente.

Agamêmnon bufou, sua atenção atraída pelo comentário.

— Não é suficiente? — disparou ele. — Aquiles recebeu toda honra possível após a morte. O maior guerreiro de Troia morreu nas mãos dele. Você vingou seu pai vez após vez. Jogou o filho de Heitor dos muros da cidade. — Desviei os olhos de Andrômaca, covarde demais para ver seu rosto. — Você tomou a esposa de Heitor. Troia está conquistada. Que outra honra Aquiles pode receber?

O jovem o encarou, seu olhar longo e insolente. Vi o calor da raiva corar as faces de Agamêmnon, mas ele não falou nada. Talvez não ousasse. O silêncio se estendeu dolorosamente. Por fim, Neoptólemo o rompeu:

— Eu ouvi sobre como você veio a Troia — disse ele suavemente. — O que pagou por uma passagem segura, como conquistou um bom vento dos deuses. Meu pai deve ser honrado da mesma forma. Sua sombra não nos olhará com gentileza do reino de Hades se não fizermos um sacrifício.

Odisseu suspirou.

— Aquiles não exigiria que…

— Meu pai cortou doze gargantas troianas na tumba de Pátroclo. Por que não deveria ter o mesmo?

— Você deseja levar doze delas?

Uma onda de horror percorreu as mulheres, mas acho que todas nos perguntamos o que seria pior: ter a garganta cortada em terras troianas e o corpo enterrado no solo troiano, ou ser levada embora acorrentada.

— Só uma será suficiente, uma satisfará meu pai — respondeu ele. E seus olhos pousaram em Políxena.

Ouvi o grito abafado da minha mãe enquanto sua filha mais nova retribuía o olhar dele. O sangue sumiu das bochechas dela, mas Políxena empinou o queixo e não desviou os olhos.

Os soldados se moveram depressa, dois deles tomando os cotovelos dela em questão de instantes.

— Ela é jovem — disse Neoptólemo. — Deve ser como sua filha. — Ele sorriu para Agamêmnon. — Ouvi dizer que Ifigênia não gritou.

Eles marcharam minha irmãzinha pela praia e Neoptólemo sacou sua lâmina: a faca que já tinha cortado tantos corpos troianos.

Fechei os olhos.

De alguma forma, mesmo depois disso, o dia não acabou. O sol se erguia mais alto no céu, mas o ar permaneceu cinzento, colunas de fumaça ainda se erguendo da cidade. Pássaros grasnavam e giravam acima do mar. Na areia, as mulheres cuidavam dos cortes e hematomas umas das outras, embora não tivéssemos ervas ou unguentos para aliviar a dor. Eu me perguntei se qualquer uma de nós um dia sentiria o toque de uma mão amorosa. Segurei a mão da minha mãe sem dizer nada.

— Ela não foi tocada por nenhum deles — ouvi Andrômaca dizer a ela. — Está a salvo de todos eles.

Hécuba assentiu, um pequeno soluço escapando da garganta. Apolo, o deus do sol, nunca me mostraria as sombras escuras do reino de Hades, um lugar onde sua luz nunca poderia penetrar. Se minhas visões pudessem me mostrar esse lugar, ao menos eu teria algum conforto a oferecer à minha mãe — isto é, se ela acreditasse em mim. Desejei ver minha irmãzinha naquela terra escura e pacífica, um mundo que nenhum invasor poderia destruir, a lembrança da dor dela lavada nas águas prateadas e brilhantes do Lete.

Quando o crepúsculo começou a cair, os homens se reuniram num círculo hostil que se fechou ao nosso redor e começaram a nos enfileirar. Um deles agarrou meu cotovelo, me puxando para entrar no lugar. Hécuba foi arrastada para longe de mim, até o outro lado da fileira onde eu estava. Ela não olhou para trás.

Agamêmnon, em sua capa roxa e ostensiva, deu um passo à frente e lançou um olhar avaliador por todas nós. Alguém oferecia algum tipo de comentário, dizendo a ele quem éramos. As fogueiras que tinham acendido pela praia brilhavam no ar turvo da noite, poças de luz espalhadas. *Como eles sabem?*, me perguntei, atordoada. *Quem contou a eles nossos nomes? Será que fizeram uma lista, sopesaram nossos atributos, nossa posição, consideraram a quem pertencíamos antes, para ajudá-los a decidir como seria mais adequado nos distribuir?* Ouvi meu próprio nome:

— Cassandra, filha de Príamo e Hécuba, uma sacerdotisa. Bonita, aparentemente. — Seu tom era seco e prático. Fiquei feliz pelo meu cabelo emaranhado, as manchas de terra e sangue seco, o vestido sujo de poeira que me ocultava, mas não foi suficiente. Não importava como eu parecesse naquele momento, ele ouvira quem eu era.

— Essa — disse Agamêmnon, seus olhos tão vazios e escuros quanto os da estátua de Atena. — Eu a levarei.

Não nos deram tempo para despedidas. Minha mãe tentou me alcançar, mas estava mais na frente na fila, e já havia mãos gregas em seus ombros, forçando-a de volta ao lugar. Encontrei seu olhar pelo espaço de uma única batida agonizante do coração, e vi o mesmo momento lampejar diante de nós duas: ela se levantando horrorizada da cama, olhando para a barriga saliente e estremecendo após o pesadelo que lhe dissera o que o bebê se tornaria. O mesmo pensamento pairava entre nós. Se ela tivesse se convencido a lançá-lo da torre mais alta de Troia, esta torre não seria destroços entre cinzas agora. Páris estaria tão morto quanto agora, mas o resto de Troia teria vivido.

Finquei os calcanhares na areia, mas os gregos que me arrastaram nem repararam em minha resistência. Só mantive a cabeça virada na direção das mulheres enquanto suportava a visão do rosto da minha mãe, o luto que tinha rachado sua alma, a angústia muda que unia todas nós naquele momento. Quem quer que fôssemos em Troia, e por mais que essas mulheres tivessem me dado as costas no passado, todas éramos iguais naquele momento. Elas sentiam pena de mim; eu podia sentir a pulsação desesperada de sua compaixão, a primeira a ser levada depois de Políxena, embora todas elas fossem passar pelo mesmo. Troia estava em ruínas, mas, nesses poucos minutos horrendos, eu me senti mais parte dela do que jamais tinha me sentido. Nossa cidade só existiria em nossas memórias, um laço estranho e compartilhado que surgia entre todas nós bem quando éramos apartadas uma das outras, bem quando estávamos prestes a ser espalhadas pelo oceano e separadas para sempre.

E, mesmo com o nó de terror gélido que se retorcia dentro de mim por tudo que ainda estava por vir, senti um espasmo de desespero por elas também. Cada uma delas que eu nunca veria de novo.

Foi só Helena que se moveu, Helena que não estava sendo contida como Hécuba, Helena que avançou e jogou os braços ao meu redor. Apesar de todas as ameaças vazias de Menelau sobre a justiça que enfrentaria em Esparta, todos sabiam que ela ia voltar para casa, para uma vida que ainda existia. Quando me abraçou, ela sussurrou no meu ouvido:

— Minha irmã, Clitemnestra, é a rainha de Micenas. Ela será gentil.

Estremeci. As palavras de Helena, o último conforto fervoroso que podia me dar, soavam vazias. Eu já sabia que não haveria santuário para mim em Micenas. Quando Helena se afastou de mim, fui tomada pelo desespero; se ao menos eu estivesse embarcando no seu navio; se ao menos pudesse ir para Esparta com ela. O impulso de implorar floresceu dentro de mim, um grito se erguendo, mas apertei os lábios. Eu não daria àqueles homens a satisfação de recusar os apelos de uma princesa troiana.

Em sua tenda, Agamêmnon bebia vinho e se gabava. Eu encarei uma bandeja de ouro reluzente, vendo como a luz deslizava por sua superfície brilhante. Perguntei-me se vinha de Troia — se no dia anterior tinha estado no palácio, se eu a tinha visto uma centena de vezes na vida e nunca reparado nela.

— Ela é uma sacerdotisa de Apolo, sabiam? — Não parecia que Agamêmnon estivesse falando de mim, mas eu sabia que estava. — Apolo, o protetor de Troia. — Ele deu uma risada cruel. — Mas ele não vai mandar uma peste por essa aqui.

Os homens se remexeram desconfortáveis. Eles estavam tão perto de voltar para casa, pensei, sua vitória obtida a duras penas após dez longos anos, a guerra arrastando-se mais do que deveria pelo orgulho tolo de Agamêmnon e homens como ele. E no final de tudo, na véspera de seu retorno, ele ousava falar assim. Senti os olhos deles se voltarem nervosamente para a abertura da tenda, para o céu vazio além, como se o próprio deus pudesse se enfurecer e fulminá-los ali mesmo.

Mas eu sabia que não seria assim. Os deuses tinham abandonado Troia. Eles podiam ter caminhado pelo campo de batalha uma vez, quando a guerra estava em seu ponto mais feroz. Até Afrodite tinha sujado seus pés imaculados na lama ensanguentada das planícies troianas em nome de seu amado Páris. Ares tinha massacrado homens ao lado de guerreiros troianos, seu grito de guerra horripilante causando terror no coração dos gregos. As grandes asas pretas e encouraçadas de Éris tinham raspado o ar logo acima de suas cabeças, deixando uma carnificina para trás. E Apolo, elegante e sinuoso, com sua irmã selvagem, Ártemis, também estivera ao nosso lado. Não fora suficiente. Em nossa derrota, eles tinham nos abandonado.

Tudo que me restava de Apolo era a dor na cabeça, o latejar entorpecente de minha mente quebrada e sensível. Um clarão imprevisível, como um raio cortando o céu, deixando sua marca atrás das minhas pálpebras. Ela tremeluziu quando Agamêmnon pôs as mãos pegajosas em mim, quando senti o calor do seu hálito repugnante no rosto. Um conforto estranho da maldição que tanto atormentara minha existência, o poder que fora meu orgulho e minha ruína, enquanto a convicção se assentava sobre mim como a fina névoa da manhã, enquanto eu pensava nas últimas palavras de Helena enquanto eu era levada embora.

Eu sabia o que o aguardava em Micenas.

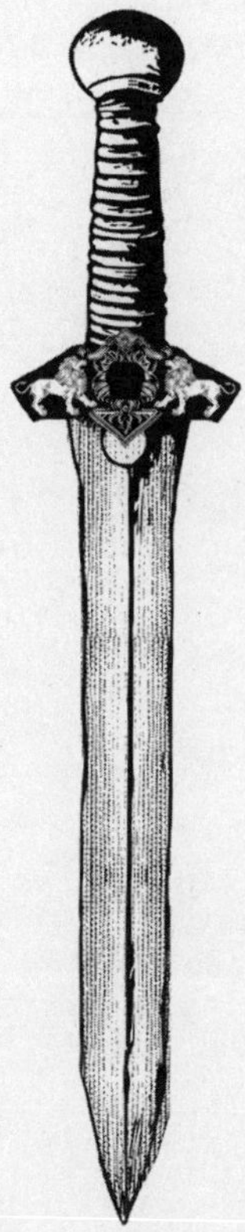

PARTE III

21

Electra

Conforme as fogueiras se acendem em sua grande cadeia, de Troia a Micenas, fico parada junto à janela, imobilizada pela vista. Nunca me senti assim. As chamas na escuridão são mais brilhantes e lindas do que qualquer amanhecer que já vi; elas prenunciam um novo dia para Micenas, banhada em uma luz dourada e magnífica. Sinto-me rejuvenescida, zonza de alegria: todo o peso é erguido de mim de uma só vez, e me sinto tão leve que poderia ascender ao céu sem precisar das asas de Ícaro. Esperei tanto tempo por esse momento e parei de acreditar que realmente aconteceria. Sempre tive fé que meu pai venceria a guerra, claro. Mas me acostumei tanto a uma vida de espera apática que nem sei o que fazer agora que quase acabou.

Ele vai voltar. Eu me mantive firme e minha fé foi recompensada. Não vou pensar na tristeza que me moldou. Orestes continuando a crescer, um lembrete físico da passagem do tempo. Crisótemis, envolta em seu véu de noiva, desertando-nos por um marido escolhido por Egisto — aquele cão sarnento sentado no lugar do meu pai, farejando as saias da minha mãe, ganindo em nosso palácio, me dando calafrios toda vez que vejo seu rosto estreito e ansioso. Em contraste, a serenidade da minha mãe, o brilho implacável do seu rosto, que permaneceu liso e despreocupado, a leveza do seu passo nunca marca pelo peso da culpa que deveria carregar. Tudo isso ficou para trás.

Visto-me rapidamente e apresso-me pelo palácio silencioso, saindo no ar frio da manhã, virando no caminho sinuoso que leva à choupana do fazendeiro.

— Georgios! — chamo ao me aproximar, rindo de prazer com o som da minha própria voz.

Ele emerge da escuridão da choupana, o cenho franzido em confusão, os olhos espremidos de sono.

— Electra?

— Georgios, ele está voltando! A guerra acabou!

— Acabou?

Eu me jogo contra ele, que cambaleia de susto. Nunca o abracei. Ele me afasta um pouco e apoia as mãos nos meus ombros. Não consigo parar de sorrir.

— Como você sabe? — pergunta ele. — O que aconteceu?

— As fogueiras — digo. — As fogueiras acesas em uma grande cadeia, até onde o olhar alcança.

Ele está balançando a cabeça antes que eu termine a frase.

— Mesmo se for o fim da guerra, como você sabe que os gregos venceram?

— Claro que os gregos venceram — digo devagar. Dou um passo para trás, para longe de suas mãos. Não consigo olhar para ele.

— Claro — diz ele depressa. — Eu não quis dizer que… claro que os gregos venceram. Eu só pensei que, só no caso de…

— Esse dia estava destinado há dez anos. — Minha voz sai mais dura do que eu queria. — Sempre soubemos que ia chegar, e agora chegou.

Ele está assentindo depressa, tentando se retratar do seu momento de dúvida.

— Seu pai é o maior herói que o mundo já conheceu — diz ele, e a sinceridade em sua voz me apazigua um pouco. — Micenas sofreu enquanto ele esteve longe. Agora ele vai voltar e isso é maravilhoso para todos nós.

Faço uma pausa.

— Não todos.

Georgios ri.

— Você não está preocupada com Egisto, está?

— Claro que não! — Desvio os olhos. Não sei como expressar os sentimentos se debatendo contra minha felicidade.

Escuto o suspiro dele.

— Ela o traiu.

Ela fez uma coisa terrível, e conhece o preço tão bem quanto Georgios, tão bem quanto eu, tão bem quanto todos em Micenas. Mas é minha mãe — por mais que eu às vezes tenha desejado intensamente que não fosse.

— Talvez, depois de punir Egisto, ele demonstre misericórdia a ela — diz Georgios.

— Ela não merece.

Ela não foi forçada por Egisto. O que fez, fez por livre e espontânea vontade. Ela e Helena são ambas arquitetas de seu próprio desastre. Pergunto-me o que Menelau fará com Helena, o que pode já ter feito. Não me importo muito. Helena roubou meu pai de mim por dez anos. Mas não consigo deixar de sentir um aperto de ansiedade por Clitemnestra, quer mereça ou não seu castigo.

— Você pode pedir a ele que a poupe — sugere Georgios. — Talvez ele faça isso por você. Se é o que você quer.

— Você acha?

— Acho. Agamêmnon é um bom rei, um bom homem. Meu pai sempre disse.

— Sei que isso é verdade.

— Micenas prosperou quando ele reconquistou a cidade — continua Georgios. — E ele uniu os aqueus de toda parte para segui-lo para a guerra. É um grande líder. O que quer que faça, será a coisa certa.

Essas palavras são um bálsamo tranquilizante. Parada à beira de mil emoções prestes a transbordar, pisco para conter as lágrimas de uma gratidão súbita e inesperada. Georgios sempre esteve aqui ao meu lado, sempre com algo gentil a dizer, sempre constante em sua fé em Agamêmnon.

Agora que meu pai está voltando para casa, me pergunto o que vai acontecer com nossa amizade. Quando a ordem normal for restaurada aqui, não sei o que o líder de toda a Grécia vai pensar sobre a filha se esgueirando do palácio para conversar sem supervisão com um humilde fazendeiro.

Mas isso não importa. O que importa é que ele está voltando.

O palácio ganhou vida desde que estive lá fora. A notícia das fogueiras energizou a todos, deixando os escravos atarefados e fazendo conversas borbulharem por toda parte. Vejo os anciões da corte, os velhos que se submeteram a minha mãe e a Egisto esse tempo todo, correndo até o salão do trono, seus olhos cheios de confusão.

Ela está lá, claro, calma e controlada, esperando no centro de todos. Egisto não está em lugar nenhum, e me pergunto com um arroubo exultante se ele fugiu — mas então o vejo, espreitando da parede mais distante.

— A guerra terminou — declara ela. — Mas a frota levará muitas semanas para voltar para casa. Devemos nos preparar. Coloquei vigias do palácio ao golfo; eles avisarão quando os navios forem avistados.

Seguro essas palavras contra o peito. A esperança é quase dolorosa. O fim de tudo isso está muito próximo.

Ela começa a dar ordens, contando a todos do grande banquete que será servido, dos planos a serem feitos em antecipação da chegada do rei. Fico pensando se alguém ousará perguntar o que ela pretende fazer, mas ninguém a questiona.

As fogueiras ficam acesas por dias. Olho para seu brilho toda noite enquanto queimam até virarem cinzas e não haver mais nada a contemplar exceto a escuridão pontilhada de estrelas. Imagino os navios dele se aproximando com o nascer de cada dia, imagino Eós correndo seus dedos rosados pelo céu sobre nós dois, cada manhã me aproximando daquela em que ele vai retornar. De todos os anos que esperei, são essas últimas semanas que passam mais devagar, esses últimos dias em que minha impaciência é voraz, corroendo minha paz de espírito e estraçalhando qualquer calma que eu poderia aparentar.

No entanto, por mais agonizante que a espera possa ser, há doçura em sua ardência, uma euforia na expectativa. Dia a dia, o tempo passa, e cada novo amanhecer o traz mais para perto de mim.

Por fim, quando estou acordada na cama, olhando pela janela, a escuridão de mais uma noite se suaviza em um céu cinza fantasmagórico e um grito ecoa de um vigia a outro pelas colinas. Eu me sento às pressas, quase não ousando acreditar que realmente os ouvi. Mas os sons são inconfundíveis: é a notícia que estávamos esperando. A frota atracou com segurança em nossas praias. Sinto a doce verdade erguendo-se em meu peito, um momento magnífico de puro júbilo, e então estou viva e com energia, minha alma despertada de um longo inverno. Eu me ergo de um pulo e me visto na luz suave. Verei meu pai por fim; ele está em casa, de verdade, de vez. O que vai achar de mim? Vai me reconhecer? Meus dedos se atrapalham. Puxo o tecido, sem me importar se deformo a lã fina. Ou talvez devesse me importar. Não me interesso por minha aparência há anos, mas Agamêmnon vai me ver pela primeira vez desde que eu era uma garotinha. Quero que se orgulhe de mim. Eu me obrigo a me mover mais devagar, acalmar as mãos trêmulas. Aliso o cabelo, respirando o mais fundo que consigo.

O palácio está mais movimentado do que no dia em que as fogueiras foram acesas. Desde então eles ensaiaram para essa manhã, e suas ações são ágeis e coordenadas. Escravas se apressam para pendurar tecidos magníficos bordados com ouro nas paredes, envolver as colunas de madeira com samambaias e flores intrincadamente entrelaçadas, dispor tigelas e cálices reluzentes nas mesas longas, empilhar almofadas macias e luxuosas nos bancos. A fadiga da noite insone me faz oscilar, brevemente fascinada por tudo. *Está realmente acontecendo,* penso comigo mesma, e o êxtase cresce de novo dentro de mim.

Pego um vislumbre de Clitemnestra passando pela entrada larga do salão do trono, alta e ereta como sempre, sem qualquer sinal de preocupação ou medo. Ela não fugiu, não está se encolhendo. Hesito; será que a notícia pode ser ruim, afinal? Mas para o que todos estão se preparando, se não o retorno do meu pai? *Ela está sendo descarada, como sempre,* penso, e por um momento admiro como ela é corajosa. Talvez tenha um plano para sobreviver a isso. Talvez, quando meu pai voltar para casa, seremos uma família de novo.

Eu a sigo.

— O que é isso? — pergunto a ela, e nós nos encaramos. Consigo sentir algo que nunca compartilhamos, tão perto de nós, abrindo-se diante de nós.

Mas então seus olhos escurecem. O que quer que estivesse prestes a se abrir se fecha e, antes que eu possa entender o que está acontecendo, braços me prendem. Uma mão cobre minha boca e estou engasgando, bile subindo pela garganta, enquanto ela dá a ordem.

— Tranquem a porta do quarto dela — ordena, e não consigo gritar com ela, não consigo fazer som algum, e de repente estão me puxando para longe, seu aperto me machucando e sufocando, até que me jogam em meu quarto, o chão de pedra arranhando meus joelhos enquanto caio. Puxo o ar com arquejos, berrando para a porta fechada, me jogando contra ela vez após vez até o som dos meus gritos me fazer pensar que minha cabeça vai se estilhaçar.

Ninguém vem.

Esgotada, eu me viro, as costas deslizando pela porta sólida até estar no chão de novo, com o gosto de sangue na boca e lágrimas inúteis escorrendo pelo meu rosto.

Sei o que ela deve estar planejando. E não tenho como sair do meu quarto; não tenho como impedi-la.

22

Clitemnestra

Quando trancam a porta atrás de Electra, os gritos dela abafados pela madeira e pelo ferro, o ar escapa dos meus pulmões, fraco e trêmulo, e passo uma mão sobre os olhos. Por um momento, eu me deixo senti-la — a dor que irradia dela — e então me controlo de novo e a empurro contra a raiva que fermenta em minha barriga. Mais uma coisa para me impulsionar, para enrijecer minha determinação e fortalecer meu braço. Pode ter sido eu quem deu as ordens aos guardas de Egisto, mas o sofrimento de minha filha não é minha culpa. Não posso permitir que Electra estrague meu plano. E embora ela possa se enfurecer comigo, eu a estou protegendo. Ifigênia confiava no pai, e veja o que aconteceu. Um dia, Electra agradecerá pelo que planejo fazer, pelo que tenho que fazer por todos nós.

Estou pronta. Ensaiei isso tantas vezes na cabeça, noite após noite após noite. Meus movimentos são naturais, calmos, impecáveis. Sinto-me como uma garota de novo, nadando em Esparta, só eu e minha irmã, chutando as águas claras como cristal. Aquele mundo marinho silencioso e solitário sob as ondas era como um segredo, um lugar onde eu podia rolar e girar, um lugar onde eu estava livre e era totalmente eu mesma até minha cabeça irromper pela superfície. As sombras sinuosas do palácio me lembram dele, mas dessa vez, quando emergir, estarei em um mundo completamente diferente. Um mundo que eu mesma moldei.

Um mundo onde até um rei conhece a justiça.

Os anos desabam sobre si mesmos; podia ter sido ontem que segurei a mão dela na minha e vi seus olhos arregalados, luminosos de inocência na meia-luz da aurora, momentos antes de sairmos da tenda e eu a perder para sempre.

E então Ifigênia se mescla com Electra em minha mente, e afasto a imagem da minha filha mais nova parada à minha frente no salão do trono, transformada com uma espécie de radiância que eu nunca vi nela, uma suavidade em sua postura e uma vulnerabilidade tão pura em seu rosto que me faz estremecer, enquanto sua esperança fugaz apertava com força uma ferida que eu não sabia que ainda doía. Em seguida vem o terror em seus olhos se cristalizando quando eles a agarraram, dessa vez por ordem minha; como ela me segurou em seu olhar. Ainda me sinto presa por seus olhos, esfolada pela sua acusação. Mas agora não — não pensarei nisso.

Não vou permitir que minhas emoções se descontrolem tão perto do retorno de Agamêmnon. Não posso perder o equilíbrio justo quando preciso de todo meu controle, toda minha calma. Não posso me dar ao luxo de ficar abalada, não quando tudo com que eu sonhei por uma década está tão perto de mim, enfim ao meu alcance. Está tudo pronto. Quando eu entro na câmara de banho, a cena está montada. Nada se moveu aqui dentro, nada mudou. Inspiro a fragrância inebriante das flores, o perfume pesado emanando de suas cabeças pendentes. Corto-as pessoalmente, trago-as aqui todo dia, examinando cada flor para conferir se não está murchando. Cada pétala é espessa e aveludada; cada flor, madura e cheia de anseio e avidez. Cada superfície de mármore polido no cômodo está coberta delas, um arranjo atordoante feito para sobrecarregar os sentidos. Óleo reluz em pratinhos espalhados entre elas, e as pétalas trituradas suspensas no líquido dourado-escuro emanam ainda mais aroma, que flutua em nuvens invisíveis pela câmara. Só uma tigelinha de fogo arde em um canto, lançando uma luz fraca, de modo que as sombras se erguem, tremeluzentes, na parede mais distante, o único espaço que não está tomado por flores. Permanece vazio para que alguém reclinando-se na banheira baixa e funda ao seu lado possa deitar-se e apreciar o afresco pintado ali.

Os feitos da Casa de Atreu estão representados na parede. Os olimpianos divinos, preenchendo nosso salão, prontos para o banquete de Tântalo. Como eles honram nosso palácio, sem sonhar por um momento com a depravação vil que envenena o coração daquele pai cruel. Seus lindos rostos dourados brilham do gesso; o artista que contratei lhes deu uma vida gloriosa. Também teve o bom senso de não me questionar. Essas histórias podem nunca ser contadas, mas eu as queria registradas aqui, os homens cujo sangue flui nas veias do meu marido, seus feitos imortalizados em tinta e gesso. Não o massacre do bebê, nem a repulsa dos deuses. Isso não era necessário. Todos sabem qual banquete medonho os aguardava.

De Tântalo e Pélops, o afresco passa para Atreu e Tiestes, que assassinaram seu próprio irmão Crisipo a fim de governar. A pintura mostra Atreu tomando a coroa de Micenas, mas não os filhos de Tiestes fervidos e fatiados sendo oferecidos ao pai pelo próprio tio. Mostra Agamêmnon subindo ao trono, com a esposa e as três filhas ao seu redor, mas nenhum massacre ao nascer do sol. Eu disse ao pintor para mostrar apenas as vitórias, os eventos que elevavam a família do meu marido acima de todas as outras, sabendo que qualquer um que olhasse para ela ainda pensaria na escuridão e na corrupção que pontuava esses momentos, que extravasava das cenas inocentes tão silenciosa e incessantemente quanto a fragrância das flores permeava o ar.

Traço o contorno pintado de Ifigênia com o dedo. Pensei que meu coração estaria martelando, que o sangue fervilharia em minhas veias, que eu tremeria com a expectativa de pôr fim a essa história. Em vez disso, uma estranha calma se assenta sobre mim, uma certeza que me mantém firme em meu curso de ação. Penso de novo naquele mundo subterrâneo imóvel, como me segurava, sustentada e segura, quando chutava nas profundezas, uma garota despreocupada nadando no oceano antes de sequer ouvir falar da Casa de Atreu.

Acaricio o cabelo pintado da minha filha, seus lábios curvados para cima. Espero que, entre as sombras melancólicas do Submundo, ela saiba o que vou fazer por ela e que, no escuro, sorria de novo.

Atravesso o palácio, dando ordens no caminho. A confusão é palpável; um pânico desnorteado fazendo todos se alvoroçarem. Todos menos eu. Vejo-me como se estivesse à distância, deslizando suavemente entre o caos. Sorrio para seus rostos ansiosos, dispenso com um aceno os começos balbuciantes de perguntas que ninguém ousa fazer. Mas posso ouvi-las, batendo com a insistência de um tambor. *Onde está Egisto?*

Eles não sabem — os anciões que se chamam de conselheiros, cujas palavras eu nunca ouvi e cuja decepção tangível eu ignorei alegremente —, eles não podem entender por que eu faço todos esses preparativos para receber meu marido em casa. Eles se perguntam se planejo fingir que os últimos dez anos não aconteceram, se Egisto vai desaparecer como se nunca tivesse estado aqui. Eles se lembram, sem dúvida, de Agamêmnon e Menelau como jovens rapazes com um exército de espartanos atrás deles, vindo desafiar Tiestes no grande salão do trono que eu decorei com belas tapeçarias em homenagem ao retorno do rei.

Eu me ergo e examino a visão grandiosa. Franzo a testa. Não está certo.

— Você aí! — Aponto impaciente para uma jovem escrava, que congela. — Essas tapeçarias na parede, tire-as daí. — Ela hesita, confusa por um momento. — O rei esteve em guerra por dez anos; ele merece toda honra desde o momento em que chegar em casa. Deite-as no chão lá fora, para que ele caminhe sobre elas, amortecendo seus pés do chão pedregoso com os tecidos mais finos que Micenas possui. Ele não conheceu conforto nas areias de Troia; nós o trataremos como nosso rei. Como mais do que nosso rei. Daremos o que ele merece.

Ela sabe que não deve desobedecer. Ouço a nota estridente em minha voz, a histeria que ameaça romper minha compostura a qualquer momento. Enquanto ela se apressa para seguir minhas ordens, sibilando para as outras a ajudarem a carregar os tecidos pesados, eu me afasto da agitação.

Tudo está no lugar, como eu planejei. Egisto está escondido, os guardas dele vigiam Electra, ninguém mais suspeita do que levo no coração, e só preciso de minha calma e meu propósito firme para me carregar ao longo disso. Tento desacelerar meu pulso, bloquear a lembrança dos olhos da minha filha, não pensar em nada exceto meu próximo passo.

À distância, cornetas soam triunfantes.

O rei retorna.

Aliso meu vestido e estampo um sorriso no rosto.

É hora de recebê-lo em casa.

23

Cassandra

O palácio é uma tumba. Eu o vejo se erguendo da terra, um edifício de pedra monstruoso, e o fedor de morte que emana de suas fundações suplanta o aroma de sal no vento.

Ontem, vi a aurora do convés do navio, onde os sobreviventes sombrios e exaustos da longa viagem se reuniram em sua luz ardente. As águas brilhavam vermelhas atrás de nós, o céu inflamando-se em chamas monstruosas. Temi pisar na terra quando atracamos. Nunca pisei em terra que não fosse solo troiano. Nunca sonhei que estaria tão longe de casa. Eu estava enjoada e dolorida, ansiando desesperadamente pela pedra fria do templo de Apolo, com seu silêncio e familiaridade.

Não sei quantas semanas suportamos no mar antes de a tempestade nos atingir. Até os homens sabiam que era uma tempestade convocada pela ira divina; a fúria reunindo-se nos céus era inconfundível. A revolta atrasada de Atena pela profanação do seu templo.

O vento uivante tinha revirado o oceano escuro em um frenesi borbulhante ao nosso redor, cada raio iluminando mais carnificina, mais navios estilhaçados nas rochas traiçoeiras, mais homens levados embora. O vasto oceano tinha ressoado com os gritos dos mortos antes que a fúria da deusa se esgotasse. A tempestade me aterrorizava menos do que esta terra; eu preferiria continuar à mercê das ondas revoltas a estar parada em terras micênicas.

Agora, com o palácio à vista, Agamêmnon novamente reúne seus sobreviventes exaustos e se dirige a eles em um tom ponderoso. Ele fala da glória que os aguarda na Grécia, os heróis conquistadores enfim retornados.

Eles desviam o olhar enquanto ele anda pela fileira, dando-se ares de grandeza. Os olhos dos homens percorrem com voracidade a terra ao redor em busca das reconfortantes espirais de fumaça de suas casas, as colinas pontilhadas com árvores verdes e acolhedoras em vez das planícies vazias e arenosas onde eles viveram e lutaram por tanto tempo em troca de uma recompensa tão parca.

Apesar das palavras triunfantes, Agamêmnon cerra a mandíbula, sua expressão dura e sombria. Posso ver que ele está com raiva, mas não da devastação causada pela tempestade que estilhaçou sua poderosa frota enquanto voltava para casa em glória. Ele não se enfurece contra as mortes de tantos dos seus homens, que o seguiram até minha cidade e nos sitiaram nos últimos dez anos, sonhando sempre com este dia. Ele não se importa que eles nunca mais saberão do abraço de suas mães de cabelo grisalho, suas esposas pacientes e seus filhos que cresceram em sua longa ausência.

Nem sequer o enfurece o fato de que Atena, que há muito protege os gregos, virou-se contra eles e destruiu seus navios. Que os tesouros pilhados do meu lar agora flutuam sob as ondas, as joias cintilantes fadadas a enferrujar e desbotar na areia, a profundidades insondáveis. Essas coisas mal o tocam.

Ele está com raiva porque a raiva vive em seus ossos. Ele se vê desprezado de novo; sua autoridade, desrespeitada. Não importa para ele se seus homens morrem, apenas se o admiram. Odeia o jeito como seus olhos se afastam dele, suas bocas torcidas e emburradas, o jeito como se encolhem de mim e minha loucura em vez de invejá-lo por sua prisioneira.

Mas esse homem, o rei de todos os gregos, está com raiva desde antes de a guerra começar. Vejo a raiva fervilhando em seu rosto mais jovem; vejo-o esnobado em um grande salão de homens em que todos clamam pelo mesmo prêmio. Vejo seu braço erguido, sua espada cintilando quando golpeia o pescoço de um homem suplicante cujos braços estão esticados em busca de misericórdia, enquanto um garoto chora e desvia o olhar do corpo ensanguentado do pai. Os sussurros da sua raiva sibilam e tombam em meus ouvidos.

Deixo a brisa erguer meu cabelo, seu toque suave tranquilizando meu rosto machucado. Lembro-me de como Políxena morreu, sua recusa silenciosa a chorar ou implorar por misericórdia. Sua sombra caminha livre no Submundo, e por isso ela é a mais sortuda de nós.

Nossa longa marcha até o palácio está chegando ao fim. Quando a tempestade passou e Agamêmnon viu que ainda estava vivo e que eu, seu prêmio troiano, não estava danificada, viu isso como um sinal de que os deuses o pouparam por um motivo. Sei que o fizeram — e que o motivo é algo que ele não consegue imaginar. Ele me conduz pelo caminho sinuoso até seu palácio, ansioso para ostentar sua vitória. Sei que faz dez anos desde que viu a esposa. Sei que não há um pingo de compaixão em seu corpo; acho que ele estrangulou o que restava para cortar a garganta da própria filha. Mesmo assim, fico espantada que ele não demonstre qualquer deferência a Clitemnestra em seu retorno para casa, que só marche até lá me arrastando atrás de si, a mulher que escravizou. Sua arrogância lhe dá uma confiança cega de que tudo acontecerá exatamente como ele espera.

Mas eu não posso ter esperança no futuro, pois sei o que está por vir.

24

Clitemnestra

As nuvens são leves, tingidas por um rosa evanescente conforme o disco dourado do sol ascende no céu. O ar está quente e repleto de promessa.

Em algum lugar, muito além do meu alcance, envolta em sombras frias, minha filha espera por isso.

Ele está flanqueado por guardas e é seguido por soldados enquanto marcha até a entrada do palácio. Atrás dele, alguém tropeça, e me pergunto se é um companheiro ferido, mas então uma brisa ríspida se agita e vejo o longo estandarte do seu cabelo escuro estender-se atrás dela. Sinto minha mandíbula cerrar.

Não sei o que espero sentir quando vejo os ombros quadrados dele, o queixo barbado, empinado e imperioso, sua capa levemente ridícula esvoaçando ao redor do corpo enquanto vai na frente desta formação exausta e surrada de homens esgotados. Eu temia ser arrebatada por tudo de novo, levada de volta àquela outra aurora e dominada pela maré de luto. Não ser capaz de conter meu asco e minha fúria. Mas não é o caso. O rosto dele poderia ser o de um desconhecido. Esse não é o jovem que ficou sem fôlego quando pediu minha mão em Esparta; nem é o marido-rei sustentado pela empolgação da vitória que me trouxe a Micenas. Não é nem a figura distante que deu um passo à frente sob a luz do sol nascente, a faca apertada com firmeza no punho, o homem que pensei que conhecia antes que destruísse tudo que eu amava com um único golpe.

Ele está mais velho, muito mais grisalho do que dez anos em Micenas o teriam deixado, embora aposte que os homens que o seguem estão ainda mais extenuados que seu líder. Contudo, mesmo se ele tenha conduzido sua guerra dos confortos relativos da sua tenda e raramente agraciado o campo de batalha com sua presença, o custo dela está entalhado nas rugas do seu rosto e nos pelos grisalhos do queixo. Olhar para ele não faz as lembranças voltarem em uma torrente: eu não sinto o peso do corpo dela nos braços; não sou arrastada pela lembrança do olhar vazio enquanto a cabeça dela virava para trás sob aquele céu implacável.

Em vez disso, sinto o ímpeto crescendo dentro de mim, uma onda que aquece meu sangue. Eu temera a distração das emoções, mas em vez disso elas me deixam afiada, me fazem endireitar a coluna, curvam meus lábios em um sorriso que espero que transmita as boas-vindas.

Ele não para na grande entrada quadrada, flanqueada por pedras espessas e encimada por duas leoas entalhadas — ele só passa por ela, sem sequer olhar para os lados. E então está na minha frente, e seus olhos enfim encontram os meus.

— Bem-vindo ao lar — digo. Pergunto-me por um momento se ele vai me abraçar, e enquanto reprimo um estremecimento com a ideia de ser segurada em seus braços, apertada contra seu corpo outra vez, dou um passo para trás e gesticulo para a reunião bastante escassa de anciões do palácio e escravos enfileirados aqui fora para cumprimentá-lo. — Agradecemos aos deuses por sua grande vitória e seu retorno seguro. — Isso, ao menos, é verdade.

Ele inclina a cabeça de leve, um reconhecimento da benevolência dos deuses sem uma declaração aberta de gratidão. Posso sentir sua irritação, como o incomoda não receber o elogio pessoalmente, embora ele não possa dizer isso em voz alta. Dez anos separados e eu ainda sei o que vai atiçar a raiva dele, como seu ego é frágil e fácil de ferir.

— Estamos realmente cansados — diz ele, e me encolho com o som de sua voz.

— Claro — digo depressa. — As mulheres prepararam banhos, vinho, comida para todos vocês. Por favor, permita que seus homens sejam levados para dentro.

Agamêmnon corre os olhos pelo grupo reunido para recebê-lo e franze o cenho.

— Onde estão minhas filhas? — pergunta ele. O pensamento tácito paira entre nós; sei que ele o sente zumbir no ar, mas a ruga em seu cenho só se aprofunda, e ele joga a cabeça para trás como se afastasse uma mosca incômoda. — E meu filho, que nunca conheci. Por que ele não está aqui para me receber?

Sustento meu sorriso. Não sei como esse homem ousa falar dos filhos.

— Ainda está cedo — digo com leveza. — Certamente você prefere se banhar, comer e descansar primeiro. Temos tudo preparado.

Ele parece ofendido, mas faz menção de avançar. Eu me obrigo a tomar seu braço.

— Você é um rei — digo em voz baixa. — Não pise onde os soldados comuns caminham. — Dou um passo para trás. — Dispusemos nossas melhores tapeçarias para você.

Com isso, ouço um arquejo abafado da mulher que está um passo atrás dele, parcialmente oculta pelo seu corpo robusto. Mantive meu olhar firmemente longe dela. Sei o que ela é, e é incompreensível que ele a leve até o palácio a plena vista de todos, que pare ao lado da esposa com essa mulher se encolhendo às suas costas. Agora eu me permito olhar para ela. Cabelo escuro e emaranhado. Um hematoma desabrochando na têmpora, que não quero pensar em como ela adquiriu. Olhos grandes e escuros abaixados para o chão — até agora, quando ela os ergue, parecendo não conseguir evitar. Quando os encaro, profundos, sinto algo me tocar, pressionando-se contra a ferida em carne viva da minha alma. De repente, preciso piscar contra as lágrimas.

Agamêmnon me vê olhando para ela e sorri brevemente.

— Uma princesa de Troia — diz ele, saboreando as palavras devagar. — Cassandra, sacerdotisa de Apolo, o grande protetor da cidade. — Sua risada não tem humor, mas a mulher não se encolhe. Seus olhos vidrados encaram inexpressivamente os tecidos bordados no chão. Quando meu marido segue o olhar dela, confusão e irritação se mesclam em seu rosto, apagando a satisfação arrogante. — O que significa isso? — dispara ele.

Afasto o olhar com dificuldade da mulher.

— Ora, dispus um tapete em sua honra. — As palavras deslizam da minha boca tão suaves quanto creme.

Ele bufa, indignado e ridículo, e sinto meu estômago embrulhar ao pensar que esse homem já me tocou.

— Tapeçarias, Clitemnestra? — pergunta ele, incrédulo. — Eu não ousaria pisar em obras tão finas; é o que dispomos para os deuses, não para qualquer mortal profanar.

Uma risada quase escapa de mim antes que eu a reprima. O que é isso, autoconsciência? Humildade? Talvez a guerra tenha ensinado algo a ele, afinal. Jogo o cabelo para trás, ainda sorrindo.

— Como você é humilde e cheio de respeito pelos deuses — digo, apaziguadora. — Tenha certeza de que eles notam sua modéstia. Mas você não é um homem comum, Agamêmnon, é algo diferente do resto deles. — Faço uma pausa. — Você liderou seu exército na maior guerra que a Grécia já travou e retorna vitorioso. Troia arde em ruínas, a cidadela impermeável invadida por você e seus homens, as riquezas deles em suas mãos. Que homem realizou tal feito antes? Nenhum de mero nascimento mortal, decerto. — Eu me obrigo a dar um passo para mais perto dele, erguer os olhos aos seus, claros e firmes. — Você traz consigo uma filha do rei Príamo em pessoa. Imagine o que ele teria feito se tivesse conquistado os gregos. Não teria evitado pisar em ricos tecidos púrpura. Acharia que é seu direito, como vencedor desta guerra. Faça o mesmo, Agamêmnon. Não se negue esta glória.

Ele me olha pelo tempo de uma longa respiração. Posso ouvir meu coração batendo nas têmporas. Então ele encolhe os ombros.

— Eu tomarei o que é meu de direito — diz por fim. — Mas não em botas ainda sujas de lama troiana.

Solto o ar, um sibilo suave de vitória. Encontrando o olhar de uma escrava, inclino a cabeça em sua direção, e a garota se apressa a afrouxar as faixas de couro e a tirar as botas dos pés dele. Assisto, exultante, quando ele pisa no brocado espesso. Embaixo dele, os pontos intrincados contam a história dos prazeres dos imortais. Seus calcanhares esmagam os detalhes finos enquanto ele caminha, o tecido carmesim, escuro como vinho, fluindo sob ele. Os anciões abaixam os olhos, desviando a cabeça enquanto ele caminha, sem conseguir observar. Absorvo tudo: o doce aroma do ar matinal, o sol refletindo nas fivelas em seu ombro, e cada lento passo que insulta os deuses. Profiro uma prece silenciosa a Zeus, o portador da justiça.

A troiana está paralisada, fascinada. Não consigo imaginar os horrores atrás dela, a infelicidade que vê à sua frente dentro da grandeza e magnificência do nosso palácio. Não quero pensar nas indignidades que ela sofreu ou no que meu marido já lhe infligiu, a humilhação de ser desfilada diante de mim e de todos que observam aqui. Mas não tenho tempo para pensar nela. Instruo a escrava a levá-la para dentro e tratá-la com gentileza, como uma convidada em nosso lar. Mesmo enquanto minha língua gira ao redor das palavras, sinto como são inadequadas. Nenhuma gentileza pode compensar o que fizemos com ela, e ela não é convidada coisa alguma.

Quando me viro do seu rosto vazio, elas estão emaranhadas em minha mente, minha filha e essa desconhecida. O rosto de Ifigênia está borrado e esvanecido em minha memória, embora meu corpo se lembre do peso macio dela em meus braços, um bebê com um futuro, brilhante e aberto, à sua frente. Penso em como essa jovem troiana, essa Cassandra, foi amada e estimada, e como tudo foi arrancado dela também. Pergunto-me onde estará sua mãe, a orgulhosa rainha de Troia que nunca mais verá os filhos, e se essa mãe sente o mesmo que eu — que se pudéssemos voltar no tempo e ver outra vez o rosto confiante dos nossos bebês perdidos em sono contra nosso seio, pularíamos de nossa torre com a criança apertada contra o peito para que nunca conhecesse seu terrível destino. Para que pudéssemos poupar-lhe de todo o sofrimento por vir.

Mas, dentro do palácio, a fonte de toda a nossa dor aguarda sua recompensa pelo que fez. E está em minhas mãos, e apenas em minhas mãos, entregá-la a ele.

Minha pulsação desacelera para uma batida firme. Não tremo e não olho para trás ao entrar.

25

Electra

Fiquei olhando através da janela estreita, os nós dos dedos brancos contra a pedra, como se pudesse derrubar essas paredes com a força da minha dor. Imagino uma vasta onda passando sobre mim e arrasando tudo em seu caminho, mas as paredes continuam sólidas, e só consigo encarar essa faixa de céu.

Escuto a aproximação deles. Ficando na ponta dos pés, o mais alto que consigo, pego um vislumbre de suas cabeças subindo a encosta, e meu coração bate dolorosamente no peito.

Qual é ele? Está liderando todos, ou os arautos vão na sua frente, outros soldados abrindo o caminho? Não sei. Imaginei isso todo dia por uma vida inteira, mas não sei como é uma procissão de retorno para casa; não sei o que meu pai escolheria. Não sei absolutamente nada.

Lágrimas inúteis escorrem por meu rosto enquanto forço o pescoço, desesperada para ver mais. As cabeças subindo e descendo, os capacetes reluzentes e as penas balançando desaparecem enquanto eles passam pelo portão, e me agarro com ainda mais força à beirada da parede, porque agora eles vão seguir pelo caminho reto e virar na entrada para o palácio em si, e é aí que vão estar mais à vista. Eu me espremo contra a pedra e fico encarando, sem querer piscar.

Eles parecem mais cansados, sombrios e desgrenhados do que eu teria esperado: não é um exército marchando em triunfo. Passam pela pequena faixa dentro do meu campo de visão, tão rápido que não consigo distinguir seus rostos. Minha respiração vem rápida e irregular, minhas palmas estão suadas, e a frustração desesperada me domina enquanto eu busco só um vislumbre fugaz do meu pai.

É tão rápido que não tenho tempo de absorver a visão. Uma agitação de púrpura-escuro e rico, uma capa esvoaçando dos seus ombros, um aglomerado de cachos escuros e ele some. Não sei o que fazer. Tem que ser ele, mas não vi seu rosto. Enquanto encaro o espaço onde ele estava, eu a vejo — uma mulher, sei pelo cabelo solto que se estende atrás dela. Anda mais devagar que os homens, mas segue logo atrás de Agamêmnon.

Penso em Briseida, a escrava que Aquiles exigiu dele. Mas não é ela — meu pai a devolveu. Outra, então, talvez tirada de Troia. Fico imóvel quando penso nisso, depois bato as mãos com força contra as paredes. O choque reverbera pelos pulsos, mas não me importo, afastando-as e batendo de novo e de novo. Ela está andando com ele, ela partilhou da sua jornada para casa, Clitemnestra estará esperando na porta, e eu aqui, trancada. A escrava mais miserável do mundo tem o que eu não posso ter, e minha mãe me prendeu como um animal, como se eu não fosse nada. A fúria me consome: fúria contra minha mãe, contra essa troiana e cada pessoa entre mim e meu pai.

E, em meio aos pulsos de raiva, vermelha e selvagem, há o pânico. Clitemnestra não vai voltar a ser a esposa de Agamêmnon. Se fosse, eu não estaria presa aqui. Eles vão atacá-lo, ela e Egisto: deve ser isso que estão planejando. E embora eu saiba que Agamêmnon é forte e corajoso, o vencedor da guerra de Troia, tenho medo da astúcia dela.

Eu me arrasto sob a cama, puxando o embrulho de tecido e a adaga de leão, a última coisa que ele tocou antes de me deixar. Lembro-me das últimas palavras que me disse enquanto a encaro, o eco de sua voz de tantos anos atrás. A lâmina está cega: não é uma arma, só um ornamento. Não há nada que eu poderia fazer com ela, mesmo se conseguisse sair desse quarto.

E então começo a gritar de novo, me engasgando nos uivos que arranham minha garganta, de volta à porta trancada. Não há nada que possa fazer exceto torcer para que ele me escute, torcer para que ela não consiga de algum modo derrubá-lo fora do palácio, antes que ele sequer entre. Grito por um longo tempo, o mais alto que consigo, batendo contra a porta na esperança desesperada de que ele vá ouvir meus alertas, mas minha voz é engolida pelo carvalho sólido e ninguém vem.

26

Clitemnestra

Ele está esperando na câmara de banho. A fragrância pesada paira no ar turvo enquanto se inclina para perto da parede, estudando as figuras pintadas. Qualquer medo que eu pudesse ter de despertar suas suspeitas dissipou-se no ar quente e estuporoso que emana das flores aveludadas. Ele tem um sorrisinho bobo e complacente nos lábios que amola o fio das minhas intenções. Não pensei em quase mais nada nos últimos dez anos, mas ainda não sei se esperava desfrutar tanto disso. Era meu dever, o que eu devia à minha filha. Agora, com a imagem dos olhos assombrados daquela troiana olhando para a frente sem enxergar enquanto seguia meu marido, vejo o ato como um serviço ao mundo. Será um prazer realizá-lo.

— Deixe-me ajudá-lo a entrar no banho — murmuro.

Será que ocorre a ele que a última vez que o vi foi nas areias de Áulis, com o corpo morto de nossa filha entre nós? Ele é tão idiota, tão egocêntrico, que acha que eu poderia esquecer ou perdoar? Que eu deixaria a questão passar sem comentário; que eu o receberia de volta como sua esposa, enquanto a cativa que ele tomou como prêmio treme em outro cômodo no palácio? Parece que sim, pois aceita meus cuidados sem dizer nada enquanto o ajudo a tirar as vestes. Ele desce os degraus para as águas quentes e aromatizadas e eu me inclino para a frente, sentindo seus olhos em mim enquanto lhe estendo um cálice de vinho; nossa melhor safra, à qual misturei o líquido que triturei das papoulas colhidas em nossos campos.

— Conte-me sobre o final — peço. — Como tudo acabou por fim. O que aconteceu quando tomaram a cidade?

Ele se recosta, a água ondulando ao seu redor, as pétalas flutuando sobre a superfície.

— Você quer ouvir do saque a Troia? — Ele dá um longo gole de vinho.

— Não tudo — digo. — Pode me poupar os detalhes mais desagradáveis. Mas eu quero saber… — Hesito.

— O quê?

— Quero saber o que aconteceu com minha irmã. — Odeio perguntar a ele. Odeio que ele saiba que tem algo que eu quero. Mas não aguento mais; preciso saber. — Menelau…?

Agamêmnon bufa.

— Por dez anos, ele não falou de mais nada — diz. — O que faria quando a tomasse de Páris, como cortaria a garganta dela na frente do exército. — Com essas palavras, ao menos por um momento, ele parece temporariamente envergonhado, uma centelha de consciência pelo que fez cruzando seu rosto. Mas ele se sacode e a afasta, criando ondinhas na banheira.

Tento manter a voz baixa.

— E cortou?

— Claro que não. — Ele dá um sorrisinho. — Sua irmã se ergueu dentre as troianas que reunimos fora da cidade. No momento em que a viu…

— Ele não conseguiu — termino.

Ele assente.

Então, Helena voltou impune a Esparta ao lado de Menelau. O homem com quem se casou não conseguiu assassinar alguém que amava em nome da sua guerra — ao contrário do irmão. Quando ela desembarcar do navio dele, a filha que deixou para trás estará à sua espera, quente e viva. Um calor formigante atravessa meu corpo quando penso nisso, e cerro a mandíbula com força.

Um longo silêncio se estende entre nós. Por um momento, tento lembrar se costumávamos conversar. Tenho certeza de que tivemos conversas inúteis sobre os detalhes de nossos dias, um companheirismo fácil que me fez acreditar que eu teria uma vida pacífica em Micenas. Agora, o mundo está irreconhecível; a paisagem de nossas vidas toda revirada, tudo ao mesmo tempo familiar e estranho, e tenho a sensação esquisita de que não há nada aqui de verdade, como se pudesse estender a mão e ver os objetos sólidos à minha frente se dissolverem até sumir.

Estou em uma encruzilhada. À minha frente, meu marido e rei relaxa em um banho profundo. Em pouco tempo, ele vai se erguer, e eu poderia tomar sua mão e levá-lo ao banquete preparado em sua honra, ou talvez a seus aposentos. Poderia recuar para a vida que me foi designada no dia em que aceitei a proposta de Agamêmnon, por que o que mais poderia fazer? Foi um jeito tão descuidado de decidir um futuro quanto lançar dados na rua. Se eu abandonar o plano, será que Egisto sumiria nas sombras? Talvez ele atacasse sozinho: minha traição seria exposta e meu marido mataria a nós dois. Isso não me assusta. Mas quando deixo meus pensamentos flutuarem para mais longe, quando me vejo parada entre as sombras turvas diante de Hades, buscando minha filha na multidão fantasmagórica, um arrepio frio aperta minha coluna. Não posso olhar no rosto de Ifigênia sem lhe trazer a notícia que a vinguei por fim.

— Clitemnestra? Está dormindo? — Ele soa irritadiço mesmo com a voz levemente arrastada, as papoulas no vinho fazendo efeito. Eu nem tinha percebido que meus olhos estavam fechados.

— Claro que não — digo. — Está pronto? Permita-me trazer seu manto.

Ele se recosta na água. É o momento. Eu me curvo para onde o deixei; o tecido grosso desliza por minhas mãos como as escamas suaves de uma cobra. Abaixo dele, escondido da vista de Agamêmnon, consigo sentir a forma robusta de outra coisa.

Sacudo o manto e o estendo diante dele quando ele se levanta, o vapor se erguendo na luz baixa. Ele abaixa a cabeça desgrenhada e eu jogo o brocado pesado ao redor do seu corpo. Ele se vira para encontrar as aberturas, subitamente encurralado, tropeçando e perplexo com sua cegueira abrupta na rede impermeável que joguei ao seu redor, atordoado pelo vinho que adulterei.

Está desorientado e confuso, ocupado em uma busca vã para fugir do manto, que costurei com tanto cuidado para que suas mãos procurem inutilmente por uma manga. Ele puxa e se debate para tentar libertar a cabeça do tecido pesado, a água acrescentando peso à metade inferior que está dentro da banheira, pesando-o ainda mais. É agora que pego o outro objeto escondido aos meus pés.

A madeira é sólida em minha mão. Cabe perfeitamente contra minhas palmas quando envolvo as duas mãos nela e golpeio com toda a força que consigo reunir, mirando bem no topo da figura cambaleante que é meu marido.

Há uma comicidade sombria em vê-lo tão desajeitado, envolto em tecido, os pés escorregando enquanto a beirada afiada e reluzente de metal do machado o atinge. Em algum ponto sob o peso sufocante do material, ele dá um berro, mas o som é abafado, e golpeio outra vez. O barulho que a arma faz ao atingir seu crânio é um baque oco e pesado. Não sei se bati forte o bastante para atingir o osso, então cerro os dentes contra a dor nos ombros enquanto o ergo de novo e golpeio mais uma vez, e outra, e outra. Seu corpo tomba sob a enxurrada de ataques; ele desaba na água, mas ainda estou golpeando com toda a fúria que arde dentro de mim. Posso ouvi-lo se engasgando, arquejando em algum ponto sob o capuz costurado, e miro ali até sentir a cabeça dele ceder sob o machado com um som nauseante e um borrifo de líquido sangrento voar da banheira bem no meu rosto.

Ele fica flácido, e a água se acalma ao redor do seu corpo imóvel. As pétalas manchadas flutuam na superfície escura. Consigo sentir as gotas de seu sangue escorrendo por minha testa, e elas me revivem, como chuva em um campo seco no calor entorpecente do verão.

Meus braços caem ao lado do corpo, e ouço o machado bater nos ladrilhos do chão.

Ele não se move. Parece-me impossível, assim como quando segurei o cadáver de Ifigênia, que minutos atrás ele estivesse vivo e agora esteja morto. Eu esperava ser atingida por uma onda de emoção. Sempre que imaginava esse momento, lágrimas involuntárias preenchiam minha visão. Eu achava que seria tomada de exultação, inundada com um júbilo selvagem. Achava que as sensações me dominariam, e Ifigênia também — que eu sentiria a gratidão dela através do abismo que nos separa e saberia que ela está satisfeita por fim.

O silêncio no cômodo está tão pesado quanto antes, intocado pelo hálito frio de Hades. Agamêmnon não é nada além de um saco de carne esquartejada, jazendo na água vermelha. Nenhum guarda entrou correndo, ninguém vem me arrastar em correntes. O palácio é meu, e posso sair andando daqui, livre e desimpedida, quando quiser.

Talvez tenha sido isso que Agamêmnon sentiu quando se afastou de Ifigênia naquela manhã terrível. Eu o assassinei, e não haverá punição.

Electra cruza minha mente, mas afasto o pensamento. Não há nada que ela possa fazer. Isso é um presente para ela, embora ainda não saiba disso.

Os homens de Agamêmnon ficarão gratos por ir para casa, de volta a esposas e filhos que cresceram em sua longa ausência, de volta a suas fazendas, de volta a pais idosos, de volta a uma existência tranquila e confortável. Ninguém mais tem apetite para lutar, tenho certeza. Em Micenas, esqueceremos a guerra, delegando seus sofrimentos ao passado. Os horrores da linhagem de Atreu podem ser banidos para lá também, digo a mim mesma. Os homens dispostos a matar sua própria família para manter seu poder estão todos mortos, e garantirei que essa cidade seja um lugar melhor sem eles. Os cidadãos ficarão tão felizes de esquecer Agamêmnon quanto de esquecer Troia.

Exceto por uma pessoa, me ocorre enquanto me ergo. Dou as costas ao corpo retalhado de Agamêmnon, aos ladrilhos estilhaçados onde o machado caiu. Há uma pessoa aqui em Micenas que não conseguirá deixar Troia para trás.

27

Cassandra

Uma janela alta e estreita deixa entrar um feixe de luz na cela para onde me trouxeram. Um lamento agudo corta o ar; uma garota está gritando em algum lugar no palácio. Não sei se consigo ouvi-la de fato ou se o som só ecoa dentro da minha cabeça, um presente da luz de Apolo. Já eu não consigo gritar. Mesmo quando penso em Troia, em minhas irmãs espalhadas em uma série de navios gregos, as que sobreviveram à tempestade navegando para cada canto do nosso mundo, não consigo exatamente acreditar nisso. Não consigo me convencer de que Troia se foi, que elas se foram, e que não temos para onde voltar.

E que vitória desfrutam os conquistadores? A vingança dos deuses foi rápida e clara. Atena a revelou no clímax do temporal, quando o horizonte brilhou com uma vasta tempestade de raios, e no centro de tudo, do convés do navio, vimos um homem agarrando-se a uma pedra pontiaguda entre as águas revoltas, o homem que me estuprou no templo de Atena. Encharcado em borrifos congelantes, gritando em desafio para os deuses. Seu crime trouxe a devastação sobre os gregos, e essa foi a punição dela, guardada até o último instante.

Lembro como, por um momento, a tempestade foi suspensa: o céu cintilou com um brilho funesto e o vento caiu abruptamente em um silêncio sinistro. Vi os dedos dele ficarem brancos enquanto deslizavam da superfície escorregadia da pedra, sua boca aberta em um grito desesperado. O raio atingiu de novo, sua língua bifurcada acendendo uma chama azul acima de nós, iluminando sua luta frenética enquanto ele emergia, arquejava por ar e afundava de novo. Vez após vez, a luz afiada o atingiu, e eu o via enfraquecer-se enquanto se erguia, só para ser lançado de novo para baixo, de novo e de novo — até que, por fim, ele não se ergueu mais. Aqui em Micenas, no palácio do meu inimigo, imagino o corpo inchado daquele homem afundando na escuridão, comido por peixes até que seus ossos repousem na areia sem luz.

Vi o homem morrer com meus próprios olhos, mas enxergo vislumbres do destino de Agamêmnon também, pulsando nítidos e brancos a cada latejar nauseante da cabeça. Meu captor está morto, espancado e retalhado, sua dignidade tão estilhaçada quanto os fragmentos do seu crânio. Ela empunha o machado, triunfo reluzindo no rosto, uma vingança selvagem finalmente cumprida. Agora eu sou o prêmio de um homem morto, a propriedade de um cadáver. Sinto um arrepio de alívio ao saber que nunca mais sentirei as mãos dele sobre mim.

Clitemnestra, a esposa dele, irmã de Helena, virá me ver em seguida. Embora não seja deslumbrante como Helena, posso ver a semelhança em sua postura. Duas mulheres que parecem distantes das pessoas ao redor, como se caminhassem em um chão separado do resto de nós. Eu tinha pensado que Helena parecia muito distante, até de Páris. Ainda assim, talvez ela sentisse essa distância também. Talvez tenha vindo até mim porque éramos ambas párias na cidade.

E aqui em Micenas encontrei a gêmea de Helena: a mais formidável das duas. Após matar Agamêmnon, ela virá até mim, uma mulher sem qualquer lugar aqui no palácio em que ela governa. Sem qualquer lugar no mundo. Sei que a garota gritando deve ser a filha dela, uma filha que Agamêmnon deixou viva. Como seria ter um pai assim? Penso em Príamo, morto por Neoptólemo. Meu pai não acreditou em nenhuma palavra que implorei que escutasse, mas era um homem gentil, cheio de pena por mim, sobrecarregado por arrependimentos que jamais diria em voz alta sobre o filho bebê que não conseguiu matar. Um rei muito diferente de Agamêmnon.

Eu choraria por ele, por todos nós, mas estou entorpecida demais, como se já estivesse amortalhada pela névoa que flutua no reino de Hades, que se ergue em vapor dos grandes rios escuros que fluem sob a terra e drenam as lembranças dos mortos no lodo para que possam vagar pelas praias cinza sem nunca saber o que deixaram para trás. Imagino a paz fria e úmida. Um lugar onde a luz abrasadora de Apolo nunca alcançará. Um lugar de silêncio e vazio, onde a mente de um habitante não é mais que um véu fino esvoaçando numa brisa. Uma caverna vasta de escuridão onde o deus sol nunca ousará se aventurar.

Sei que ela está vindo, mas, quando a porta se abre para revelá-la, não estou pronta. Ela está parada, alta e calma, e coberta da cabeça aos pés com o sangue do marido. Já vi de tudo até este momento, e sofri tão intensamente que não havia espaço em meu corpo para medo.

Até agora. Eu me sinto ganhar vida, cada centímetro da minha pele formigando. A porta se fecha atrás dela e estamos sozinhas. Seus olhos estão fixos em mim atrás das faces ensanguentadas.

Jogo-me a seus pés antes que eu mesma saiba o que estou prestes a fazer. Sou tomada pelo terror, com medo do que ela veio me oferecer. Fecho os braços ao redor de seus joelhos e ergo o rosto para ela.

Ela se encolhe à visão do meu cabelo emaranhado, minha pele suja, a luz desesperada da loucura em meus olhos. Não consegue recuar, afastar-se de mim.

Ela fala, tentando ao mesmo tempo abrir meus dedos com gentileza, mas aperto com mais força. Não consigo entender o que está dizendo, minha cabeça enlouquecida demais para traduzir o grego. Balanço a cabeça com fervor, porque sei que ela pretende me demonstrar misericórdia e não suporto a ideia.

Ela encontra meus olhos de novo. Sei que está relutante; que quer evitar me ver de verdade, mas agora a tenho aqui enquanto sustento seu olhar, enquanto tento fazê-la ver o que posso ver.

O vazio. O nada. Meu lar e tudo que conheço aniquilados. Poeira soprando na brisa, carregada pelo oceano impiedoso.

Não me faça viver aqui, eu lhe imploro em silêncio. *Não me condene a uma vida entre estranhos. Vivi como pária de minha própria família; não me torne outra aqui, em um lugar onde não sou nada além de uma inimiga conquistada, obrigada a passar anos ansiando em vão por um mundo perdido para sempre.*

Vejo a compreensão desabrochar em seu rosto. Através do sangue em suas faces e da sujeira e do pó colados às minhas, enxergamos o centro calmo da alma uma da outra.

Afrouxo o aperto em sua saia e movo a mão para ela. Agora sou eu quem está gentilmente abrindo seus dedos, revelando o que traz na palma.

Ela carrega uma adaga. Sua vida está por um fio; ela assassinou o rei, e seu destino pende na balança tanto quanto o meu. Ela vai defendê-lo; tem estômago para a batalha, é tão feroz quanto suas leoas de pedra. Mas é sua compaixão que busco, e sob seu exterior monstruoso posso ver que ela transborda de pena, sei que vai me ajudar. Era sua pena que eu temia; a pena que poderia a ter levado a me oferecer um futuro, alguma tentativa de conforto, uma exortação para seguir em frente e criar uma vida a partir de quaisquer fragmentos que me restaram. Mas sei que posso fazê-la entender o que preciso.

Ela balança a cabeça só um pouco enquanto guio sua mão. Enquanto a seguro suspensa sobre minha clavícula, a lâmina afiada pousada na pulsação palpitante sob minha pele, minha outra mão ainda apertando seu joelho em súplica.

— Não — diz ela, e escuto um tremor em sua voz. Puxa a mão para longe.

Retorço sua saia em meu punho fechado. Está úmida da água do banho, das últimas lutas de Agamêmnon enquanto se debatia em desespero. Ela matou o rei de todos os gregos, o líder dos mil navios que ocuparam as praias troianas por tanto tempo. Não pode ter medo de tirar a vida de uma única mulher.

Uma dor monótona e familiar pulsa em meu crânio. É um ferimento que nunca pôde sarar; as bordas afiadas e escancaradas da ferida que se abriu após as violações incessantes de Apolo, rasgando minha mente vez após vez. Busco um jeito de fazê-la ver, de fazê-la entender. Só quero que essa dor cesse. Helena me prometeu que Clitemnestra era gentil. Espero do fundo da alma que seja verdade.

Ela dá um passo para trás e deixo o tecido retorcido cair do punho. A luz suave da manhã entra pela janela estreita atrás dela, uma sombra escura, uma silhueta indistinta. Ela vira a cabeça e vejo seu perfil, corajoso e feroz. E então ela olha de volta para mim, e vejo o brilho branco dos seus olhos, e minha garganta seca com as palavras que não preciso dizer.

28

Clitemnestra

Dou um passo para longe da troiana quando ela leva minha adaga ao seio, um horror instintivo me fazendo desviar o olhar. Porém, mesmo enquanto observo a luz que se insinua fracamente pela janela, só consigo ver o desespero em seu rosto. Penso em Ifigênia, parada no limiar de um futuro que pertencia a ela, um futuro que se estilhaçou como um vaso após cair no chão de pedra.

Essa mulher, penso, já está morta. Isso me ocorre em um clarão abstrato, um momento absurdo de calma. Ela é um fantasma de Troia, uma cidadã de um mundo perdido em chamas, que se transformou em cinzas. Ifigênia vaga pelas entranhas escuras da terra, sua vida roubada. Electra grita com raiva, anseio e uma dor que não sei como sequer começar a curar. Mas aqui, à minha frente, há uma dádiva que posso conceder. Um sofrimento que posso aliviar.

Toco o rosto da mulher com gentileza. Seguro sua mandíbula trêmula. Lembro-me da violência com que Agamêmnon puxou minha filha subitamente contra o peito, do sangue jorrando antes que eu sequer pudesse gritar.

Corro o dedão pelas pálpebras de Cassandra, fechando-as gentilmente. Sinto seu hálito quente contra minha palma. Mantenho a mão firme quando passo a lâmina pelo seu pescoço. Mesmo depois, com minha visão nadando em lágrimas e seu corpo caído contra mim, eu a seguro como segurei minhas filhas quando dormiam em meu colo. Embora seu sangue escorra quente pela minha saia, não a solto. Acaricio seu cabelo suavemente, os cachos escuros caindo pelos meus dedos como se ela estivesse apenas perdida em um cochilo agradável, o jeito como segurei Ifigênia pela última vez.

Um tumulto irrompe no palácio: vozes estridentes, batidas de porta e passos apressados. Esse é o momento em que eu deveria me apresentar, anunciando meu triunfo. Respiro fundo e abaixo a cabeça de Cassandra ao chão com cuidado para poder me levantar, afastando a onda de tristeza que se ergue e ameaça me sufocar justo quando minha vitória está completa. Eu não preciso mais sentar-me em quartos escuros chorando por uma garota morta. Minha filha está vingada. Em algum lugar, ela está livre.

A porta é escancarada, a madeira pesada estremecendo contra a parede de pedra antiga. Os olhos de Egisto se arregalam quando me vê: manchada de sangue e segura de que fiz a coisa certa. A visão do cadáver a meus pés o faz congelar por um momento, e vejo que ele está sem palavras, então falo primeiro:

— Ele foi encontrado?

Egisto assente, engolindo em seco. Seus olhos percorrem a cena.

— Por que você...? — começa ele, mas balança a cabeça. — Devemos ir e... nos declarar, abafar o pânico.

Sonhamos com isso quase dez anos atrás, tramando na escuridão juntos, escondidos, e desde então refinamos os detalhes todas as noites. Nosso propósito em comum, a meta que nos uniu esse tempo todo, nosso luto e raiva compartilhados tomando forma por fim.

Ele não me toca. Não me puxa para um abraço nem pega minha mão ou me leva para a luz agora que reivindicamos nosso triunfo tão aguardado. Vejo que seu olhar me evita, seu rosto magro se retorcendo com algo que parece um pouco com asco. Sinto uma risada crescendo dentro de mim, e só posso imaginar o que ele pensaria se eu a deixasse escapar.

O peso agourento do terror nos pressiona enquanto saímos nos corredores, medo e choque empesteando o ar. Acho que estou sorrindo, aquela bolha de divertimento reprimido ameaçando estourar, mas não é felicidade que sinto. O mundo ao meu redor parece abafado e distante. Ouço Egisto vociferar com uma escrava que nem vi ali para que convoque todos ao salão do trono, e a escuto se afastar correndo, mas tudo que me resta é uma impressão de seus olhos arregalados de horror. Penso em como todos vão se encolher diante de mim e quero rir ainda mais. Porém, sob tudo, sinto em meu âmago um vazio oco, cujas bordas estão implodindo, e receio que estou perdida para sempre. Continuo andando. Essa é a chave. É isso que me mantém desde que ela morreu; continuei seguindo em frente, determinada a chegar a este momento, e agora que estou aqui eu não me deixarei pensar sobre o que vai acontecer em seguida.

Não a vi. Não a senti. Quando as pernas dele cederam sob meus golpes, ela não guiou meu braço.

Afasto o pensamento. Não há tempo para isso.

Há um grupo cauteloso de anciões e escravos no salão do trono. Sinto a amargura de seus olhares quando entramos, Egisto e eu, mas isso é tudo que eles têm. Embora Egisto fique eriçado contra sua animosidade, os ombros estreitos aprumados e o peito magro estufado, sei que não há necessidade para isso. Nós dois podemos nos dar ao luxo da generosidade. Eu concederei a certeza a eles, e seu ódio vai minguar, assim como suas suspeitas.

O corpo de Agamêmnon foi carregado e jaz no centro do salão, ainda embrulhado no manto costurado. Retalhado e ensanguentado, uma acusação silenciosa. Chupo as bochechas para me impedir de sorrir e dou um passo à frente.

— Eu lhes trago a verdade após dez anos de mentiras. — Minha voz sai clara e verdadeira. — Não há mais falsidades em Micenas, não há mais segredos escondidos. A história sangrenta desta casa remonta a gerações, mas hoje eu a encerro. A justiça foi servida. Eu a trouxe a Agamêmnon. Servi sua sentença a ele. — O que estou dizendo não é surpresa para eles, mas o choque no salão é palpável. Sinto um rubor de orgulho formigando em meu peito, o júbilo vibrando em minha voz. — Ele matou nossa filha por um vento bom. Uma garota inocente. E não esperou para enfrentar qualquer punição. Eu aguardei que retornasse para poder fazê-lo pagar pelo seu crime: o antigo crime de seus ancestrais, o massacre da carne e do sangue indefesos dele.

Percebo que não me importo se eles aceitam minhas palavras ou não. Seu julgamento não significa nada para mim. Olho de um rosto a outro pelo salão, um olhar lento e firme. Ninguém aqui vai nos desafiar. Eles são fracos e nós somos fortes. O líder do exército grego jaz morto entre nós, derrubado por minhas mãos. O prazer de minhas palavras morre, a emoção já recuando. Quero sair daqui, ficar a sós com meus pensamentos. Encontrar algum lugar pacífico, silencioso, onde possa ouvi-la por fim, onde os ecos de sua gratidão possam me alcançar a um mundo de distância.

No silêncio taciturno, Egisto limpa a garganta.

— Não é apenas pelo assassinato da filha que Agamêmnon pagou hoje — diz ele. Sua voz sai rouca, baixa demais para ser ouvida no espaço cavernoso. — Os crimes monstruosos do pai dele contra meu pai são um horror de que não falarei, embora sejam conhecidos por todos vocês. Porém, em vez de reparar as atrocidades de Atreu, Agamêmnon voltou para me exilar e assassinar Tiestes na minha frente, aqui neste salão. Esperei pacientemente pelo dia em que a justiça seria servida.

Por um momento, acho que alguém vai protestar. Sinto uma mudança no ar quando olham para ele. Ele pode falar em justiça, mas não foi ele que empunhou o machado. Fui eu, e só eu, e todos aqui sabem que é verdade. No entanto, quando os anciões estão prestes a questionar as palavras de Egisto, veem os olhos dele se voltarem à periferia do salão. Com passos lentos e comedidos, seus guardas se aproximam de todos os lados.

— Ninguém precisa responder — digo, gesticulando para o embrulho manchado de sangue no chão. — Está feito. — Viro-me para Egisto. — Venha, vamos pôr as coisas em ordem.

Uma escrava se vira para mim e quase imediatamente afasta o olhar, receosa.

— Sim? — pergunto.

Ela hesita.

— O corpo…? — pergunta, hesitante.

— Leve-o para os cães — desdenha Egisto. Pego a manga da túnica dele, balançando a cabeça.

Sorrio para a garota.

— Prepare-o para o enterro — digo a ela. Egisto me segue, irradiando irritação, mas não estou interessada em seus sentimentos. Um funeral para o pai é a única coisa que posso dar a Electra.

29

Electra

Grito até minha voz se exaurir, até não restar absolutamente nada em mim, até estar encolhida no chão, esgotada e entorpecida. É aí que ouço os berros, a onda de vozes em pânico e, atravessando tudo, as palavras que eu temia. *O rei morreu, o rei morreu.* Elas ecoam pelos corredores; há passos apressados e batidas de porta, e então um silêncio terrível. Fico deitada, imóvel, por muito tempo depois que eles se afastam, por muito tempo depois de perdê-lo para sempre, e a revelação começa a se assentar em mim: o único vislumbre dele que tive mais cedo foi tudo que tenho e tudo que jamais terei.

Quando finalmente vêm destrancar a porta, o palácio está mergulhado em um silêncio sinistro. Os escravos abaixam os olhos quando passo por eles, e os anciões viram o rosto. Só os guardas de Egisto mantêm a cabeça erguida. Eles me olham nos olhos: insolentes, desafiadores, esquecendo que eu sou uma princesa e eles são os intrusos.

Sombras tremeluzem nas paredes, projetadas por chamas queimando em tigelas rasas. A porta do quarto de Orestes está aberta, e ao passar, noto que está vazio. Sei que preciso me importar com isso, mas não consigo me concentrar nesse fato.

Há guardas postados em todo canto, mais do que já vi antes, mas nenhum se move para me impedir de sair. Será que ela os instruiu a não me incomodar? Eu me pergunto se ela se daria ao trabalho, se chegou a pensar em mim desde que me trancou.

Meus passos me levam além dos muros da cidadela. Nunca saí sozinha aqui tão tarde, mas ninguém se materializa da escuridão silenciosa para me agarrar e me arrastar de volta. Posso ouvir meus passos no caminho e o piado distante de uma coruja. Até onde eu poderia andar antes que me encontrassem? Uma brisa sussurra ao meu redor, e o luar fino mal ilumina o chão à minha frente. Se não fossem as tochas queimando adiante, eu seria engolida pela escuridão, mas mantenho os olhos fixos no brilho laranja suave e não deixo o medo que rodeia minha mente me paralisar.

Alguém deixou essas tochas ardendo para iluminar o caminho até a entrada imensa da tumba, entalhada na rocha sólida da encosta. Sei que é visível do salão do trono e olho na direção da cidadela. Será que ela está olhando através da planície, me procurando?

A grande abertura de pedra intrincadamente entalhada e pintada me parece gigantesca. Um longo túnel leva ao interior escuro, as paredes lisas de pedra construídas dentro de uma colina, dando lugar a uma caverna abobadada na qual me sinto muito pequena. É aqui que o deixaram.

Paro, não querendo dar mais um passo para dentro da câmara. Outras mãos fizeram isso; vestiram-no em roupas finas e reuniram riquezas no chão ao redor dele: joias que reluzem à luz das tochas, grandes vasos, uma espada cintilante. Viro a cabeça, uma onda de tontura me tomando por um momento. Se me aproximasse, veria seu rosto, veria se puseram uma moeda de ouro em sua boca, mas tenho medo demais de olhar. Não sei o que ela fez com ele. Vi seu rosto pela última vez quando era criança, antes de ele partir para Áulis, determinado a travar uma guerra que o tornaria o maior dos gregos. Queria reunir a coragem para fitar seu rosto de novo, mas um terror pegajoso na barriga me mantém afastada.

Não consigo me convencer a me aproximar, dispor uma mecha do meu cabelo ao seu lado, chorar sobre seu cadáver. Durante todos esses anos, a maior parte da minha vida de que me lembro, imaginei seu retorno para casa. Seu rosto iluminado de triunfo. Seus braços abertos para me receber.

Eu me viro abruptamente. Não há nada aqui para mim, nenhum conforto a ser encontrado, não importa o que os tolos equivocados que o trouxeram aqui possam ter pensado. As mulheres que vestiram o corpo dele e o colocaram aqui para ser lamentado devem ter sentido que era um escárnio — Clitemnestra permitir que ele seja enterrado com honras como se fosse uma esposa enlutada. Eu queria que ele soubesse o que ela era, que soubesse que deveria a ter esganado no momento em que a viu de novo. Queria poder ter dito a ele para jogar o corpo dela nas colinas. Eu me pergunto se ela achou que poderia garantir alguma respeitabilidade, tarde demais, colocando-o aqui.

Mas não a deixarei pintar seu ato imundo de covardia como algo grandioso e heroico. Não a deixarei convencer ninguém de que é magnânima por conceder a ele os ritos funerários devidos ao rei, como se pudesse se redimir do que fez. O que sei é que não há nada nessa grande tumba abobadada para mim: nada exceto um corpo, incapaz de sentir; um corpo que atravessou as planícies troianas e conquistou a cidade, mas agora jaz imóvel e mudo; um corpo que não se moveria ao meu toque nem se eu me arriscasse a chegar mais perto. Então por que deveria ficar e lamentar ao seu lado? Essa tumba é como todo lugar que conheci nos últimos dez anos: desprovida do meu pai, desprovida de consolo.

De novo no ar noturno, olho para minha casa. A lua saiu de trás das nuvens, lançando seu brilho prateado sobre a acrópole. Na outra direção, não há nada além de uma escuridão ininterrupta, esticando-se eternamente. Se eu tivesse nascido homem, poderia seguir os passos do meu pai. Poderia vingá-lo, como ele vingou o próprio pai antes dele. Poderia dar-lhe o que lhe é devido. Por um momento, cogito tomar as tochas e jogá-las pelo palácio, deixá-las engolir as tapeçarias e devastar a madeira com chamas vorazes, prendendo os assassinos em um incêndio furioso.

Se conseguisse reunir coragem para isso, eu daria as costas à cidade ardente e sairia andando para a escuridão além. Será que conseguiria sobreviver na montanha? Comendo frutas e queimando gravetos para me aquecer? Eu me vejo por um momento, caminhando até meus pés se encherem de bolhas e meu corpo definhar, transformando-se no espectro cinza que sinto que sou. Mas, por mais que anseie me afastar, receio os dentes e as garras que podem estar à espreita nessas encostas; as feras vorazes ou os homens desesperados que podem estar esperando por uma presa fácil como eu. Estremeço ao pensar no tipo de destino que poderia encontrar lá fora, sozinha no vazio, e sei que não sou capaz disso.

Se eu pudesse descer ao Submundo de um jeito rápido e indolor, faria isso. Beberia as águas do Lete e deixaria sua corrente soporífica lavar toda lembrança que possuo. Mas não posso.

Estou tão absorvida em meus pensamentos que não escuto os passos até ele quase estar à minha frente: um homem assomando das sombras. Penso que é um dos guardas de Egisto vindo me pegar, mas o terror abranda quando vejo que é Georgios. E então outra pessoa sai das sombras, parando na luz que se verte da tumba. Uma figurinha magra, abraçando-se com força.

— Orestes — sussurro.

— Saia da luz — diz Georgios, com a voz baixa.

Um medo frio me agarra. Os espiões de Egisto podem estar espreitando, caçando-nos. Por que Georgios trouxe meu irmãozinho para o perigo?

— Orestes — chama ele. Há urgência em seu tom, mas o rosto do meu irmão está voltado para a entrada da tumba e posso ver o anseio em seu olhar. Orestes nunca pôs os olhos em nosso pai.

— Venha aqui, Orestes — digo, e ele vem em nossa direção, para a proteção do escuro. Envolvo seus pequenos ombros com o braço. — Por que vocês estão aqui? — pergunto a Georgios. — Por que arriscaria isso?

— O palácio não é seguro para seu irmão — responde Georgios. — Eu o tirei de lá assim que consegui, antes que... — Ele não precisa terminar a frase, e fico grata em nome de Orestes por não o fazer. A vergonha me inunda. Pensei apenas por um segundo em meu irmão enquanto escapulia do palácio, atraída até aqui pela força irresistível do luto.

Egisto sabe muito bem como é perigoso deixar um filho homem para trás quando você assassina o pai.

— O que faremos?

Embora o ar esteja fresco, suor brota em minha testa.

Georgios respira fundo.

— Meu pai tem amigos não muito longe daqui. Se eu puder levá-lo até eles hoje, posso convencê-los a tirá-lo de Micenas. Muitas pessoas vão se compadecer do filho de Agamêmnon, muitas vão rejeitar o que Clitemnestra fez. Vamos encontrar um lar para ele, longe de Egisto.

Enquanto Georgios fala, posso sentir os ombros de Orestes se curvarem sob meu braço. Ele aperta o rosto contra mim.

— Não quero ir — diz ele, e acho que o tom choroso em sua voz vai me quebrar.

— É melhor assim — digo. — Também não quero que você vá, mas Micenas é um lugar ruim agora. Quando achávamos que papai ia voltar, era suportável, mas...

Um soluço escapa dele, e eu o seguro apertado. Sou dividida em dois: o desejo de mantê-lo em meus braços e o impulso de empurrá-lo para longe o mais rápido possível, enviá-lo à segurança e o mais distante de Egisto e seus homens.

— Aqui. — Mantendo uma mão ao redor do meu irmão, uso a outra para abrir meus brincos e entregá-los a Georgios. — Use isso como suborno. Se tivéssemos tempo, eu pegaria mais no palácio.

Ele já está balançado a cabeça. Os círculos dourados que se retorcem em espirais ornamentadas refletem a luz do fogo e reluzem por um momento antes que ele os guarde em uma bolsinha sob a capa.

— Não há tempo — diz ele. — Venha, Orestes.

De alguma forma, dói mais quando a criança chorosa ao meu lado reúne coragem do que quando irrompeu em lágrimas. Orestes não teve pai para guiá-lo. Egisto, o covarde que seguia as saias de nossa mãe ao longo de toda a vida dele, não foi exemplo algum. Talvez eu tenha sido mole demais; talvez o tenha tornado mais feminino e jovem do que deveria na sua idade, mas não conseguia suportar causar-lhe mais sofrimento. Agora, tarde demais, desejo que ele fosse mais resiliente, um guerreiro como Agamêmnon. Agora estou mandando-o para um mundo desconhecido, e só posso torcer para que os amigos que encontrar lá façam um trabalho melhor do que eu, criando-o para o seu destino. O fato de ele estar de cabeça erguida agora, engolindo seu luto, me dá esperança.

— Leve isso também — digo a ele, puxando a adaga de bronze do meu cinto. — Era do nosso pai. — É a única coisa que tenho de Agamêmnon. Beijo a testa dele, como meu pai beijou a minha. — Não deixe de trazê-la de volta.

Ele a vira, fascinado com o jeito como os adornos dourados reluzem à luz das velas.

— Vou trazer.

A escuridão profunda onde Georgios está parado torna impossível para mim ver seu rosto, mas há um momento de imobilidade em que tenho certeza de que seus olhos estão fixos em mim. Por um segundo, acho que ele está prestes a falar e tenho um pressentimento desconfortável da declaração que está prestes a fazer. Dou as costas aos dois, me afastando sem jeito, aproximando-me de onde meu pai está.

— Você não vem conosco? — pergunta ele.

Já estou balançando a cabeça.

— Egisto não vai me ferir — digo. — Ele não vai temer a mim ou ao que eu posso me tornar. Estarei a salvo no palácio. Lá fora… você não pode me proteger. — Georgios não é um guerreiro; não tem homens sob seu comando e nunca foi à guerra. Fui eu que implorei para ele não ir. Para Orestes, fugir com Georgios é sua única chance, e se eles viajarem com uma garota vão atrair mais atenção. Não vou arriscar a vida de todos nós só para evitar morar com minha mãe mais um tempo. — Além disso — acrescento —, se eu for, não vou saber o que ela está fazendo. Aqui, posso fazer planos para quando Orestes voltar. — Clitemnestra ficou ruminando sua vingança por dez anos, mas Orestes não vai demorar tudo isso para se tornar um homem.

— Como você vai voltar ao palácio? — pergunta Georgios, e balanço a cabeça de novo antes que ele possa fazer qualquer oferta.

— Do mesmo jeito que vim — respondo. — Ninguém estará me procurando. Eles estarão atrás de Orestes, então leve-o antes que nos sigam até aqui.

Ele sabe que é verdade.

— Então adeus, Electra. Vou proteger a vida do seu irmão com a minha, juro...

— Sei que vai. Orestes... — Não sei o que dizer. Hesito, não querendo desperdiçar esse momento. — Verei você de novo. E, quando o vir, ambos estaremos prontos.

Minhas palavras pairam na noite. Escuto a respiração entrecortada de Orestes antes de Georgios levá-lo embora, os dois engolidos pelas sombras quase de imediato.

Esta manhã, achei que finalmente veria meu pai de novo, mas em vez disso estou parada fora de sua tumba sem o consolo de um único abraço. Não tenho nada para me reconfortar, nada exceto a pequena centelha de vingança que devo nutrir no peito até chegar a hora em que poderei dar vazão a ela e queimar tudo que abomino até as cinzas.

30

Electra

— Onde ele está?

Eu tinha me preparado para vê-la, mas assim que ela aparece sob as leoas de pedra, eu me encolho. Não sabia que o ódio podia ser uma emoção tão forte. E, com ele, o medo. Algo sempre nos conteve. A perspectiva do retorno do meu pai sempre esteve no horizonte, e por isso segurei a língua — pelo menos um pouco. Talvez ela também. Mas agora ela fez o inimaginável. Agora não há limites para nos conter.

— Orestes, seu irmão. Aonde você o levou?

Eu a encaro. Pensei que ela agiria com arrogância, sorrindo daquele jeito que me faz querer arrancar a máscara de serenidade do seu crânio e ver o que realmente há por baixo. Em vez disso, na luz tremeluzente que ilumina a estrada para casa, ela parece selvagem. Pela primeira vez, vejo medo em seus olhos. Algo atiça minha memória, a lembrança de seu rosto assombrado no passado. Sua voz falhando enquanto nos contava o que acontecera em Áulis.

— Por que ele não está com você? — pergunta, falando mais alto.

— Eu não o levei comigo.

Essa mulher assassinou meu pai hoje. Quero dizer isso a ela, gritar na sua cara e fazê-la desmoronar, mas sou pega de surpresa pelo jeito como essa conversa começou.

— Você o matou?

Quase caio na gargalhada. Por que eu mataria meu próprio irmão? Não sou eu a assassina. Qualquer conversa com ela é inútil, posso ver. Não há por que tentar: ela não sente vergonha e, ao que parece, mal se agarra à realidade. Saio para longe dela, tentando passar sem tocá-la, mas ela bloqueia o caminho.

— Matou? Levou-o até a tumba e...?

Tenho certeza de que ela vai me agarrar e não suporto a ideia que segure meu braço com as mesmas mãos que mataram meu pai.

— Não seja ridícula. — Tento imbuir cada sílaba com o desprezo que sinto por ela, mas três palavras não podem conter tais oceanos.

— Então onde ele está?

Balanço a cabeça.

— Por que está fingindo se importar? Quando foi a última vez que olhou para ele? Fico chocada que se lembre de que ele existe, como se já tivesse notado qualquer filho vivo que tem.

Ela se encolhe como se tivesse levado um tapa meu. Queria ter feito isso. Queria ter coragem para tanto.

— Ela era sua irmã. — A voz dela é baixa. — E ele a matou.

Eu bufo. De novo, tento me contorcer para contorná-la, mas ela entra na minha frente.

— Crianças morrem todos os dias — digo. — Quantas mães enlutadas a guerra criou? Nem todas elas se vingam. O que torna o seu luto tão especial? Que diferença faz?

— Que diferença? Que diferença faz que seu pai cortou a garganta da própria filha? — As palavras escapam dela rápido demais. Ela está abalada de verdade, talvez pela primeira vez que já tenha visto.

— Ifigênia era um sacrifício. Os deuses demandam um preço alto às vezes, e é uma honra pagá-lo. Eu me pergunto o que pedirão de você, para se redimir do que fez. Se é que isso é possível.

— Você não se importa? Realmente não se importa? Que sua irmã foi assassinada, que seu irmão está desaparecido.

— A única ameaça a Orestes divide a cama com você. Você o convidou para nossa casa. Você o trouxe para cá. — Vejo os olhos dela arregalados de choque. — É mesmo tão estúpida que não consegue ver? Acha por um momento que Egisto, por mais covarde que seja, deixaria o filho de Agamêmnon viver?

Ela sabe. Posso ver, atrás de sua postura defensiva e sua preocupação, que a verdade do que estou dizendo não é uma novidade para ela. Talvez seja por isso que entrou em pânico ao descobrir que Orestes já sumiu. Ela não achou que Egisto atacaria tão cedo. Talvez até planejasse mandar Orestes embora pessoalmente, e teme que seu amante tenha agido mais rápido. Que ela tenha sido vencida, afinal. Bem, foi, mas não pelo imbecil do Egisto.

Não consigo resistir e aproveito minha vantagem.

— Você ficou tão obcecada com a morte de Ifigênia que abriu a porta para o homem que quer matar o seu filho. — Eu rio. — Não está meio tarde para bancar a mãe amorosa? Para fingir que se importa com o que acontece com Orestes… ou comigo?

Ela está confusa. Não esperava isso. Não sei que cenário horripilante fabricou na cabeça, alguma ideia deturpada do tipo de vingança que eu poderia cometer contra ela ao assassinar o irmão que acabei de mandar para a segurança. Como ela poderia achar que eu seria capaz de tal coisa, não sei. Ela não me conhece nem um pouco — o que não surpreende, já que passou a maior parte da vida olhando para o nada, como se pudesse conjurar minha irmã de volta do Submundo.

Adoraria encontrar palavras que a ferissem ainda mais profundamente, mas a conheço muito melhor do que ela me conhece. Ela vai se recompor em um momento, recuperar o controle de si. Essa vulnerabilidade súbita é temporária e, se eu me demorar para me deliciar com sua dor, ela se tornará Clitemnestra de novo, fria e inalcançável, e jogar mais palavras contra ela será como bater com os punhos contra esses muros de pedra.

Passo por ela. Estremeço ao sentir seu corpo quando a empurro para o lado, mas o contato é tão breve que posso tolerar. E então estou livre, correndo pelo caminho rumo à casa que odeio quase tanto quanto a ela.

Fico em meus aposentos o máximo possível. A vida em Micenas sempre foi entediante, mas agora não tenho nada pelo que ansiar — e, sem Orestes, estou mais sozinha do que nunca. Posso ficar sentada por uma hora inteira sem fazer nada além de encarar os padrões no chão, deixando minha visão borrar de modo que as linhas se unam, me perguntando quando vou reunir energia para me levantar. Mas por que me dar ao trabalho? Não há motivo para me levantar, ninguém lá fora para ver. Não há por que me inclinar sobre os muros do pátio para examinar o mar distante em busca de velas retornando vitoriosas contra o céu azul. Eu me pergunto se Georgios conseguiu deixar Orestes com seus amigos, se seus amigos vão escondê-lo e se um dia verei meu irmão de novo, mas os pensamentos vagam sem urgência. Talvez eu o veja, talvez não, mas mesmo sabendo que deveria ser consumida por minha vingança e minha fúria, uma letargia pesada se assentou sobre mim. Ao amanhecer de cada dia, tudo que quero é que termine logo.

Ao redor do palácio, a atmosfera mudou. Egisto não se esconde mais atrás de minha mãe. Eu o vejo ousando andar na frente dela. Escuto sua voz, mais alta ultimamente, ressoando pelos corredores. E vejo o rosto dela, liso e inescrutável, o observando. O que quer que pense de seu amante e da ousadia recém-adquirida dele fica escondido por trás dos seus sorrisos. Não consigo nem começar a adivinhar.

Quanto a mim, na maior parte do tempo, não suporto vê-lo usando capas púrpura e coberto de joias cintilantes que pertencem a um homem que ele nem ousou matar pessoalmente. Ele não era páreo para Agamêmnon e deve saber disso, mas o fato não o envergonha, e ele continua enfiando carne assada na boca na mesa do meu pai e se reclinando no lugar do meu pai, seu rosto iluminado de satisfação.

Enquanto isso, a comida azeda em meu estômago. Achei que o luto seria como um mar de sofrimento dentro de mim, que me arrasaria com suas tempestades e infinitamente renovaria minhas lágrimas, mas na verdade se assenta como uma pedra pesada em minha garganta. Não tenho vontade de comer; mal consigo engolir. Falar exige um esforço enorme, então fico em silêncio. Além disso, sem Georgios e Orestes, não há com quem conversar. Não consigo sequer reunir energia para chorar, além de algumas lágrimas que deixo escorrer pelas faces. Penso na adaga sempre cintilando na cintura de Egisto — afinal, um homem não pode relaxar quando está casado com uma mulher que não vê problemas em matar um marido — e me pergunto, distraída, como seria se a lâmina perfurasse minha pele. Eu me pergunto se meu sangue jorraria em um rio carmesim. Não consigo imaginá-lo fluindo em meu corpo; sinto-me uma coisa murcha e seca. Penso em Ifigênia, que morreu apertada contra o peito largo do meu pai, e queimo com o lento fervor da inveja.

Enterraram a mulher — a que eu vi andando atrás dele. Ninguém me contou como ela morreu. Queria ter falado com ela; talvez ela pudesse ter me contado histórias sobre meu pai. Os escravos dizem que ela era uma princesa de Troia. Ela teve sorte de ser escolhida por um rei, o maior rei da Grécia, para ser trazida a um palácio que deve ser tão belo quanto o que ela deixou. Mais ainda, tenho certeza. Qualquer riqueza que Troia possuísse, Micenas tinha Agamêmnon. E ela também, por um curto período.

Mas ela está morta, como muitos que o conheciam. A guerra cobrou um preço alto. Até eu, sua filha, tenho tão poucas memórias para guardar com carinho. Agamêmnon, descendente da Casa de Atreu: uma família poderosa que deveria conhecer a grandeza, mas, vez após vez, foi atingida pela maldição sobre nós. Ela não pode acabar com o assassinato dele. Eu ainda estou viva, Orestes também. Mas estou tão cansada, tão sobrecarregada com o meu desespero, e Orestes é um garoto, e está tão longe que me pergunto como podemos sustentar o peso do nosso destino só em nossos ombros.

Não reparo em como os dias passam um após o outro, mas chega uma tarde em que estou observando o brilho escaldante do sol cair sobre o vale, com seu calor opressivo, e vejo através da janela estreita uma espiral de fumaça subindo da choupana do fazendeiro. Georgios está de volta.

Ninguém no palácio se importa com o que eu faço ou onde estou. Sei que Egisto mandou homens atrás do meu irmão. É a única hora em que a fachada de Clitemnestra racha; sua ansiedade reluz brevemente nos olhos quando os homens retornam de mãos abanando. Eu me pergunto se ela tem mais medo de que eles o encontrem ou de que ele continue desaparecido. Acho que vejo alívio em seu rosto quando eles relatam novamente que não há notícias. Mas, embora eles possam temer o que o filho de Agamêmnon é capaz de fazer, acho que todos esqueceram que estou aqui. Ainda assim, olho para os dois lados do corredor enquanto saio do palácio e sigo para a fazenda.

A visão familiar de seu corpo esguio é um conforto surpreendente, um bálsamo que eu não esperava. Quando me avista, vejo o rubor em seu rosto e fico feliz pela primeira centelha de felicidade que sinto desde a manhã do retorno do meu pai.

— Electra! — diz ele, correndo até mim.

— Orestes? — pergunto, olhando para trás para certificar-me de que ninguém me seguiu.

Georgios assente.

— Eu o entreguei a meus amigos. Eles o levarão à Fócida. O rei de lá, Estrófio, é casado com a irmã do seu pai. É provável que Orestes seja bem recebido lá.

Sinto uma pontada no peito. Orestes estará com a irmã do meu pai, entre nosso sangue. Eu me pergunto se ela se parece com ele. Quais histórias poderia compartilhar. Meus pensamentos devem estar estampados no rosto, porque posso ver a compaixão transbordando dos olhos de Georgios. Se ele falar com gentileza comigo, tenho medo de como posso responder.

— Então eu esperarei.

— Até Orestes voltar?

— O que mais posso fazer?

Georgios suspira.

— Orestes é um garoto — diz ele. — Vai levar anos até que possa voltar para cá, até que possa desafiar Egisto. Acha que pode ficar aqui, nesse palácio, vivendo ao lado dele e da rainha?

Desvio dos olhos dele, encarando com firmeza as encostas chamuscadas, vazias e marrons pelo calor implacável do verão.

— Não há outro lugar para mim.

Eu o escuto engolir em seco.

— Acredita mesmo que estará a salvo? À medida que Egisto se acostumar mais com o poder, acha que vai tolerar sua presença?

Apesar do brilho forte do sol, eu me abraço com força.

— Ele não vai me matar.

— Não precisa fazer isso. Se quiser se livrar de você, pode casá-la com qualquer homem que escolher. Pode enviá-la aos cantos mais distantes da Grécia, ou pior, se quiser você longe daqui.

Imagino não estar aqui para ver a justiça ser feita, vivendo do outro lado de um oceano quando meu pai for vingado, sem jeito de voltar.

— Eu não vou — digo, mas sei que não significa nada.

— Acha que terá escolha?

Ainda não me viro para ele. Olho para a frente com firmeza, mas não vejo as encostas escassas. Observo a tumba do meu pai, escura e silenciosa.

— Electra?

Sei que não posso ignorar o tom de pesar na voz dele, cheio de significado. Acho que sei o que ele vai dizer e queria poder impedi-lo.

— Egisto só vai ficar mais ousado com o passar do tempo. No momento, o poder dele é recente. Se você quiser escapar do que quer que ele tenha planejado, essa é a hora.

— Como vou escapar? — Minha voz soa inexpressiva.

Eu o ouço respirar fundo. Sua mão está em meu ombro. De repente, ele está muito mais perto de mim.

— Escolha seu próprio marido, Electra. Anuncie isso à sua mãe. Se o coração dela não for feito inteiramente de pedra, ela pode se compadecer de você, sabendo como lamenta a morte do seu pai. Se disser a ela, se for resoluta, então pode ficar em Micenas esperando a volta de Orestes.

Eu me encolho com seu toque.

— E quem será meu marido?

— Sei que sou só um humilde fazendeiro. Sei que você deveria se casar com um rei. Eu nunca ousaria propor isso se não pudesse manter você a salvo em Micenas até seu irmão voltar. Eu não iria… eu nunca…

Quando ele tropeça nas palavras, finalmente olho para ele. Seu rosto está tenso, e um leve rubor em suas faces beijadas pelo sol sugere seu constrangimento; eu mesma sou tomada pelo sentimento. Tudo que ele diz é verdade. E sei que a oferta é feita com gentileza.

Mas nunca imaginei que me casaria e, se me casasse, que seria com um homem como Georgios. Será essa a vitória da minha mãe? A raiva se inflama dentro de mim outra vez. Por ela tirar meu pai de mim, por eu precisar buscar proteção em um casamento que ele nunca teria escolhido para mim. Casamento com um homem que não é nada como Agamêmnon. Meu corpo se revolta contra o pensamento.

No entanto… se eu disser não, poderia ser muito pior. Sinto o nervosismo de Georgios vibrando no ar ao nosso redor. Tenho que lhe dar uma resposta. Sei que, se eu disser sim, posso deixar o palácio, me afastar de Clitemnestra, mas ainda ficar perto o bastante para vigiá-la, perto o bastante para contar os anos até Orestes voltar. Talvez seja o único jeito de realmente honrar meu pai.

— Sim — digo. — Vamos nos casar. Isso vai frustrar quaisquer planos que Egisto possa ter.

É uma aceitação estranha para um pedido de casamento. Pesa no meu coração, mais uma tristeza somada às outras que já carrego, me arrastando muito abaixo da superfície, ainda mais longe da luz. Embora ele me ofereça uma fuga, sinto outra porta se fechando em meu futuro.

Eu me obrigo a continuar, a dizer mais, embora saiba que as palavras vão feri-lo.

— Mas esse é o único motivo. Eu não daria essa resposta se a situação fosse outra.

— É claro. Eu entendo. — Ele assente. — Esperaremos juntos, até Orestes voltar.

Tomo sua mão. Meu amigo, o único que já tive. Queria ter mais em minha alma exausta para oferecer a ele em troca de sua gentileza, mas isso é tudo que tenho.

31

Clitemnestra

Tudo virou de cabeça para baixo em Micenas; nada está como deveria. Senti minha vida virar um tumulto quando levei minha filha mais velha para se casar e ela foi abatida como um animal diante dos meus olhos. Tudo que eu sabia de repente saiu dos eixos naquele momento, como cavalos sobressaltados em uma estrada vazia que dão pinotes e arrastam uma biga pelo terreno acidentado. O caminho que eu vira à minha frente — a vida calma e confortável que eu imaginara — desapareceu, e aprendi a navegar o terreno desconhecido do luto e da raiva até me familiarizar com toda pedra e vala que poderia ter me feito tropeçar de novo.

Mas agora matei o rei, e ninguém pode me punir. Meu amante clandestino saiu das sombras e desfila diante do mundo. E sinto de novo que o mundo se entortou, que meu aperto nas rédeas pode vacilar, que talvez eu não saiba o que há à frente. Porque novamente minha filha está à minha frente, agora me contando de seu casamento iminente: um casamento que não previ e que jogou tudo em uma nova confusão.

Não há felicidade no rosto de Electra quando me conta. Nenhuma suavidade em sua voz, nenhum brilho sonhador em seu olhar. Ela me olha fria e taciturna como sempre, e a única emoção que consigo detectar nela é um triunfo amargo.

— Um fazendeiro? — repito. Ela está ansiosa por uma briga, posso ver. Mantenho a voz deliberadamente neutra. — Isso é surpreendente.

Ela faz uma careta; não exatamente uma noiva feliz. Mas, claro, nada disso é como deveria ser. Nós nos tornamos uma família que desdenha das regras, e não posso começar a questionar sua proposta absurda — ela escolher seu próprio marido, um homem tão humilde — quando penso no que fiz. Devo proibi-la? Eu me casei com um rei, mas penso em tudo que aconteceu comigo. A nobreza do seu sangue não temperou a mácula da maldição que fluía por ele. Por que eu iria querer que minha filha seguisse meus passos? Se Electra fez sua escolha por amor, não me importo com quem se case. Já sou alvo suficiente para as fofocas de Micenas; não temo seus julgamentos sobre a minha filha.

Ela está esperando minha condenação. Acho que a ideia da censura a empolga muito mais que a perspectiva do casamento. *Estou tão cansada de me opor a ela,* penso. Além disso, refleti sobre o que ela disse a mim sob as leoas de pedra, quando o pânico de ver o quarto vazio de Orestes me fez pensar por um momento que ela tinha cometido a vingança mais terrível que poderia conceber. Nunca cogitou ferir o irmão. Mas Egisto... eu pensei sem parar no que ela disse sobre ele. Não posso ignorar suas palavras. Qualquer ameaça ao meu filho certamente virá do usurpador de Agamêmnon. Então, novamente me vejo atada a um homem que deseja matar um dos meus filhos.

Assassinar Agamêmnon foi minha obsessão por dez anos, toda a vida do meu filho. Foi como se eu caminhasse dormindo, sonhando com a morte do meu marido emaranhando-se com a de Ifigênia. Agora estou acordada e posso ver o que me perturba. Meu filho se foi, para muito além do meu alcance. Electra sabe para onde, tenho certeza, mas me odeia demais para contar. Se um dia desejo vê-lo de novo, devo suavizá-la. Fazê-la ver que o que fiz foi por ela.

E se ela se casar com um fazendeiro em Micenas, ainda terei uma filha aqui. Embora me despreze, ela estará por perto. Deve significar que ela não pretende fugir.

— Você não tem nada a dizer?

Percebo como o silêncio se estendeu entre nós.

— É uma escolha incomum — digo. — As pessoas vão comentar.

Ela me lança um olhar de profundo desprezo.

— Sobre mim?

— Se você não se importa, então eu também não me importo.

Minha brandura a enfurece.

— Não acredito em você.

— Pode se casar com ele, se é o que quer. Espero que a faça feliz.

— Eu nunca serei feliz. — Ela olha para além de mim, fervilhando de ressentimento. Eu me pergunto quem é esse Georgios. Nunca me dei ao trabalho de olhar com atenção para as pessoas ao redor do palácio, nunca reparei em Electra esgueirando-se até os campos ou conversando com ninguém. Não sabia que ela tinha um amigo, muito menos um amante. Eu me pergunto quais encantos ele vê na minha filha taciturna e raivosa. — E Egisto? — pergunta ela, seu tom mudando um pouco. Claramente, ela espera que ele lhe dê a reação que parece buscar. — O que ele vai dizer?

— Por que você deveria se importar com isso?

Acho que ela fica surpresa com minha resposta direta. Por anos, pisamos em ovos uma com a outra. Mas, desde que ela desafogou sua fúria sob as leoas de pedra, acho que ambas abandonamos a cautela. Parece imprudente, ousado, falar tanta franqueza, mas não vejo motivos para mais mentiras.

— Imagino que ele fará o que você disser. — Ela corre os olhos por mim, sua expressão mordaz, mas então dá um pequeno sorriso. — Ou não? Ele ainda faz tudo que você lhe diz, agora que acha que governa Micenas?

— Egisto é o rei — respondo placidamente. — Mas tenho certeza de que ouvirá meu apelo em seu nome e terá compaixão pelo seu luto. Se você encontrar conforto no marido que escolheu, não negaremos o seu pedido.

Parece que mil respostas estão fervendo em sua garganta, mas ela não fala — só se vira e vai embora a passos pesados. Quando sai, deixo o sorriso calmo cair do rosto. Não tenho a confiança que demonstrei na reação de Egisto. Comecei a me perguntar sobre meu cúmplice de assassinato, o homem com quem tramei todos esses anos. Ele é tão diferente do marido forte e bruto que matei. Eu via nele uma esperteza silenciosa, não uma autoridade ostensiva. Não pensei que era um rei com chances de se impor com muita força. Se for honesta, achei que o tinha na palma da mão. Sempre fui eu quem conduziu o planejamento, quem calculou o que fazer e como. Nunca sonhei que traria um homem para o palácio que ameaçaria meus filhos. Sozinho, Egisto não teria se vingado de Agamêmnon. Ele precisava de mim. Então, não acho que teria tomado a iniciativa, que teria a coragem para armar um plano por conta própria. Mas não consigo ignorar o que Electra me disse. Estou feliz que Orestes se foi. Ele não ficaria a salvo em Micenas. Caí numa armadilha que eu mesma montei: a fim de vingar a morte de uma filha, alistei a ajuda de um homem assustado e lhe dei poder. E seu medo pode levá-lo a descontar nos outros, como um animal encurralado.

Precisarei contar a Egisto do casamento de um jeito que pareça uma vantagem a ele. Considero a questão por todos os ângulos enquanto vou encontrá-lo. A tarde está quente, então imagino que estará jogado em um sofá no pátio. Como de costume, meus instintos estão corretos. Sorrio para seus guardas onipresentes quando passo por eles e não recebo nada em troca — igual à recepção de Electra. Parece que ninguém em minha casa jamais está muito feliz por me ver. Sento-me na beirada do sofá de Egisto.

— Tenho uma boa notícia. — Sorrio para ele, tentando infectá-lo com meu bom humor.

— Orestes foi encontrado? — pergunta ele, se apoiando num cotovelo.

Reprimo um arrepio.

— Não, é Electra. Ela encontrou um marido.

— Quê? — O rosto de Egisto se contorce.

— Ela escolheu um fazendeiro que se chama Georgios. Veio me contar hoje.

— Isso é uma piada?

— Por que seria?

Mantenho o sorriso firme, como se o que estivesse dizendo não fosse totalmente absurdo, como se meu tom casual pudesse ser suficiente para convencê-lo.

Ele se senta de vez, as mãos apertadas.

— Como ela pôde escolher um marido por si mesma? Que absurdo é esse?

— Eu sei... — começo, mas, para meu espanto, ele me interrompe.

— Garotas não podem escolher um marido! E ela não pode se casar com um fazendeiro! Os deuses tiraram a sua sanidade? — Ele me encara, o rosto ficando vermelho. — Sei que seu pai deu a você e Helena uma escolha de pretendentes, mas não é assim que as coisas são feitas. E sua irmã não é um bom exemplo para ninguém.

— Não é como as coisas são feitas — concordo. — Mas se eu fizesse o que era esperado de mim, teria entregado você aos guardas na noite em que invadiu o palácio. Teria esperado obedientemente o retorno do meu marido e nunca dito uma palavra de recriminação pelo que ele fez. — Respiro fundo. — Eu não protestei quando me disseram que Ifigênia seria dada a Aquiles. E veja onde minha obediência me levou.

Ele começa a falar, mas então se cala, confuso.

— O casamento dela pode ser arranjado; uma união vantajosa com alguém apropriado, um rei rico, muito longe daqui, talvez — continuo, e ele assente com veemência. — Tenho certeza de que podemos encontrar alguém que não tenha ressalvas com a nossa... situação incomum. — *Alguém preparado para fazer uma aliança com os assassinos de Agamêmnon,* penso. Talvez não fosse difícil de encontrar; quanto mais escuto sobre o comportamento do meu marido em Troia, mais percebo como o ódio que sinto dele deve ser compartilhado por muitos. — Mas então Electra ficaria muito além da nossa vigilância, em algum lugar com dinheiro e poder à disposição. — Não quero mencionar Orestes, lembrar a Egisto de qualquer ameaça que ele possa representar. Preciso proceder com cuidado. — Ela pode fazer amigos lá que ouviriam suas histórias e se compadeceriam dela. E se fosse capaz de persuadir o marido a trazer guerra a Micenas, vingar o pai por ela? — Estico uma mão sobre a dele. — Esse casamento que ela sugere é perfeito para nós. Ela não terá nenhum exército, nenhum recurso. Estará por perto, onde saberemos o que está fazendo. Acha que nos insulta ao fazer isso, mas é um presente para nós que ela não reconhece.

— Eu não tinha considerado por esse lado — diz ele devagar.

— Claro que não. Você ficou chocado, com bons motivos. Mas quando pensar um pouco em todas as implicações... — Deixo a frase no ar.

— Posso ver como isso seria benéfico. — Ele retorce os dedos.

Eu não insisto mais. Em vez disso, só o observo por um momento. Agamêmnon acabou de morrer; Egisto ainda tem que se acostumar com o seu poder. Nenhum de nós esqueceu que fui eu que empunhei o machado, enquanto ele se escondia em um canto distante do palácio. Mas, com o tempo, eu me pergunto se suas lembranças dos eventos podem mudar; se ele vai começar a imaginar um papel mais central para si mesmo. Não será vantajoso para sua imagem como rei de Micenas pensar em como seguiu atrás de minhas saias por uma década, ou recordar que se escondeu covardemente enquanto o crânio de Agamêmnon era estilhaçado em fragmentos. No momento, meus filhos são uma ameaça a ele, mas ele sabe que deve ter cautela. Quando se tornar mais confiante em sua nova posição, isso pode mudar. Sinto uma dor de cabeça começar a latejar nas têmporas. Ele quer Electra fora do caminho. Eu quero mantê-la a salvo. Ela quer me punir. Será que esse estranho casamento pode ser a saída para todos nós?

— A filha de Agamêmnon não deve se casar com um rei — reflete Egisto. — É melhor que se associe a um plebeu. — Seu rosto se ilumina. — Claro, tem que ser assim; não acredito que não vi antes.

Contenho a impaciência.

— Então assim será.

Eu me ergo, temendo que, se ficar mais, possa revelar minha raiva ao ouvi-lo falar da minha filha dessa forma. Ele exulta com a degradação dela, vendo-a como apropriada para a filha do inimigo. Mas ela também é minha filha.

Ele acena para me dispensar, embora eu já esteja saindo. Fora do pátio, caminho por todo o longo muro com vista para o vale, com aquela tumba ridícula central na paisagem, dominando tudo ao redor. Sinto aquele vazio dentro de mim de novo. Tive quatro filhos, penso. Sou grata pela submissão tranquila de Crisótemis, seu casamento fácil que a afastou do perigo. Egisto não teme seu espírito gentil: ela será deixada em paz. Mas Electra é ardente demais, raivosa demais. Pensei que, quando Agamêmnon estivesse morto, eu poderia fazê-la entender, mas isso só a afastou mais de mim, tornou-a imprudente, e assim ela se condena a uma vida tão abaixo de sua posição — para fugir de mim ou porque me despreza tanto que vai se humilhar pelo prazer profundo de me humilhar por associação? E Orestes… Orestes, cuja vida toda foi consumida pelo meu luto por Ifigênia, Orestes, que eu nunca aprendi a conhecer. Ele está perdido em algum lugar no mundo, e temo que Egisto não estará disposto a perdoá-lo.

Quanto a Electra, não consigo pensar na resposta. Não sei por onde começar. Mas meu filho… o único jeito que posso garantir sua segurança é encontrá-lo primeiro.

Olho para a tumba de Agamêmnon, grotesca em sua opulência. Ele merecia morrer cem vezes. Mas Ifigênia ainda está morta, e me atormenta pensar que, ao vingá-la, só causei mais sofrimento para meus filhos vivos. Em todos os anos que perdi para o luto, estou começando a perceber o quanto da vida deles também perdi.

De alguma forma, tenho que fazer preparativos para o casamento de Electra. Não sei como. Vamos celebrá-lo? Dar um banquete em honra a uma união tão estranha? O vestido cor de açafrão de Ifigênia esvoaça em minha memória. Seus olhos arregalados e sérios na luz baixa antes do amanhecer.

Balanço a cabeça para afastar a visão. Electra não vai querer nada de mim. Tenho certeza de que vai se exultar com a cerimônia mais parca possível. Mas, depois que isso for feito, como quer que seja feito, devo procurar Orestes. Não posso deixar essa tarefa nas mãos dos vigias ou de qualquer um cuja lealdade possa ser subornada ou obtida pela violência. Terei que sair em busca dele pessoalmente — e o primeiro lugar em que consigo pensar que ele pode estar é meu lar de infância, onde o irmão de Agamêmnon retornou em pleno triunfo com sua noiva recapturada. Terei que ir a Esparta.

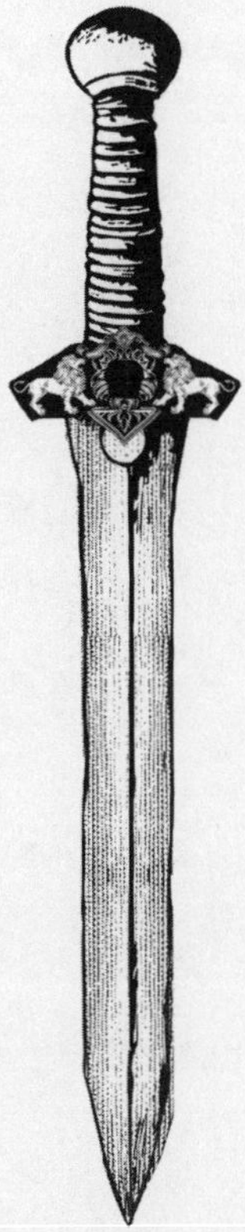

PARTE IV

32

Electra

Não penso sobre Georgios no dia do nosso casamento. Quando caminho até ele, é o rosto da minha mãe que vejo à minha frente, mesmo quando faço questão de não olhar para ela. Quero que fique muito decepcionada. Espero que a humilhação a queime por dentro. Minha própria humilhação nem cruza minha mente — Georgios é um homem melhor que Egisto; por mais pobre e humilde que possa ser, escolhi um marido superior ao dela de toda forma que importa.

Com Georgios, eu parecerei impotente e fraca, incapaz de conseguir reunir aliados para me vingar, então Egisto me deixará viver à vista do palácio, onde posso observá-los todo dia. Onde estarei pronta quando chegar a hora.

E ele é meu amigo. É leal ao meu pai. Com Georgios, posso manter a memória de Agamêmnon viva, e um dia recuperarei a grandeza da minha família.

Mas não sei se ainda existe em mim qualquer capacidade para o amor. Sinto-me muito mais velha do que sou, esvaziada pela perda. Não acho que conseguiria pôr um pé na frente do outro se não fosse pelo meu ódio. Ele me alimenta, me impele adiante, ruge dentro de mim, obliterando tudo mais que já fui ou poderia ser.

Depois do casamento, vamos juntos à tumba de Agamêmnon. Paramos lá fora, sob as estrelas.

— Ele foi o mais corajoso dos guerreiros — diz Georgios solenemente. — Egisto pode espalhar todas as mentiras que quiser, mas em Micenas nós sabemos. Nós lembramos.

Mas Georgios não se lembra dele, não mais do que eu. Ele mal viu meu pai. Está repetindo o tipo de coisa que seu pai costumava dizer. Ainda assim, fico grata por isso. Anseio por qualquer elogio a Agamêmnon, de qualquer um que ouse se recordar do rei com carinho. Há muitos deles, Georgios garante a mim; eles se mantêm escondidos enquanto Egisto reina, mas todos desejam ver o filho de Agamêmnon no trono. Eu o faço me contar, repetidas vezes.

No casamento de Crisótemis, houve banquetes e celebrações. Cada sorriso, cada nota de música e palavra feliz me irritou na ocasião. Como nossa família podia fingir ser feliz, sentir alegria ou amor? Prefiro esse silêncio e solidão. O suposto casamento de Ifigênia cruza minha mente. Minha irmã, só uma lembrança turva para mim, uma impressão anuviada de cabelo escuro e um sorriso com covinhas. Ela terminou aquele dia no escuro, em um lugar silencioso e vazio. Em paz. Acho que pode ter sido a mais sortuda de nós três.

Estremeço de leve no ar frio e Georgios põe o braço ao meu redor. Encaro a entrada da tumba do meu pai.

Nos primeiros meses de casamento, eu tento. Estou grata por não ter que pisar no meu antigo quarto, por nunca mais ter que olhar para o lugar onde meu pai começou sua caminhada até a morte. Quando acordo, gritando para que ele pare e se vire, para não pisar naquelas tapeçarias que ela estendeu, Georgios está ao meu lado para oferecer o conforto que pode.

Podemos ver o palácio de nossa casa. Ele reluz e cintila sob o sol. Para minha vergonha, há dias em que não consigo me impedir de me lembrar da sombra fresca do pátio no verão, das paredes com pintura vívida, da fragrância de carne assada e da doçura do mel dissolvendo-se no vinho.

Antes, quando pensava na pobreza, eu achava que seria preferível à visão de Clitemnestra e Egisto. Pensava que não ver seus rostos arrogantes e seus sorrisinhos convencidos faria a vida aqui luxuosa em comparação. Pensei que ir embora me compraria minha dignidade. Mas não há dignidade na pobreza. É uma existência opressiva e extenuante, e toda manhã acordo e encaro as paredes secas e nuas, que parecem se encolher a cada dia ao meu redor.

Claro, sou completamente incompetente em tudo que tento fazer, e os sorrisos indulgentes de Georgios dão lugar a um horror silencioso quando queimo pão, esqueço de pegar água e deixo famílias de aranhas se instalarem em todo canto de nossa casa com suas teias. Ele trabalha dias exaustivos e intermináveis nos campos e, quando volta para casa tão cansado e me encontra ainda atolada em desespero, as conversas fáceis da nossa amizade passada parecem impossivelmente fora de alcance. Eu me preocupo que ele se arrependa de ter se prendido a mim e à minha infelicidade, embora me diga que não é o caso.

Ela não vem mais para cá. Tentou algumas vezes, ridícula em seus trajes elegantes, com sua compostura inabalável, à porta da minha choupana. Queria me dar coisas — joias, ouro, berloques preciosos. Todos pertencentes a ela. Nada do meu pai.

— Eu não quero. — Cansei de dizer isso a ela. Nunca mencionei suas visitas a Georgios, muito menos seus presentes. — Não quero você aqui.

Ela franziu o cenho na última tentativa, sua testa perfeita vincada de confusão.

— O que eu posso fazer?

Meus braços estavam apertados ao redor do corpo. Fixei os olhos no quadrado de céu atrás dela.

— Vá embora. E não volte.

Ouvi o tremor em sua inspiração. Um longo silêncio. Quando ela falou, sua voz estava fria.

— Ele teria matado você. Crisótemis. Orestes. Qualquer um de vocês. Todos vocês, se isso comprasse a guerra dele.

Balancei a cabeça. Ela não tinha nada novo a dizer, só os mesmos argumentos repetitivos. Eu estava exausta demais para lhe dizer de novo.

— Queria que ele tivesse matado.

— Achei que você veria também, quando ele não estivesse mais aqui. Eu garanti sua segurança.

— Segurança? Do jeito que Orestes está seguro?

— Está? — sussurrou ela. — Você sabe disso?

Com isso, olhei para ela. Eu aprendera o suficiente com essas conversas para saber o que colocaria o dedo na ferida, o que lhe daria um gosto da dor que eu suportara todos esses anos esperando notícias do meu pai enquanto ela desviava o rosto.

— Não. Ele pode estar morto. E, se eu soubesse, nunca contaria a você.

O rosto dela endureceu.

— Você não precisava escolher isso, Electra — disparou ela. — Ainda não precisa.

Ela se virou e foi embora.

— Você está errada — eu disse ao espaço vazio onde ela estivera. Eu não tive escolha alguma.

33

Clitemnestra

— Menelau vai matar você assim que pisar em Esparta — diz Egisto, balançando a cabeça, incrédulo.

— Levarei guardas para me proteger. Vou abordar Helena em segredo. Menelau nem vai precisar saber que estou lá — insisto.

— Se ele estiver abrigando Orestes…

— É o único lugar onde ele pode estar — digo. — Minha irmã é a rainha de lá; eu estarei a salvo. Conheço bem a cidade, posso me mover sem ser vista. Mas Orestes tem que estar lá. — E, se estiver, tenho certeza de que Helena me ajudará a encontrar algum lugar mais seguro para ele. Juntas, podemos levá-lo para bem longe do alcance dos homens de Egisto.

— E você o trará de volta a Micenas?

— É claro.

Eu me pergunto se ele acredita em mim; se pensa que confio o suficiente nele para trazer meu filho de volta para cá. Se encarar o que eu fiz com Agamêmnon como uma lição, talvez não ousaria ferir um filho meu. Será que é absurdo pensar que ele faria isso? Deixar a semente envenenada que Electra plantou em minha mente se enraizar na minha cabeça? Ela falou com despeito; ainda assim, não posso só ignorar a possibilidade. Isso não é algo que posso deixar ao acaso.

Egisto pode pensar que eu trarei Orestes para casa, como prometo, ou pode saber que planejo escondê-lo ainda melhor. Pode pensar que essa é sua oportunidade de me trair, me usar para encontrar meu filho e acabar com tudo. Não sei. Nunca sonhei que Agamêmnon mataria nossa filha — como vou saber se Egisto rumina a mesma violência terrível? Ele queria tanto matar meu marido, por que não também meu filho? Sei que os anos que passei com ele não são defesa alguma; Agamêmnon não teve nenhuma pena ou respeito por mim como sua esposa, nada que o impedisse de usar sua faca. Será que acho que Egisto é tão melhor que ele? Devo ter pensado assim, mas receio que estivesse errada de novo. Meus dedos se cravam com força nas palmas.

— Se você acha que ele está mesmo lá…

— Aonde mais ele iria?

Egisto dá de ombros.

— E você consegue falar com Helena em segredo? Tem certeza de que não será vista?

Eu rio.

— Menelau nunca vai ficar sabendo que estive lá.

— Então vale a pena descobrir — diz ele.

Assim, eu me vejo partindo em uma carroça novamente, dessa vez embrulhada em uma capa simples, na estrada para Tirinto. Viajo flanqueada por guardas, homens de Egisto, que até onde sei podem ter ordens de assassinar Orestes no momento em que o virem. Preciso que garantam minha passagem segura na estrada; que passem uma bolsa pesada de moedas ao capitão do navio mercante no porto de Tirinto em pagamento pelo meu lugar discreto na jornada até Gitão, escondida da tripulação. Quando parti de Esparta como uma noiva real, tantos anos atrás, foi uma viagem totalmente diferente. Dessa vez, eu sou contrabandeada a bordo como um saco de grãos, os gritos bruscos dos homens se misturando com a batida das ondas nas laterais de madeira do navio até minha cabeça doer. Fico aliviada quando o navio atraca, e o esperamos se esvaziar antes que o capitão venha nos libertar. A brisa fresca e salgada é uma benção quando ouso erguer o rosto para o céu e olhar por debaixo do capuz pesado da capa.

As tábuas de madeira rangem com o movimento da água embaixo de nós, e o capitão espera respeitosamente enquanto eu fito o horizonte por um momento, grata por estar livre do meu disfarce claustrofóbico.

— Aquela ilha ali é Cranaé — diz ele, assentindo para uma pequena faixa de terra coberta de árvores do outro lado do mar a uma pequena distância de onde estamos. — É para onde os troianos levaram a rainha quando a roubaram de Menelau. Antes de voltarem a Troia. — Sua voz está carregada de significado.

Então é assim que estão contando a história aqui. Uma vez que Menelau escolheu perdoar o adultério de minha irmã, a história oficial, ao menos, deve ser que ela foi levada à força. Eu me pergunto o que ela sentiu; que escolha ela teve, se é que teve alguma. É minha própria irmã gêmea, mas não consigo nem imaginar. Toda a morte e destruição que os seguiriam pelo oceano; os anos de guerra incessante que lhes comprou sua fuga. Será que ela tinha alguma ideia de quão longe o sofrimento se alastraria, de como seus ramos iriam se enlaçar a tantos outros? O sangue de minha própria filha foi trocado por um vento a soprar um exército pelo mar na direção deles.

Na estrada, conforme nos aproximamos de Esparta, começo a pensar no que direi a Helena quando a vir. Só vinha pensando em Orestes; agora, uma centena de outras perguntas surgem em minha mente. Ainda não decidi como começar quando as carroças param. Sei que ainda estamos a alguma distância do palácio de Esparta, então ninguém será alertado sobre nossa chegada. Vou entrar a pé, em segredo, assim como Egisto em Micenas quando tudo isso começou. Saio no crepúsculo, ao lado das margens do largo rio Eurotas. O ar ainda está silencioso e estagnado, com uma fragrância que me faz voltar muitos anos no tempo, e sou tomada de repente por uma saudade profunda. Um anseio que não é só nostalgia pelo meu lar de infância, mas pela época antes que a guerra estraçalhasse nossas vidas; uma época antes de os pretendentes encherem nossos salões clamando por Helena; uma época em que tudo era insignificante e uma tarde podia passar sem que notássemos, quando eu podia me deitar ao lado do rio com minha irmã e não falar de nada que importasse.

Quando alcançamos o palácio, digo aos guardas para esperarem escondidos além da entrada enquanto eu sigo em frente. Eles se remexem, desconfortáveis, mas insisto. Conheço este lugar; foi minha casa por muitos anos. É fortificada contra invasores, mas como uma mulher anônima posso entrar discretamente, através das passagens secretas que só alguém que já morou aqui conheceria.

A noite caiu, mas o palácio está vivo; tochas queimam e escravos andam de um lado para o outro nos jardins. Posso ouvir os relinchos distantes dos cavalos nos estábulos e, do coração do palácio, sons de música e risadas flutuam na brisa. Observo com cuidado, escondida nas dobras da capa, e julgo o momento em que posso atravessar a abertura secreta na parede que me recordo de nossas travessuras de infância, ficando aliviada por ainda encontrá-la. Mantendo os olhos abaixados, parecendo com qualquer outra escrava, sem atrair a atenção de ninguém, atravesso rapidamente o pátio e entro por uma porta aberta. Não piso neste lugar há mais de vinte anos, mas parece tão familiar quanto se tivesse sido ontem que Helena e eu sussurrávamos nossos segredos nos corredores. Tento controlar uma onda de emoção.

Enquanto o centro do palácio permanece movimentado, e escravos passam entre as cozinhas e o grande salão, fico onde está quieto e calmo. Conheço o caminho até os aposentos da rainha; se conseguir chegar lá sem ser notada, posso aguardar minha irmã. Mesmo se ela ficar acordada, comendo e bebendo até as primeiras horas da manhã, eu posso esperar. Porém, quando empurro a mão contra a porta pesada que levava aos aposentos privados de minha mãe, escuto alguém lá dentro.

Não tenho medo. Não paro para pensar que pode ser alguém que não Helena, então, quando empurro a porta, não sinto a menor surpresa ao vê-la parada ali, virada para mim. O mesmo não pode ser dito dela; seu rosto está tomado pelo choque e pela descrença.

— Não grite — digo.

Seus olhos me percorrem, absorvendo a visão.

— Claro que não. — Ela continua parada, congelada no lugar. Um fogo baixo arde na tigela rasa na mesa ao seu lado, e vejo um maço de ervas amarradas e uma faquinha em sua mão. — O que... o que está fazendo aqui?

— O que acha?

Com um tremor, ela parece se libertar de um transe.

— Uma visita? Agora? Arriscou ser pega só para vir me ver?

Meu coração martela no peito.

— Por que não? Você está horrorizada? Quer me entregar ao seu marido?

Ela ri, um som um pouco atordoado.

— Claro que não! Só não consigo acreditar; me pergunto se não é um sonho! Venha. — E ela solta a faquinha e vem em minha direção com os braços abertos.

Eu não a impeço de me abraçar. Seu cabelo é suave contra minha bochecha. Menelau viveu em uma tenda humilde numa praia estrangeira por dez anos para a ter em seus braços de novo: homens incontáveis morreram por isso; meu marido assassinou a própria filha pelo privilégio de recuperar Helena. Nesses longos anos, ela se tornou algo maior que si mesma, maior do que uma mulher poderia ser. Não consigo conciliar todo esse derramamento de sangue com minha irmã.

— Mas o que veio fazer aqui, de verdade? — pergunta ela, recuando e examinando meu rosto com cuidado. — É um lugar perigoso para vir, tão pouco tempo depois de...

— Não foi perigoso para você também? — pergunto. — Voltar para cá? Eu não sabia se Menelau traria você de volta, se a deixaria viver. Onde ele está?

— Comendo seu banquete no grande salão — responde ela. — Eles estão trocando histórias de Troia e ficando sentimentais, como sempre. É por isso que vim embora.

— Não sentirão sua falta?

Ela encolhe os ombros, lânguida e graciosa.

— Eu só pretendia me ausentar por alguns instantes. — Seus olhos se voltam à mesa, às folhas secas espalhadas ali. — Mas Menelau não vai questionar se eu demorar mais. E, se você for descoberta, tenho certeza de que posso suplicar por sua vida.

Ela sorri e, na luz suave do fogo, poderia ter dezesseis anos de novo, tão confiante e segura de si. Helena de Esparta; uma multidão de homens se acotovelou em nossos salões, pronta para oferecer qualquer coisa para tê-la. O casamento, a maternidade, dez anos de um cerco amargo e batalhas sangrentas e suas consequências — e ainda assim nada mudou para ela.

— Sente-se — diz ela. — Vou pedir vinho.

Eu me sento no sofá macio enquanto ela vai até a porta com passos suaves, e escuto suas instruções murmuradas a uma escrava de passagem. Sinto uma pontada de irritação, mesmo quando ela volta com um jarro de vinho, sua fragrância doce no ar. Preciso da ajuda dela, me lembro. Meu filho é tudo que importa. A escrava também trouxe pão, o que me lembra de que estou com fome. Arranco um pedaço, desejando ter a força para recusar a hospitalidade dela. Enquanto como, ela pega a faca de novo, fatiando as ervas na mesa rápida e habilmente, depois as varrendo com a mão para enfiá-las numa bolsinha que amarra ao cinto. Então puxa uma banqueta para perto e se senta, me encarando com expectativa. O peso de tudo que tenho a dizer parece demais para suportar, e procuro qualquer coisa para adiar a conversa.

— Ervas? — pergunto.

— Uma mistura tranquilizante — diz ela. — Dissolvida no vinho, elas aliviam o espírito e ajudam um homem a esquecer sua tristeza.

Imagino Menelau, chorando no banquete por tudo que perdeu em Troia. Vejo a bolsinha pendurada na cintura de Helena e inspiro com força.

— Por que você foi? — pergunto de repente. Eu não sabia se faria essa pergunta, se demonstraria minha fraqueza ao perguntar o que todos devem querer perguntar a ela, mas estou igualmente desesperada para saber.

— Por que pergunta? — Seus olhos estão fixos em mim. — Acha que nossos exércitos nunca teriam ido a Troia se eu não tivesse ido?

Eu não respondo.

— Os que voltaram para casa retornaram em navios carregados de butim e mulheres. Os bardos cantam toda noite de sua coragem, suas glórias, da fama que conquistaram lá. E Troia, a cidade que todos achavam inexpugnável, foi completamente destruída. Acredita mesmo que aqueles mil navios carregavam homens que só queriam devolver uma esposa ao seu marido? — Ela ri. — Eu observava das torres de Troia todo dia. O campo de batalha estava cheio de grandes guerreiros. Todos diziam que os deuses caminhavam ao lado de seus heróis escolhidos.

— Os bardos cantam sobre você também.

Uma mulher, filha de Zeus, no coração de sua história. A guerra de Troia tratava-se de uma mulher, pelo menos para mim: minha filha, a primeira deles a morrer. Não quero falar o nome dela, não neste quarto, onde minha mãe costumava se vestir e Helena e eu brincávamos juntas, no que parece ter sido uma dezena de vidas atrás.

— Tenho certeza de que sim. Mas você veio até aqui só para me perguntar isso?

Suspiro. Muitos filhos de Zeus lutaram naquele campo de batalha, conquistando seu lugar nas lendas. O que a filha dele deveria ter feito? Se fosse escolha minha, ela teria ficado lá. Se fosse escolha minha, nenhuma mãe teria perdido seus filhos. Helena poderia ter permanecido do outro lado do oceano para sempre.

— Meu filho, Orestes, nasceu logo depois de… logo depois de os gregos partirem para Troia. Agora ele desapareceu. Eu tinha esperança de que ele tivesse vindo para cá.

Ela já está balançando a cabeça.

— Não ouvimos nada de Orestes.

Meu estômago embrulha.

— Nada?

— Não. — Ela faz uma pausa. — Ficamos sabendo o que aconteceu com Agamêmnon, claro. Mas seu filho não buscou refúgio conosco. Eu não esconderia de você se ele tivesse, jamais.

Viro o rosto. Lágrimas ardem em meus olhos, que estou determinada a não deixar cair. Será que ele poderia ter morrido na jornada até aqui? Claro que poderia. Bandidos, feras, qualquer um leal a Egisto, qualquer ladrão oportunista ou amigo falso pronto a traí-lo por ouro ou favores. Ele poderia ter sido enterrado às pressas na beira da estrada, jogado no mar ou deixado no chão para os corvos em qualquer ponto entre Micenas e Esparta.

Ou poderia ter sido levado a outro lugar, qualquer lugar no vasto mundo além daqui. Poderia estar escondido na menor das ilhas ou numa vasta cidade. Onde vou encontrar uma única criança em toda a Grécia?

— Aonde quer que ele tenha ido, vamos descobrir — diz Helena. — Coragem, vamos encontrá-lo a tempo.

Assinto, desanimada.

— Se ele vier para cá, não vai querer que você me conte.

— Não vou deixar que ele saiba, mas enviarei uma mensagem a você assim que ouvir qualquer notícia do seu filho, prometo. — Ela segura minha mão. — É provável que ele venha até aqui, para buscar o irmão do pai. Mas devo dizer a você que Menelau não tem mais apetite para lutar. Nem para vingar Agamêmnon. Posso falar em seu nome, se Orestes chegar aqui: ele ouvirá sua causa. — Ela hesita. — Quando ouvi que você teve um filho, pensei na minha filha. Que eles poderiam se casar um dia, tornar nossas casas próximas de novo.

Tento imaginar isso. É tão fácil para Helena desenhar um futuro, vendo anos à frente como as coisas poderiam ocorrer em nosso benefício. Desde Áulis, eu só fiz um único plano, e ele está realizado. Não tenho ânimo para pensar no que pode acontecer; não tenho fé para imaginar que as coisas se darão a meu favor.

— Meus guardas estão esperando fora dos muros do palácio — digo. Puxo a mão dela e me levanto. — Eu tenho o que vim buscar, devo voltar antes que eles venham me procurar.

— Fico feliz que você veio — diz ela suavemente. — Foi corajoso arriscar.

Mordo a língua.

— Volte ao banquete — digo. — Eu vou me esgueirar pelo mesmo caminho por onde entrei.

Ela se ergue.

— Vou procurar notícias de Orestes. Avisarei você de qualquer coisa que descobrir.

Eu a deixo me abraçar. Precisava vir aqui, ver por mim mesma. Tenho certeza de que não está mentindo, de que não sabe nada do meu filho, mas a urgência que me trouxe até aqui se foi, e eu não sinto nada exceto uma grande decepção e cansaço.

— Adeus — sussurra ela em meu ouvido, então sai do quarto.

Observo de sua porta para garantir que nenhuma pessoa está por perto. Dou um pulo quando alguém fala, mas não é a voz retumbante de Menelau, e sim um tom suave e feminino.

— Mãe — diz ela, e vejo uma jovem mulher sair e pegar o braço de Helena no final do corredor.

— Hermione, você veio me procurar?

Assisto enquanto ela entrelaça o braço com o da filha, puxando--a para perto enquanto elas caminham juntas, sua conversa esvanecendo enquanto desaparecem.

Hermione, a filha que Helena deixou para trás. Ainda aqui em Esparta, esperando a mãe por todos esses anos desde que Helena a deixou. A fúria desabrocha dentro de mim, embora eu saiba que minha raiva não vai me ajudar. Por que me revoltar contra a sorte da minha irmã? Isso não vai trazer nenhum dos meus filhos de volta.

34

Electra

— Electra! Temos notícias.

Georgios está parado na nossa porta com outra figura, alguém que não reconheço à distância. Nunca recebemos visitantes. Quase deixo cair a jarra de água que estou carregando. Eu a coloco com cuidado no chão, tentando acalmar as batidas do meu coração. Não quero ter que andar de volta para coletar mais se derramar tudo. Não me permito esperar que se trate de Orestes. Caminho até eles com toda a firmeza possível, meus olhos examinando o desconhecido em busca de detalhes. Ele está vestido em trajes rústicos, um camponês como Georgios — como eu, agora. Não há nada familiar nele, nem qualquer luz de reconhecimento em seus olhos.

— Chegaram notícias de Odisseu. — Georgios parece mais preocupado com isso do que eu esperaria. Não consigo entender por que importa tanto.

— Odisseu? — Balanço a cabeça, confusa. — Ele não morreu?

— Está vivo, tantos anos depois da guerra — diz Georgios. — Todo mundo está falando sobre isso, sobre o que ouviram.

— O que isso tem a ver conosco?

Que sorte para a esposa e o filho de Odisseu tê-lo de volta tantos anos depois do fim da guerra. Eu teria esperado de bom grado, pelo dobro do tempo, se significasse que meu pai poderia voltar vivo.

O desconhecido limpa a garganta.

— Ele esteve em todo tipo de lugar. Há muitas histórias, mas ninguém em Micenas pode falar a respeito.

— Por que não?

Ele abaixa a voz, embora nenhuma pessoa esteja visível em qualquer lugar perto da nossa choupana deserta.

— A rainha e Egisto têm espiões que constantemente buscam informações sobre seu irmão. Mas nem sempre são tão discretos, especialmente quando o vinho solta suas línguas. Um deles retornou de Esparta recentemente, onde estão sempre monitorando caso o rei Menelau abrigue Orestes, e ouviu a história toda recontada ao rei por um arauto.

Mal consigo respirar.

— Odisseu encontrou Orestes? É isso?

Ele balança a cabeça.

— Não Orestes. Dizem que Odisseu foi a lugares muito mais estranhos: que Posêidon o queria morto e afundou seus navios, que ele teve que batalhar com monstros e buscar refúgio com ninfas, que foi Atena quem o guiou para casa por fim.

Georgios interrompe:

— Odisseu alega que esteve no Submundo. Que falou com os mortos.

Sinto um calafrio.

— Como isso pode ser verdade?

— Não sei. Mas dizem que ele falou com Agamêmnon.

As palavras são como um soco, me atingindo com tanta força que acho que minhas pernas vão fraquejar.

— Ele viu meu pai.

Recuso-me a acreditar; não pode ser verdade. Se for verdade, é insuportável. Por que Odisseu, um homem que todos achávamos que estava morto anos atrás, teria a chance de ver meu pai e voltar para casa vivo e triunfante? A raiva arde em meu peito.

Georgios dá um passo em minha direção, preocupado, estendendo a mão para me firmar.

— Achei que você gostaria de saber.

— Eu quero! Por favor, me conte o resto — digo ao outro homem. Ele tem toda a minha atenção. Preciso saber o que estão dizendo sobre meu pai, quer seja verdade ou não.

— Ele velejou pelo oceano para encontrar o lugar, um rio que flui no subterrâneo até a casa de Hades. Fez libações lá e sacrificou um carneiro para atrair os mortos. Os fantasmas se ergueram para beber o sangue e Agamêmnon estava entre eles.

Fecho os olhos, sobrecarregada por um momento. Meu pai, o rei, o líder do maior exército que o mundo já conheceu, reduzido a um espectro disputando sangue de carneiro.

— Continue.

— Ele contou a Odisseu como morreu, como é vergonhoso ser assassinado por uma esposa traiçoeira. Implorou por notícias do seu filho, mas Odisseu não sabe nada de Orestes, nem de nada que aconteceu aqui. Eles choraram juntos.

— Electra? — Georgios soa preocupado.

— Todos sabem. — Posso imaginá-los falando, as fofocas se espalhando de novo, suas palavras afiadas. Meu pai foi assassinado há muito tempo, mas sua morte ainda não foi vingada; Orestes se foi e ninguém ousa sussurrar uma palavra sobre ele. E agora isso: um boato de Agamêmnon da Casa de Atreu, o chefe de nossa família, lamentando a perda de sua reputação, que é maculada a cada dia em que o filho não volta para punir seus assassinos. — Todos sabem como somos uma decepção para ele.

Georgios está balançando a cabeça veementemente.

— Vocês não são uma decepção. Nem você, nem Orestes. Não é isso que pensam. Foi Clitemnestra quem o traiu, é só ela que o povo condenará pelo sofrimento dele.

— Como podem não nos condenar também? — Posso ouvir como minha voz sai estridente. — Meu pai está sofrendo no Submundo, desesperado pela justiça que ainda não foi feita!

— Isso não é culpa sua.

— Ele não consegue ter paz — sussurro, e Georgios me toma nos braços.

Gostaria que não fizesse isso. Não quero conforto. Não há conforto para meu pai; nada exceto uma sede amarga por vingança, um sofrimento pior do que Tântalo em seu lago desolado.

Acordo cedo e fico parada na porta, vendo as estrelas desaparecerem do céu escuro. Ele surge atrás de mim, apoia as mãos em meus ombros, e quando permaneço imóvel e indiferente, escuto-o suspirar enquanto se afasta. Meus pensamentos sempre retornam àquele abismo onde o fantasma do meu pai vaga insatisfeito. Exausta, volto para dentro e procuro nas sombras a faquinha que mantenho para esse propósito. Sinto os olhos de Georgios me seguindo quando puxo uma mecha de cabelo e a corto com a lâmina. As pontas estão irregulares, e sinto um prazer feroz ao imaginar minha aparência selvagem. Faz anos desde que uma criada penteou meu cabelo e se ocupou com minhas roupas, tentando me transformar em algo que não sou. Eu me delicio com as roupas simples e o cabelo emaranhado: "A filha de Clitemnestra", as pessoas sussurram quando me veem, notando minha degradação, o modo como ela me deixa viver. Desprezo a pena que recebo das outras mulheres; nunca falo de meus sofrimentos, então elas acreditam que fui expulsa do palácio, que ela me casou com um plebeu para me exilar da família. Ninguém acreditaria que eu me afastei voluntariamente.

— Você vai levar outra oferenda à tumba? — pergunta Georgios. Seu tom é baixo e comedido.

— Meu pai está morto — respondo. — Isso é tudo que posso fazer por ele.

— E quando tiver cortado cada fio de cabelo?

— Acha que eu não deveria mais lhe prestar honras?

— Claro que deve. Eu também presto.

— Então por que desaprova?

Ele parece tão cansado.

— Sinto muito por ter contado sobre Agamêmnon no Submundo. Também me dói pensar nisso.

Caio na banqueta à frente dele.

— Foi você quem me contou quem minha família realmente é. Como sofremos, como somos amaldiçoados. Os deuses não nos perdoarão até fazermos justiça. Precisamos fazer os assassinos pagar.

Ele abaixa os olhos e encara a mesa.

— Não sei mais se isso é verdade.

O ar sai de mim em um sibilo.

— Como assim?

— É isso que os deuses querem? — pergunta ele. — Se fizermos isso, eles ficarão satisfeitos?

— Não entendo.

— Você viveu sob a sombra dessa maldição a vida toda. Aprendeu com a história de sua família que o sangue deve ser retribuído com sangue. Mas eu fui um fazendeiro e trabalhei nas terras do seu pai durante toda a minha vida. Aprendi como tudo morre e volta de novo, como aramos e colhemos todo ano. Aprendi os ritmos das estações, e como até o inverno mais severo sempre é seguido pela primavera. — Ele endireita os ombros e se senta mais ereto. — É um ciclo que muda constantemente, mas continua sempre o mesmo. E a maldição da sua família também é assim. Desde Tântalo, seus ancestrais fazem a mesma coisa uns aos outros. Há um crime terrível, uma dor insuportável e então uma vingança, e em seguida tudo começa de novo. Sei que é difícil para você ver estando em meio às tempestades e que é impossível imaginar que a terra morta jamais vai gerar outra safra. Mas vai, sempre vai.

— Mas se não nos vingarmos, se meu irmão deixar os assassinos do meu pai saírem impunes, o que os deuses farão? É nosso dever. — Aperto a mecha na mão, a única coisa que posso dar a meu pai até Orestes voltar. — Uma mulher não pode matar o marido, um usurpador não pode roubar um trono, sem que nenhum dos dois pague por isso. É um insulto aos deuses, à minha família, a tudo.

— Mas onde isso vai parar? — Sua veemência me choca. Nunca vi Georgios assim. — Você não consegue ver que só continua, vez após vez? Os deuses demandam sua justiça, mas nós sofremos por isso, sempre.

— Bem, o que mais deveríamos fazer?

— Você podia ser feliz. — Ele estende a mão sobre a mesa e toma a minha. — Você escapou de sua mãe e de Egisto. Eles não têm mais nada a ver com a sua vida.

Puxo a mão de volta.

— Meu pai está morto por causa deles.

— Muitas pessoas têm pais mortos, Electra.

São quase as mesmas palavras que eu lancei contra Clitemnestra uma vez. Eu tinha jogado minhas recriminações contra ela: muitas mães perderam filhas, acontece todo dia, por que ela teve que passar a vida planejando vingança? Eu me remexo, desconfortável. Odeio lembrar que sou filha dela; odeio pensar que aprendi com ela o que eu conheço.

— Talvez essas pessoas tenham outros familiares — digo por fim. — Mas eu também perdi meu irmão. Perdi tudo.

— Mandamos Orestes para viver com seu tio, um rei — diz Georgios. — Nós o mandamos para uma vida segura e feliz.

A impaciência me consome.

— Como você sabe? Mesmo se vive como um príncipe, isso não é garantia de segurança. Ele pode ser jogado do cavalo enquanto caça, ser atacado por um javali, ser lançado da biga em uma corrida e esmagado sob as rodas. Doenças podem matá-lo; nenhuma riqueza no mundo pode curar uma peste. Ele pode estar na terra, enterrado sem o toque da irmã.

E se não estiver morto, não acrescento, *talvez desfrute demais do luxo de sua vida para arriscá-la.* Como Crisótemis, que nunca falou uma palavra contra nossa mãe, que se escondeu nos confortos do seu casamento rico, que nunca teria ousado suportar como eu suportei. Eu não a vejo desde o dia do seu casamento, desde que o seu marido a levou embora para outro palácio, para longe daqui, longe de mim e de qualquer chance que eu poderia ter de convencê-la a ser minha aliada, minha irmã novamente. Ela poderia muito bem estar morta também; todos eles apodrecendo na terra enquanto Clitemnestra bebe vinho e ri com um homem usando as vestes de Agamêmnon, sentado no trono de Agamêmnon, empunhando o cetro de Agamêmnon.

— É verdade, não sabemos — diz Georgios. — Mas você está viva, e sua vida está passando. Como Atlas, sustentando o peso do céu, incapaz de se mover sob o peso terrível, você está presa, esperando que Orestes o erga para você. — A tristeza dele é palpável. — Mas eu sempre estive aqui ao seu lado e posso suportá-lo com você, se me deixar. Se puder abrir mão dessa vingança.

Não posso ouvir isso. É a diferença entre Georgios e eu, o abismo sempre crescente que nos separa um do outro. Ele não tem o sangue da Casa de Atreu. Seu pai morreu em paz, deixando o mundo mortal como se adormecesse. Georgios não tem que imaginar a sombra dele chorando no Submundo, implorando por justiça, senão saberia que isso justifica uma vida de sofrimento. Apertando a mecha cortada, vou até a porta.

— Eu não vou desistir, mesmo que você esteja cansado de esperar — digo.

Lá fora, o ar continua imóvel e escuro, o mundo ainda não começou a despertar. O único som que consigo ouvir são os gorjeios lamentosos do rouxinol, uma nota suave e solitária no silêncio. A canção dela é tão triste. Será que ela se lembra de quando era uma garota humana? Filomela, tomada pelo marido da própria irmã, que arrancou sua língua quando terminou para que ela nunca pudesse falar a respeito. Ela teceu seu testemunho em uma tapeçaria e, quando a irmã a viu, matou seu próprio filho e o deu para o pai comer em punição. Agora Filomela tem uma voz de novo, transformada pelos deuses em um pássaro triste e solitário cujo lamento soa na escuridão antes dos primeiros raios de sol. A lenda de sua família é tão parecida com as histórias que contam dos meus próprios ancestrais, mas nenhum deus teve pena de mim e me deu penas e asas para voar para longe deste lugar. Estou condenada, tanto quanto ela, a exprimir apenas tristeza, mas devo suportá-la neste corpo.

Repetidamente, sou atraída até a tumba. Vez após vez, deixo oferendas: uma mecha de cabelo, um cálice de vinho vertido no chão, as primeiras frutas da primavera, que deixo aqui para apodrecerem até se desmancharem sozinhas. Não sei por que ainda faço isso. Anseio por acreditar que meu pai está aqui, em algum lugar nas cavernas da terra; que sabe que eu presto honras a ele; que isso lhe traz algum consolo nas sombras do Submundo. Mas minha piedade e minha devoção não recebem recompensa.

Incontáveis vezes eu chorei alto e por muito tempo na silenciosa entrada de pedra, arranhei a pele das bochechas e rangi os dentes em desespero. Mas hoje as lágrimas que brotam em meus olhos vêm fácil, caem gentilmente e batem no chão sem angústia e sem raiva. Meu pai não está aqui. Se tivesse vivido, eu estaria em algum outro lugar. Teria meus filhos; não estaria presa nesse casamento humilde. Meu irmão estaria aqui, não sendo criado por estranhos em alguma terra distante. Vivi por tempo demais com isso, e o peso da infelicidade está me esmagando.

A aurora está começando a invadir o céu escuro. Não consigo entrar na tumba hoje. Eu me viro da entrada arqueada, voltando-me para o brilho do sol nascente. A faixa laranja brilhante subindo sobre o horizonte me ofusca por um momento, e estreito os olhos contra a luz incandescente. Uma figura escura surge do brilho do amanhecer. Tem a forma de um homem. Por um momento, penso que é meu pai, despertado e retornado a mim, são e inteiro.

Quando ele dá um passo à frente, porém, meu corpo inteiro treme. Outra figura se aproxima dele.

— Você está aqui para lamentar o rei? — pergunta a primeira figura. Seus olhos me percorrem atentamente, parando na mecha de cabelo que ainda seguro.

Assinto, não confiando na minha voz.

— É uma criada leal do palácio, talvez? — Ele parece em dúvida.

Encaro seu rosto. Não é educado, mas estou muito além de me importar com isso. Em minha mente, vejo um garotinho assustado e ordeno à minha memória que o mostre a mim, para que eu possa comparar seu rosto ao do estranho à minha frente. Como poderia ser qualquer outra pessoa? Mas ele não me reconhece. Mudei tanto assim com o passar dos anos? Eles certamente não foram gentis comigo. O mesmo não é verdade para ele. O homem à minha frente, forte e vital, não é mais um garoto, mas acho que enxergo, na forma do seu rosto e na disposição de suas feições, a criança que eu conhecia.

— Eu não sou uma criada — respondo. — Embora pareça com uma, sem dúvida. — Respiro fundo. — Estou aqui para lamentar meu pai, Agamêmnon, que jaz na tumba aqui atrás.

Seus olhos se arregalam.

— Você é Electra?

Mal consegui afastar os olhos dele, mas agora espio a figura que o acompanha. É o suficiente para ver como ele é belo, esperando tão confiante e seguro de si. Sinto um rubor esquentar as faces, de repente envergonhada por como me permiti ficar desalinhada e desgrenhada, por como me deliciei com minha própria desgraça.

— Eu sou. — Aprumo os ombros, erguendo a cabeça em desafio.

— Então tome isto como prova: você é minha irmã, e voltei como prometido! — Seu rosto brilha de empolgação e ele estende a mão.

Uma adaga de bronze está em sua palma, com um pequeno leão dourado rosnando na ponta. Os caçadores, exatamente como me lembro, avançando com lanças e escudos.

— Orestes — sussurro.

Ele está assentindo, os olhos brilhando.

— Voltamos a Micenas, Pílades e eu. — Ele aponta para o outro homem, que curva a cabeça respeitosamente para mim.

Sinto uma empolgação que beira o pânico. É tudo com que sonhei, a única coisa que me sustentou desde a morte do meu pai — e por fim vai acontecer.

— Venha, sente-se antes que caia — diz ele, tomando meu cotovelo e me guiando até a mureta baixa ao lado do caminho. Eu me sento na pedra com gratidão. — Devo fazer minhas oferendas no túmulo do meu pai; é por isso que viemos primeiro aqui.

— Eu venho toda manhã — respondo, atordoada.

Espero por eles quando a luz quente do dia se derrama sobre o chão, a canção de outros pássaros juntando-se ao rouxinol solitário. Uma risada borbulha absurdamente da minha garganta, e aperto uma mão na boca. Ergo o rosto para o sol e tento assumir uma expressão de reflexão séria.

— Electra? Você está bem?

Aperto os lábios, não confiando em mim mesma para falar.

— Ela deve estar sobrecarregada — ouço Pílades murmurar. — Isso tudo é inesperado.

Orestes hesita por um momento antes de se sentar ao meu lado. Sinto-o ser puxado entre a preocupação e a incerteza; faz tanto tempo desde que estivemos juntos.

— Por que agora? — pergunto, engasgada. — Eu tinha abandonado as esperanças, tinha pensado que... Por que está aqui?

— Estou pronto — diz ele, olhando para o amigo. — Há algum lugar aonde possamos ir, algum lugar seguro para conversarmos?

— Vocês podem vir à minha casa — digo a ele. — Mas...

Ele me dá um olhar interrogativo.

— Sim?

Endireito os ombros, obrigando meu corpo a não revelar meu constrangimento.

— Não é o tipo de lugar a que vocês estão acostumados. Não é um palácio.

— É onde minha irmã vive. — Sua voz é suave. — Não há nenhum outro lugar que eu prefira visitar.

Ainda assim, sinto que meu corpo vai se despedaçar quando os levo à nossa choupana miserável. Não há nada aqui para torná-la um lar. É escura, um lugar sem amor e sem beleza. Pensei que estivesse além de considerações mundanas, mas então a vejo pelos olhos deles. Georgios aparece e quero me encolher ainda mais dentro de mim.

— Electra?

— É meu irmão — anuncio. — Orestes enfim voltou.

O choque e a alegria tomam seu rosto, seu sorriso tão genuíno. Faz muito tempo que não vejo essa expressão nele.

Orestes dá um passo à frente, quase tímido. Fico me perguntando se está tentando esconder sua aversão por nossa casa. Mas, assim como Georgios parece realmente feliz de vê-lo, Orestes parece sinceramente satisfeito também.

— Você se lembra de mim? — pergunta ele.

Georgios ri, abrindo os braços.

— Claro que sim!

E então eles dão tapas nas costas um do outro, ambos radiantes.

Envolvo os braços ao meu redor.

— Vamos lá fora. — Não quero que nenhum deles veja como me sinto desconfortável.

— Claro — diz Georgios. — Sentem-se lá fora; está tão escuro aqui. Vou trazer comida e bebida, vocês devem estar cansados da viagem.

Ele nos empurra pela porta, de volta ao sol, e desaparece. É minha função, claro, receber os convidados e dar-lhes comida, mas é mais uma coisa que errei, outra cortesia que esqueci.

— Sinto muito não poder recebê-los de uma forma melhor — digo, quando achamos um trecho de sombra sob os galhos extensos de uma grande árvore.

Orestes balança a cabeça.

— Sinto muito que isso aconteceu com você.

O sangue sobe a minhas faces e ele se emenda:

— Quis dizer que sinto muito que foi expulsa de nossa casa — diz ele. — Tenho certeza de que você é muito mais feliz aqui, com Georgios, do que lá, com... com eles. Mas não deveria ser assim. Eles não deveriam estar morando no palácio do nosso pai, enquanto nós dois fomos exilados.

Engulo em seco. Sou menos uma exilada e mais uma fugitiva. Ela não me obrigou a sair. Mas, claro, tornou impossível minha permanência — e a de Orestes também. Eu o observo, olhando ao redor, absorvendo tudo. Quase me sinto tímida diante dele, o homem que se tornou e todas as experiências que teve sem mim. Pelos primeiros dez anos de sua vida, eu moldei o mundo dele. Agora não o conheço.

Georgios sai da casa e me encolho à visão do pão preto e amargo que trouxe para eles, mas Orestes o aceita como se estivesse realmente grato. Eu recuso, me remexendo um pouco no lugar. Está tudo errado. Estou sentada com eles, meu marido está nos servindo, estou horrivelmente ciente de como cortei meu cabelo sem cuidado algum. Queria ter estado preparada. Queria ter sabido do dia que ele chegaria. Queria ter mantido a fé de que ele viria.

Georgios, aparentemente muito mais confortável com meu irmão do que eu, começa a fazer as perguntas que sou incapaz de formular.

— Por que vieram agora? O que os fez partir?

Orestes franze a testa.

— Eu vivi confortavelmente na Fócida — conta ele. — O rei sempre foi gentil comigo, tratando-me como seu próprio filho, como Pílades, então vivemos como irmãos. — Ele olha para o amigo e respira fundo. — Mas, por mais que fosse um lugar acolhedor e amoroso, eu sabia que não era meu verdadeiro lar. Pensar em Micenas sempre fazia meu peito arder.

Meus ombros relaxam um pouco.

— Você não nos esqueceu.

Seus olhos se arregalam.

— Como poderia? Electra, eu pensava em você todo dia, no que poderia estar acontecendo com você. Você foi tão corajosa ao me mandar embora, salvando-me do que Egisto poderia ter feito. Eu soube que tinha que voltar e retribuir o favor.

Sinto lágrimas enchendo meus olhos. Aperto as mãos, cravando as unhas nas costas. A dor afiada me mantém ancorada ao momento, me impede de desmoronar.

Orestes se remexe, desconfortável.

— Ainda assim, não gostava de pensar em voltar e o que isso significaria. O que isso exigiria de mim.

Não é uma tarefa fácil, o que eles vieram fazer. Embora, neste momento, eu me pergunte se poderia ser. Se me imaginar canalizando toda minha dor na queda de um machado, se pensar em Egisto sob ele, e Clitemnestra também… Então paro, horrorizada por um momento ao pensar que talvez tenha sido assim que minha mãe se sentiu ao ver suas fogueiras ardendo. Enojada pela ideia de ter qualquer coisa em comum com ela, por mais breve que seja, balanço a cabeça com veemência.

— Ela drogou nosso pai e o prendeu em uma rede que trançou. — As palavras são amargas em minha boca. — Depois o matou com um machado. Seu próprio marido. Os deuses não podem tolerar uma mulher que faz tal coisa.

Não acrescento que ela viveu uma vida tranquila desde então. Zeus não lançou seu raio contra ela; nenhum deus interveio. Ouvi falar deles aparecendo no calor da batalha em Troia para salvar os mortais que amavam e se vingar daqueles que os ofenderam. Não entendo como Clitemnestra continuou vivendo impune por tantos anos após seu crime.

— Eu sei — responde Orestes. — Toda noite, ao deitar e fechar os olhos, eu via nosso pai. Sua sombra, chorando no Submundo pela sua desonra. — Ele engole em seco. — Então visitei o oráculo de Apolo e implorei por respostas.

— O que o oráculo disse? — Encaro meu irmão atentamente.

Os olhos de Orestes encontram os meus.

— Eu contei aos sacerdotes o que queria perguntar. Eles me deram instruções, o que eu precisava fazer e como deveria me aproximar da Pítia. Fui purificado lá; fiz oferendas e levei guirlandas de louro ao templo. Ela sentava-se nas sombras, cercada de fumaça. Achei que as palavras me abandonariam de vez, mas as encontrei de alguma forma. Precisava saber. Seus olhos giraram para trás enquanto o deus falava com ela. E, por fim, ela me deu a resposta. — O mundo fica imóvel e silencioso ao nosso redor antes que ele fale de novo. — Nosso pai não vai descansar enquanto seus assassinos viverem. Se eu me esquivar do meu dever, se não o vingar por minha covardia, a sacerdotisa de Apolo me alertou que o deus me punirá. É sua ordem. — Sua cabeça cai nas mãos. — Não tenho escolha.

Ele retornou como um homem crescido, mas sentado aqui no chão, com os joelhos dobrados em uma atitude de desespero, vejo o garoto que mandei embora e meu coração se torce no peito. Não duvido das palavras do oráculo. Mesmo sentindo pena dele, posso sentir uma onda crescendo em mim, algo parecido com empolgação.

— Ela não foi uma mãe para você — digo em voz baixa. — Você se esquiva disso porque é um ato terrível, eu sei, e porque é um homem bom. Mas só você pode deixar nosso pai descansar. Só você pode trazer justiça à Casa de Atreu.

Ele ergue a cabeça.

— Posso?

Antes que eu possa responder, Pílades aperta o ombro de Orestes.

— Você não está sozinho — diz ele.

Olho para os dois — seu dever pendendo tão pesado sobre ambos, sua coragem diante disso. Faz uma estranha emoção atravessar meu corpo, uma sensação de raízes se desenrolando, ramos se esticando para a luz. Não desvio os olhos de Pílades dessa vez, encaro-o diretamente — e ele olha de volta para mim.

Ele parece um soldado. Seus ombros são largos, sua barba escura e suas sobrancelhas pesadas o fazem parecer muito mais velho e sério que Orestes. Será que meu pai era assim quando marchou de volta a Micenas, com um exército espartano às costas, para reivindicar o palácio? Este herói corajoso, acompanhando o amigo em sua missão justa — esse é o tipo de homem que sei que meu pai teria escolhido para mim, se eu tivesse vivido a vida que deveria viver.

— Tenha coragem, Orestes — sussurro. — Você é o filho de Agamêmnon. — Eu sinto o fato vibrando entre nós três, atando-nos uns aos outros, algo terrível demais para dizer em voz alta, mas vital demais para que nos esquivemos dele.

— Como você pretende fazer isso? — A voz de Georgios interrompe o momento, me sobressaltando.

Por um momento, posso ver lágrimas brilhando nos olhos de Orestes, um leve tremor em seu lábio, mas então seu rosto se assenta numa determinação rígida. Lembra-me tanto de Clitemnestra que a náusea se revira em meu estômago.

— Nós voltamos furtivamente — diz ele. — Não queríamos mais derramamento de sangue do que… do que é necessário. — Ele engole, olhando para baixo.

— Planejamos chegar como desconhecidos a Micenas — continua Pílades. — Estranhos contando da morte de Orestes, buscando uma recompensa por trazer uma notícia tão boa a Egisto. Assim conseguiremos uma audiência com ele. Ele vai querer ouvir a respeito de tudo. Vai pensar que se livrou da ameaça. Se o filho de Agamêmnon estiver morto, ele vai acreditar que finalmente está seguro. É aí que teremos nossa chance.

Estou assentindo a cada palavra que ele diz.

— Não pode ser suficiente? — pergunta Orestes de repente. — Se matarmos Egisto, não seria suficiente?

Ele parece envergonhado assim que fala, mas há desafio no jeito como empina o queixo. *O filho de Clitemnestra,* penso de novo. Fico horrorizada ao ver tanto dela nas feições dele, em vez do meu pai.

Há um longo silêncio.

— O oráculo disse para vingar os assassinos do nosso pai — aponto. — Você sabe que foi ela que empunhou o machado. Mais que isso! Você se lembra, não é, como ela sempre estava na frente de Egisto, como era ela que fazia os planos?

— E se foi ele que disse a ela para fazer isso? — sugere Orestes. Seus olhos são esperançosos, virando-se para mim e querendo que a irmã mais velha o ajude de novo.

— Você sabe a verdade — eu lhe digo suavemente.

— Electra — diz Georgios, e me encolho. Ele vê minha expressão e hesita antes de continuar: — Ela é sua mãe.

Suas palavras anteriores pairam entre nós: quando ele me disse que a vingança era inútil, que só causaria mais infelicidade. Mas ele está errado, eu sei. Podemos acabar com tudo isso, mas só se tivermos coragem.

— É a ordem de Apolo — digo. — Nossa família já ignorou as palavras dos deuses e todos nós sofremos por conta disso. Como vamos arriscar?

— Ela tem razão — diz Pílades, e o alívio me encoraja.

— Eu não quero desobedecer ao oráculo — diz Orestes, devagar.

Quase não ouso respirar enquanto ele considera o que dissemos. A ameaça que ouviu em Delfos, que Apolo vai puni-lo se ele deixar os assassinos do pai escaparem impunes, me diz que temos razão, mesmo se estamos falando sobre uma coisa horrível. Mas o que eu não digo em voz alta é que, se ele a matar, serão as Erínias que virão atrás dele. As Erínias, com cabelos de serpente, olhos funestos e um desejo insaciável de vingança por qualquer um que matar o pai ou a mãe. Apolo pode punir um filho que não vingar o pai, mas elas perseguirão um filho que matar a mãe. Meu irmão será seguido até os confins da terra, suas asas batendo no céu e bloqueando a luz do sol. Seus gritos esganiçados soarão em seus ouvidos, dia e noite, em sua sede incessante por tormentos.

Mas pelo menos ela estará morta, com seu amante. É fácil para Orestes hesitar. Ele viveu no conforto desde que eu o mandei embora, enquanto eu estive aqui, vivendo em desgraça e miséria. Carreguei o fardo do sofrimento pelo que ela fez, e mais ninguém teve que fazer isso. Ainda não.

— Você acha que é o único jeito de cumprir a instrução de Apolo? — pergunta ele.

Estou sentada aqui, suja e desalinhada, uma camponesa na terra, mas esses três homens se viram para mim, esperando para ouvir o que direi. Sou a filha de Agamêmnon. Sinto a verdade disso, e como meu futuro está se desdobrando à minha frente; essa vida em que me encontro parece apenas temporária. Vejo uma chance adiante, algo diferente por fim. Viro o rosto para o sol, como uma flor pronta para desabrochar.

Orestes sempre confiou em mim. Eu disse a ele o que era o mundo, anos atrás, e ele nunca teve motivos para duvidar. Se eu lhe disser, se colocar isso em movimento, vai acontecer.

Pela primeira vez, o poder é meu.

— É o único jeito, Orestes. — Eu me inclino para a frente e apoio a mão na dele. Seus olhos encontram os meus e eu estremeço, como se estivesse olhando nas fissuras de sua alma. — Você precisa matá-la.

Concordamos que Orestes e Pílades passarão a noite escondidos em nossa choupana. Eu os vejo conversando, fazendo seus preparativos, rezando aos deuses por sucesso. Sei que é nosso. Não fracassaremos.

Georgios passa o dia ocupado, trabalhando como sempre, e eu me esforço mais do que de costume para preparar comida e impor algum senso de ordem em nossa casa. Varro o chão, assustando as aranhas, que fogem freneticamente da vassoura que nunca empunhei. Trituro cevada para um pão denso e insípido, e fatio legumes enrugados para um caldo. Tarefas que desprezo, realizadas hoje com uma disposição que surpreende a mim tanto quanto às pobres aranhas. Trabalho agitada e inquieta. O cheiro e a fumaça me deixam enjoada, e minha cabeça martela com minha pulsação. O tempo todo, fico lançando olhares para Orestes e Pílades, que andam de um lado para o outro lá fora ou entram para sentar-se na frente um do outro na mesma atitude, inclinando-se para a frente com os cotovelos nos joelhos, focados em sua conversa. Contudo, apesar de toda sua preocupação, sinto os olhos de Pílades pousarem em mim quando desvio o olhar deles. Até fujo quando tenho a chance e passo um pente pelo cabelo irregular, torcendo-o em uma trança firme, os dedos se lembrando dos passos de anos atrás, a última vez que me importei. Aliso a saia puída. Desejo por um momento ter aceitado alguns dos linhos elegantes que Clitemnestra tentou me trazer, algumas das joias. Mas como posso pensar isso? Como poderia me sentar com meu irmão, usando roupas que ela me deu? Por mais constrangida que me sinta diante dos dois, tenho minha dignidade. Não estou maculada por nada que ela tocou. Tamborilo os dedos, impaciente.

Georgios volta ao pôr do sol. Ele observa a cena: o fogo ardendo na lareira, o cheiro do caldo fervendo, meu irmão e Pílades sentados à nossa mesa, onde as frutas maduras que reuni estão num prato no centro, ao lado de um jarro de vinho. Sua boca se torce em um meio-sorriso que aperta meu coração por um momento, e lágrimas inesperadas brotam em meus olhos, borrando minha visão.

Solto um palavrão quando o caldo que estou mexendo respinga no lado da panela, as gotas queimando meu braço.

— Você se machucou? — pergunta ele.

— Estou bem — disparo. — Foi só um acidente.

— Venha aqui.

Ele toma meu braço ileso e me guia para longe dos outros homens. Sigo-o para fora, sob o céu que escurece. A brisa se agita, o aroma de jasmim pesado e doce, as estrelas cintilando acima do horizonte manchado de vermelho. Queria que ele não falasse nada, que pudéssemos deixar tudo implícito.

— Depois de amanhã — diz ele. Limpa a garganta, abaixando os olhos e não encontrando os meus. Mantenho o olhar fixo no sol que se põe. Tudo está infectado pelo seu brilho carmesim; o mundo todo inflamado e fervilhando. — Depois que estiver feito... — Ele para.

Não o obrigarei a dizer. Acho que lhe devo isso, ao menos, não estender demais esse tormento.

— Eu não voltarei para cá.

Posso ouvir seu coração se estilhaçando no silêncio. Meu velho amigo Georgios. A única pessoa que entendia, que se lembrava do Agamêmnon que eu me lembrava. Nós o construímos juntos, o rei cuja ausência moldou as nossas vidas.

— Eu soube, quando nos casamos, que você merecia mais da vida do que eu poderia lhe dar — diz ele, em voz baixa.

Eu queria poder ter sido feliz na pobreza, feliz com Georgios — um homem bom com um coração honesto. Mas sou uma filha da Casa de Atreu. Se Orestes deve assumir a responsabilidade por trazer a justiça aos assassinos de nosso pai, não posso dar as costas ao dever de viver a vida que Agamêmnon queria para mim. Ele esperava que eu trouxesse honra à nossa família com um casamento glorioso, uma grande aliança.

— Sinto muito — digo a Georgios, e embora as palavras sejam inadequadas, são sinceras.

Eu o deixo sozinho na escuridão crescente. Volto para dentro da casa, onde meu irmão está; uma casa desprovida de sentimentos por tanto tempo. Agora está viva e vital. Por fim, chegou a nossa hora, e embora a magnitude de nossa tarefa me faça cambalear, apertando a porta para me sustentar enquanto entro, não deixarei a compaixão me conter. Não há lugar para a fraqueza, não mais.

35

Clitemnestra

O sono me vem fácil agora, todas as noites. Não fico mais vagando pelo palácio na escuridão, não fico olhando para o vazio escuro em busca de chamas distantes. Porém, meu sono não é tranquilo; cai sobre mim pesado como uma capa, prendendo-me em suas dobras. Sinto meus membros dormentes, inertes e inúteis enquanto minha mente corre freneticamente como as asas vibrantes de um beija-flor. Fico deitada, paralisada, conforme os pesadelos chegam.

Estou de volta no quarto iluminado por tochas com a velha escrava me contando da maldição que assombra nosso lar, torcendo-se ao redor de nossa família e prendendo todos nós. Minha barriga cresce, tesa e redonda, mas quando vejo o bebê se agitando inquieto sob o tecido fino do vestido, não consigo distinguir o formato de um pé chutando do meu útero. Parece o girar pesado de pele enrodilhada, algo parecido com uma serpente, inumano, que desliza em meu corpo. E então estou em meu quarto, com algo embrulhado no berço, mas ele se contorce, uma massa de criaturas que se agitam em suas dobras, e quando elas saem, não consigo gritar, não consigo enxergar, não consigo me mexer conforme elas rasgam minha pele e me mordem até o osso. O sonho oscila, atordoante; estou sob o céu, em uma vasta planície, destroços fumegando à distância, o chão pegajoso sob meus pés, e o líquido sobe entre meus dedos, de um carmesim cintilante. Há um rio, mas suas águas fluem vermelhas e escuras; a terra está entupida de mortos, e o sangue corre até o oceano, manchando suas vastas águas.

Quando acordo, ofegando, à primeira luz do dia, o horror se aferra a mim como um vapor.

36

Electra

Dormir esta noite está fora de cogitação. Orestes e Pílades estendem suas capas no chão, no meio de nossa casa, com esperança de descansar um pouco. Georgios, quando volta para dentro, evita meus olhos com cuidado e se deita perto deles. Eu me sento ansiosa na cama dura e estreita, ouvindo a respiração deles. A agitação que se revira dentro de mim não me deixará relaxar por um único momento. Quando não suporto mais ficar sentada, eu me levanto sem fazer barulho e passo furtivamente por eles, saindo no jardim. Sombras líquidas escorrem, de um preto profundo, de todas as direções. O guincho atormentado de uma coruja me faz congelar, a pele dos meus braços se arrepiando. Esta é a noite antiga e primordial que pode ter dado origem às Erínias vingativas. Foi desta escuridão profunda que elas emergiram pela primeira vez, dos oceanos amorfos do Caos, correndo com uma fúria insaciável. Ou então se ergueram da terra coagulada de sangue, zurrando em vingança quando o titã Cronos castrou o próprio pai com sua foice. Qualquer que seja a história verdadeira, sinto a presença, o fedor carregado pela brisa, o som que emitem tal qual serpentes deslizando, o silvo frio do hálito delas em meu ouvido.

Que elas venham atrás de mim, se quiserem. Qualquer tormento que conceberem não pode ser pior do que o que já vivi.

Por mais corajosos que sejam meus pensamentos, ainda dou um gritinho ao sentir uma mão se fechando em meu cotovelo, e giro na escuridão, arquejando.

— Desculpe — diz ele. Não é a voz de Georgios, nem de Orestes.

— Pílades?

— Ouvi você se levantar — diz ele. — Também não consigo dormir.

Eu deveria voltar para a casa agora mesmo, mas me sinto imprudente. Esse homem é o amigo de confiança do meu irmão, estou segura com ele, e não posso mais negar minha curiosidade a seu respeito.

— Por que você veio a Micenas? — Eu preciso saber.

— Orestes é meu amigo. — Sua voz é calma e comedida, tranquilizante no vazio escuro. — Eu vi como ele ficou angustiado com as palavras do oráculo. Não podia deixá-lo fazer isso sozinho.

Tento discernir seu rosto na noite. A escuridão me torna mais livre, mais ousada.

— Você conheceu nosso pai?

— Não. Eu era criança quando nossas forças partiram a Troia. Embora minha mãe seja uma filha de Atreu, ela também nunca o conheceu.

Então Pílades não me traz nenhuma história nova do meu pai. Não estou tão decepcionada quanto poderia estar. Esta noite, quando tudo em mim se agita com inquietação e expectativa, de repente não quero imergir no passado. Amanhã é o dia em que entramos no futuro.

— Você está com medo? — pergunta ele.

Eu rio.

— Por que eu teria medo? Você só sente medo se tem algo a perder, e eu não tenho nada.

Ele não responde, e o silêncio é tenso, algo que não reconheço crepitando entre nós.

— Se eu tivesse medo, pensaria na sombra do nosso pai, implorando-nos para nos vingar — digo por fim. — No seu fantasma que não consegue descansar. Essa é a única coisa que poderia me dar medo.

— Agamêmnon vai descansar amanhã — diz Pílades. — Mas Orestes...

— Nós ajudaremos Orestes. — Estou firme e decidida, parada em solo firme. — O que quer que aconteça depois... vamos cuidar dele.

— E o seu marido?

— Ele se casou comigo para me ajudar a fugir de Egisto — digo. — Não é um casamento de verdade.

Não quero pensar em Georgios; só em Agamêmnon. Mas, claro, estou parada aqui com o filho da irmã de Agamêmnon — é o mais perto que posso estar do meu pai no mundo dos vivos, além de Orestes. A ideia se ergue vorazmente em mim por um instante, uma chama surgindo, abrasadora e doce ao mesmo tempo.

— É melhor voltarmos — diz ele.

Pela primeira vez desde a noite em que soube que meu pai estava voltando para casa, estou impaciente para ver a aurora. O mundo canta com promessas de novo, minha esperança tão frágil, mas tão tangível quanto vidro, e dessa vez nossa mãe não vai estilhaçá-la. Dessa vez, nós temos a força e não há nada que ela possa fazer. Eu o sigo de volta para dentro e, embora pensasse ser impossível, quando me deito na cama irregular, meus olhos se fecham e eu durmo.

37

Clitemnestra

Quando me visto no silêncio âmbar da aurora, me espanto por ter ficado tanto tempo aqui. O que me mantém em Micenas? O conforto e os luxos do palácio são ilusões podres, sua grandeza se decompondo por dentro. Não tenho medo de me afastar de tudo isso, sozinha. Nunca me importei com o que pudessem pensar, e tenho inteligência suficiente para viver por minha conta, o mais longe daqui que possa chegar.

Antes, pensava incessantemente em Ifigênia, perdida no reino dos mortos, vagando por aquele reino escuro sem conseguir encontrar paz. Agora, em vez disso, as lembranças brotam sem parar: uma criança gritando de tanto rir, correndo entre os pilares do pátio, o cabelo esvoaçando atrás dela. Seu rosto vincado de concentração enquanto aprendia o tear; seu orgulho brilhante das tapeçarias que tecia. Penso em todas as mães de Troia. Hécuba assistindo aos filhos massacrados no campo de batalha, suas filhas arrastadas a navios gregos. O bebê de Andrômaca tirado dos seus braços e lançado de uma torre troiana até as pedras implacáveis abaixo. Espero que tenham ouvido falar da morte de Agamêmnon. Espero que lhes tenha trazido algum conforto saber que o comandante que levou seu exército às praias delas teve um fim tão brutal. Ao menos posso dar-lhes isso, ainda que mais nada. Porém, desde que o matei, não sei o que existe para me impulsionar adiante. Agora que meus pensamentos não estão mais anuviados pela raiva, que o desejo de vingança não arde mais pelas minhas veias, posso sentir minha tristeza em sua pureza fria e cristalina.

E, conforme minha raiva se afasta, olho para Egisto, adormecido, e me pergunto o que me uniu a ele no passado. Já falamos de algo além de vingança? Se sim, não consigo me lembrar, evocar qualquer intimidade ou achar qualquer interesse comum entre nós. Quando olho para ele, só penso nos meus filhos desaparecidos. É só a ausência deles, em vez da de Ifigênia, que causa a dor no meu coração.

Se eu partir, será que Electra vai encontrar um pouco de paz? Eu me pergunto se tudo que tenho a oferecer à minha filha amargurada é minha ausência.

Sem fazer barulho, reúno minhas joias: braceletes grossos de ouro e brincos que cintilam no quarto escuro, colares brilhantes de cornalina e lápis-lazúli, riquezas suficientes para me comprar uma passagem segura para qualquer lugar do mundo. Electra desdenhou de tudo isso quando se casou, mas se eu me for e ela perceber que só degrada a si mesma, não a mim por associação, talvez ela se canse de alardear sua pobreza.

O sol sobe mais alto no céu, a luz banha o quarto, e estou pronta para ir e deixar tudo isso para trás. Mas, antes que eu possa dar um passo, um clamor exagerado quebra o silêncio — vozes de homens, gritando fora do palácio. E, para meu horror, a algazarra se funde nas palavras que eu mais temia ouvir.

38

Electra

— Electra, acorde. — A voz de Orestes é suave enquanto volto à consciência, atordoada por um segundo até que me lembro de tudo, e então me sento bruscamente.

— Está na hora? — pergunto. — Já amanheceu?

— Já. Temos que ir agora. Mas você não precisa ir conosco, Electra. Podemos voltar para buscá-la, quando tudo acabar.

Empurro a coberta puída para longe e me levanto.

— Eu vou com vocês. — Olho ao redor. — Onde está Pílades?

— Esperando lá fora.

Georgios está sentado à mesa, nos observando. Quando olho para ele, ele desvia o olhar. Orestes faz menção de sair, mas agarro sua capa.

— Estou pronta — digo.

Orestes olha entre Georgios e eu, uma pergunta em seu rosto, mas balanço a cabeça, determinada. A última coisa que quero é uma despedida, qualquer coisa que possa anuviar minha mente. Eu me pergunto brevemente se Georgios dirá algo mesmo assim, mas ele só olha para a madeira gasta da mesa. Sinto um espasmo de pena por ele, mas o abafo o máximo possível, e sigo Orestes porta afora pela última vez.

Não vou levar nada comigo. Não há nada que eu queira.

Percorremos em silêncio o caminho sinuoso na direção do palácio. O céu está começando a clarear, penas rosadas e douradas subindo em espirais. Pílades observa Orestes com atenção, seus olhos pensativos e preocupados. O rosto de meu irmão está sombrio, entalhado em algo que provoca um pequeno tremor em meu estômago. Quando nos aproximamos, minha cabeça gira e meus olhos se dirigem para o telhado do palácio.

Elas estão lá em cima. Figuras pretas e encurvadas, agachadas na construção extensa. São três, com sua silhueta destacada contra o céu, manchas monstruosas na luz rosada da aurora. Olho em pânico para Orestes, mas seu rosto ainda é de granito, olhando direto para a frente. Eu me pergunto se Pílades seria capaz de enxergá-las, mesmo se erguesse a cabeça.

— Podem vir — sussurro entre os dentes cerrados. — Podem vir nos pegar, então.

Acho que vejo uma delas girar a cabeça, estendendo o pescoço. Serpentes sibilantes se erguem ao seu redor, entrelaçando as cabeças para dentro e para fora. Eu me vejo presa pelo seu olhar, aberta e esfolada na terra sob a chama impiedosa ali, minha alma exposta e se encolhendo. Mas seguimos em frente, enquanto aqueles olhos frios seguem cada passo nosso.

Não é real, penso, uma espécie de histeria borbulhando em minha garganta, embora eu saiba que seja. Alcançamos os portões, e Pílades e Orestes se entreolham e assentem. Eu me apoio em uma coluna, os joelhos fraquejando, e eles começam a gritar, berrando sem parar as palavras que sabem que farão Egisto sair do palácio. Quero me manter em pé, corajosa, quero que ele veja meu rosto também antes de morrer, mas não consigo me convencer a dar um passo à frente. Posso vê-lo correndo na direção do meu irmão, seu rosto odioso iluminado de esperança, e não há hesitação da parte de Orestes. Suas pernas não cedem, ele não se agarra a uma coluna de pedra para ter forças. Não acho que escute a pele das serpentes raspar contra as asas que se abrem, não acho que sinta o fedor do hálito delas enquanto se empoleiram, prontas para dar o bote, muito acima de nós. Consigo sentir a avidez das três, a satisfação ondulando no ar — e então, de repente, minha visão fica clara, o tom escarlate em tudo se dissipa, e consigo ficar em pé sem ajuda. A fome delas é a minha.

39

Clitemnestra

— *Orestes está morto!* — eles estão gritando, vez após vez, batendo nos portões do palácio.

Estou congelada de choque, mas Egisto se ergue em um segundo. Ele salta da cama, puxando uma capa ao redor dos ombros, e corre até a porta. Em sua empolgação febril, não espera os guardas, sua escolta aonde quer que vá.

Corro atrás dele, puxando uma capa sobre o vestido, o cabelo esvoaçando atrás de mim enquanto me apresso pelo palácio, silencioso exceto pela algazarra incessante nos portões da frente. E, naquele momento, eu sei de tudo.

Meu filho está vivo. Ele está parado diante de Egisto, a espada erguida, seu rosto contorcido em um esgar de fúria. Egisto está congelado, os braços estendidos, uma cena fixa de confusão. O mundo fica imóvel e silencioso, a ameaça palpável no ar.

Orestes ataca.

Sua lâmina se crava no pescoço de Egisto. Observo, muda, quando ele recua cambaleante, o rosto chocado, os olhos desesperados encontrando os meus pela última vez, e então cai.

Observo o sangue espalhando-se pelo chão. Ouço a respiração arquejante de Orestes. Passos frenéticos saem do palácio, os guardas chegando tarde demais.

Afasto os olhos da cena à minha frente, erguendo a mão para conter os guardas que se aproximam.

— Seu senhor está morto — digo, minha voz bem firme. — Vocês não vão ferir meu filho.

Sinto o ressentimento e o pânico deles. O usurpador está derrotado, e eles sabem como ele e eu somos odiados em Micenas. Agamêmnon pode não ser lamentado por muitos, mas seu filho conquistador, retornado do exílio, vai encontrar muito mais simpatia e lealdade aqui do que eles. Vejo-os considerando suas opções: fugir ou lutar.

Com um olhar de ódio, o primeiro deles se vira. Observo conforme o resto segue, um por um.

E então estou diante dos meus filhos. Sinto os olhos observadores dos criados, os escravos reunidos nos corredores, segurando o fôlego e espiando para ver o resultado, mas, quando me viro para encarar Orestes, Electra e o companheiro deles, estou completamente sozinha. Ninguém mais avança para falar em minha defesa; eu não tenho nenhum amigo para apelar em meu nome ou se pôr entre mim e a justiça deles. Fico feliz. Não quero mais ninguém no mundo dos vivos ao meu lado.

Orestes não está olhando para mim. Suas mãos estão apertadas na espada, os nós dos dedos estão brancos, mas ele afasta os olhos resolutamente. Dou um passo para perto, então outro. Posso ver o suor brotar em sua testa.

Se eu implorar pela minha vida, penso, *ele a concederá.* Eu poderia dizer que sou sua mãe; que o que fiz foi simples justiça; que ele se vingou do homem que tomou o trono do pai e não deve cometer um crime monstruoso diante dos deuses, aqui na luz do dia recém-nascido. Sei que poderia quebrar sua determinação já vacilante. É o que todos esperam que eu faça. É por isso que ele não olha para mim.

Electra também deve saber, porque diz o nome dele. Seu tom é de alerta, uma censura contra a hesitação dele. Quando olho para ela, minha filha brilha de ódio e de um senso de justiça.

Nenhuma joia jamais compraria uma suavização do seu fervor, percebo. Realmente não há nada que eu possa dar a Electra que aliviaria qualquer parte do seu sofrimento. Enquanto eu estiver viva, isso a devora por dentro. Estremeço à lembrança das criaturas do meu sonho, os dentes contra meu osso, e tudo desliza na minha visão periférica. E, surgindo do passado, vejo Cassandra, sustentando meu olhar e me pedindo silenciosamente para ser liberta na morte.

Eu não quis nada além de paz para Ifigênia por dez anos. Electra não conheceu nada exceto uma inquietação fervilhante e incessante pelo dobro desse tempo. O mesmo tormento estraçalha meu filho. Esta manhã, quando acordei com a ideia de fugir, pensei que o único presente que podia dar a meus filhos era desaparecer para sempre de suas vidas.

Espero que isso alivie a dor deles, penso ao fechar os olhos.

40

Electra

Ainda estou encarando, fascinada com a visão da vida se esvaindo de Egisto em fluxos carmesins, quando ela ordena aos guardas que se afastem. Ergo a cabeça. O que ela está planejando? Vai implorar por sua vida? Não quer que eles vejam sua fraqueza? Acha que pode negociar conosco, que qualquer coisa que diga vá nos comover?

Fico tão imóvel quanto as bruacas pretas como a noite acima de nós, as megeras monstruosas se inclinando para assistir.

Mate-a, apelo a ele em silêncio. *O que está esperando? Só mate.*

Mas ele não se move. Está olhando para o rosto dela e, contra minha vontade, meus olhos também se erguem para ver. Seu rosto verdadeiro. Sem sorrisinhos, sem uma máscara lisa de indiferença, sem uma complacência fria. Os anos caem de seus ombros e posso ver a mãe de que me lembro da época antes da morte de Ifigênia, antes que tudo isso acontecesse. A mãe que banhava minha testa quando eu adoecia, que rezava aos deuses pela saúde dos filhos, que cantava e nos contava histórias. Seu amor por nós, um amor que eu pensava ter virado cinzas na pira funerária da minha irmã.

Uma mãe de que Orestes não se lembra, que ele nunca teve a chance de conhecer, por causa do que ela fez. Então estou aqui de volta, presa atrás de uma porta trancada, e meu pai está marchando para casa, mas eu nunca o verei, nunca sentirei seus braços ao meu redor de novo. Ele não saberá que tipo de mulher eu me tornei, que eu não sou quem deveria ter sido. Ela roubou isso de todos nós. Lembro-me da exultação que senti ao saber que ele estava voltando, e o choque das mãos dos guardas dela no meu corpo, me arrastando por ordem dela.

— Orestes — digo. Não preciso falar mais. Ele pode ouvir tudo que já ensaiamos, tudo que já lhe disse. Ele se enrijece e endireita a coluna, a postos.

Não desvio os olhos, nem por um segundo. Arranho o pulso contra a parede de pedra ao meu lado e o sangue escorre entre meus dedos, mas não afasto os olhos do meu irmão. Pensei que ele iria desmoronar, que não teria a coragem. Mas então acho que talvez ele também escute — asas encouraçadas se desenrolando, o sibilo malévolo de serpentes descendo do teto do palácio. Minha pulsação é ensurdecedora no crânio, uma batida de tambor incessante. Ele não pode me decepcionar, quero gritar para ele que não pode, mas não tenho que dizer mais nada.

Eu a vejo cair. Ouço o som da espada de Orestes atingir o chão quando ele a solta ao lado do corpo dela.

Eu as ouço alçar voo, seus corpos pesados e desengonçados vindo do alto. Seu guincho agudo enquanto circulam acima, seu olhar furioso centrado no assassino no pátio. Escuto meu irmão gritar por Apolo quando elas mergulham, e me encolho quando elas passam tão perto de mim que meu cabelo esvoaça com sua passagem, meus ouvidos ecoando com seus uivos. Eu me abaixo, mas elas passam direto por mim, focadas apenas em Orestes.

Meus olhos estão apertados com força, mas sei que é Pílades ao meu lado. O calor de sua mão no meu ombro me traz de volta, firma meu coração acelerado e minha respiração ofegante.

— Está feito, Electra — diz ele, e estou chorando. Acabou, finalmente acabou.

Eu me endireito, e a mão de Pílades aperta a minha. A cena no pátio estremece e então se funde em uma imagem. Os corpos ali no centro. Orestes, ajoelhado e apertando a cabeça, seus olhos desesperados, a boca esticada num esgar enquanto suporta um tormento impensável. As criaturas não estão mais visíveis, passaram além do que Pílades e eu podemos enxergar. Este é um fardo para Orestes carregar, mas estaremos com ele. Juntos, nós o colocamos de pé e, embora solte um gemido, ele aquiesce.

Pílades faz menção de nos levar embora, mas hesito e me desvencilho de sua mão. Orestes está curvado, com os ombros tremendo, o rosto enterrado na capa, mas não consigo desviar os olhos. A capa dela, antes presa frouxamente apenas ao redor dos ombros, jaz no chão ao lado dela, uma poça brilhante de tecido fino. Fico hipnotizada pela visão: as costuras intrincadas, os ricos tons púrpura das dobras. Orestes está murmurando, um fluxo baixo e intenso de palavras indecifráveis que se transforma em pânico conforme dou um passo, e então mais um, na direção dela.

Tudo ao meu redor é tão vívido e claro, a terra tão firme sob meus pés quando me aproximo. Ergo a capa e o aroma de seu perfume flutua no ar quente. Fecho os olhos e inspiro. Então cubro seu corpo com a capa, alisando-a para que fique reta, e me ergo.

Após alguns instantes, sinto o toque gentil da mão de Pílades nas minhas costas e me viro. Não preciso olhar mais. O sol é um disco dourado brilhante, subindo no céu azul. Com os braços ao redor do meu irmão, nós nos afastamos juntos rumo à luz.

EPÍLOGO

O ar está um pouco frio hoje; o vento que revolve a espuma na ponta das ondas está cortante. A água sobe ao redor dos meus tornozelos e recua, deixando a areia molhada e de um dourado-escuro sob meus pés. No horizonte, as nuvens e o mar se mesclam em uma neblina cinza.

Esses são os dias mais fáceis. Nos meses silenciosos e estéreis em que nada brota da terra, quando Deméter vaga em luto pela filha, sinto uma comunhão com o mundo. Passei tanto tempo de minha vida em uma vigília monótona; a imobilidade e a tristeza ainda são familiares e reconfortantes.

Mas, como Georgios me disse uma vez, nada dura para sempre. Pensei que sim, quando fomos expulsos de Micenas, impotentes contra a ira das Erínias. Pílades e eu não conseguíamos fazer nada exceto limpar a baba e a espuma do queixo de Orestes, banhar seu cenho febril e murmurar palavras tranquilizantes enquanto ele se debatia e gritava, os olhos aterrorizados fixos numa visão que éramos incapazes de ver. Ele não pôde assumir o trono, perdido em sua loucura. O reino caiu em desordem e, quando fugimos para a Fócida para pedir ajuda ao pai de Pílades, ele nos expulsou, horrorizado com o nosso crime.

Pensei que eu soubesse o que era desdém e censura, mas estava errada. Nenhum amigo aceitou nos acolher, contaminados pelo matricídio. Fiquei triste ao descobrir que havia tão pouca lealdade a meu pai, que ninguém queria ajudar os filhos dele. Até Menelau nos condenou, seu amor por Helena maior do que pelo irmão que morrera tanto tempo antes. Senti que fomos rechaçados de todas as casas na Grécia.

Quanto tempo levou nossa jornada até Delfos, não gosto de pensar. A cada passo do caminho, Pílades e eu sustentávamos Orestes entre nós. Toda noite era estilhaçada pelo som de seus gritos e seus gemidos suplicantes para que elas o deixassem em paz. Tive tempo suficiente para pensar nas palavras de Georgios, como ele vira a maldição atormentar cada geração de nossa família, como os deuses implacáveis exigiam cada vez mais de nós. Nesses dias sombrios, realmente pensei que aquilo não fosse acabar.

E então, juntos ao oráculo, uma trégua por fim. Minhas lembranças são turvas: uma caverna coberta de fumaça; o branco dos olhos da sacerdotisa brilhando; um fluxo de encantamentos que não conseguia entender. Fogo e sangue; ossos envoltos em gordura queimando no altar, chamas ardendo e faíscas subindo até o monte Olimpo. Água fria em meu rosto. Pétalas trituradas no óleo, a fragrância doce perfumando o ar. Uma aurora silenciosa, o rosto de Orestes calmo, voltado para o sol nascente.

Depois da purificação, com nosso crime expiado, eu ainda não pude voltar a Micenas. Tudo que conheci lá foi dor e anseio. Não havia nada para mim. Orestes, livre de suas perseguidoras, foi sozinho. E Pílades me trouxe para cá, para criar nosso lar, em um assentamento remoto muito longe de qualquer lugar onde poderíamos ser reconhecidos.

A névoa cinza e calma no horizonte me faz pensar na sombra do meu pai em algum lugar sob a terra, não mais atormentado por sua vingança frustrada. Nós lhe demos paz, e saber disso me consola. A dor em meu peito ainda existe, mas sinto apenas a lembrança da ferida. Sarou o suficiente para eu conseguir pensar nela também, se eu me obrigar. Vagando por uma caverna escura, ondas douradas quebrando na superfície do rio escuro, com a sombra de uma garota ao seu lado. Elas caminham juntas na minha mente, o riso da garota tão doce quanto me lembro. Nossa mãe sorrindo de volta.

A bebê amarrada contra meu peito se agita e suas pálpebras tremelicam. Ela suspira e se aconchega mais perto, embalada por meus movimentos. Dorme mais profundamente aqui, perto de mim, sem o fardo de saber o que eu fiz. E quem lhe contaria agora? O governo de Orestes em Micenas é justo. Ele deu a Georgios um lugar em sua corte, uma voz de razão e misericórdia para ajudá-lo a unir o reino estilhaçado, reconstruí-lo mais forte do que era. Meu amigo, que já foi tão humilde, foi elevado de sua posição baixa ao poder e à influência, um conselheiro do rei. Enquanto isso, eu, a esperança de nosso pai para nossa família, vivo uma vida modesta aqui, feliz em ser esquecida pelo resto do mundo.

A chuva começa a cair, suave a princípio, mas rapidamente ganhando força. Puxo a capa ao redor da minha filha, protegendo sua cabecinha do vento que vem do leste, e, apertando-a contra o coração, começo a voltar para casa.

AGRADECIMENTOS

Eu sabia que escrever um segundo romance era notoriamente difícil, mas *Electra* também foi escrito durante uma pandemia global e repetidos lockdowns, o que acrescentou um nível extra de desafio. Realmente não teria conseguido sem o apoio de tantas pessoas.

Em primeiro lugar, minha agente, Juliet Mushens, que amou o romance desde o primeiro rascunho e me fez acreditar nele também. Obrigada por sugerir o título! E obrigada a toda a equipe dos sonhos da Mushens Entertainment, que são um grupo glorioso de mulheres usando estampa de leopardo.

A minhas editoras, Kate Stephenson e Caroline Bleeke: vocês entenderam exatamente o que esse livro precisava ser antes de mim, e agradeço profundamente todas as suas opiniões e perspicácia. Vocês fizeram o processo de edição ser muito recompensador e completamente transformativo.

Obrigada a todos na Wildfire e Flatiron por sua fé, incentivo e trabalho incessante. Tenho orgulho de ser publicada por vocês! Especialmente a Alex Clarke, Ella Gordon e Serena Arthur.

Um agradecimento enorme às designers das capas dos meus livros, Joanne O'Neill e Micaela Alcaino, que criaram artes tão lindas. Fico maravilhada com o talento de vocês.

Fiquei pasma com a energia e o entusiasmo de todos que trabalharam na publicidade e no marketing de *Ariadne*: muito obrigada a Amelia Possanza, Caitlin Raynor, Lucie Sharpe e Vicky Beddow por fazerem a experiência de lançar um romance na pandemia tão empolgante!

Obrigada à equipe de direitos autorais e a todos meus editores, tradutores e leitores ao redor do mundo. Ter meus romances traduzidos e lidos em tantos países é uma experiência maravilhosa e inacreditável, e espero poder vê-los pessoalmente um dia.

Os livreiros, blogueiros, leitores e resenhistas que apoiaram *Ariadne* foram incríveis. Muito, muito obrigada a cada um de vocês, seu entusiasmo e apoio significaram tudo para mim. Destaco Dan Bassett para uma menção especial, já que não acho que ele deixe alguém sair da loja sem comprar um exemplar. Obrigada, Dan! Também à Waterstones em Leeds, que sempre teve um lugar especial no meu coração — foi um prazer visitá-los e ver meu livro em sua janela e suas estantes, obrigada por serem tão acolhedores.

Sou muito grata à comunidade online de literatura clássica e, em especial, às geniais podcasters Liv Albert, de *Let's Talk About Myths, Baby*, e Genn McMenemy e Jenny Williamson, de *Ancient History Fangirl*. Ouvi tantos episódios durante os lockdowns, me trancando na cozinha com uma taça de vinho e um quebra-cabeça e sendo inspirada, instruída e infinitamente entretida por vocês depois de um longo dia conciliando a escrita com o ensino domiciliar. Ser uma convidada em ambos foi um ponto alto da experiência de publicação!

O grupo de 2021 de Debut Writers foi incrível, e eu agradeço muito a Kate Sawyer por organizar tudo e a todos os autores que me deram tanto apoio. Obrigada a Elodie Harper por sua amizade e todos os eventos que fizemos juntas, o que foi uma enorme alegria.

Meu grupo de escritoras do norte tem sido o melhor apoio nesse ano muito estranho. Bee Barker Horton e Steph Pomfrett: a ioga, as cartas, as meias, as chamadas por Zoom e a torcida foram minha luz mais brilhante, e não vejo a hora de o mundo descobrir como vocês são incrivelmente talentosas.

Jo Murricane, fotógrafa superstar e amiga, obrigada por toda a ajuda com o site, bebendo gim e champanhe e compartilhando de meus muitos problemas de ensino domiciliar.

Obrigada a toda minha família, meus queridos sobrinhos e sobrinha em particular! Evan, Luke, Thomas, Eoin e Thea: obrigada por ficarem animados por mim, por todos os questionários e por serem tão geniais. Obrigada a Sally, Gabriel, Catherine, Alan, Lucy, Tim, Gemma, Steve e Lynne por tudo.

A meus pais, Tom e Angela, as palavras nunca expressarão toda minha gratidão e amor.

Alex, Ted e Joseph, vocês tornam tudo possível, e tudo que escrevo é para vocês, sempre.

Acreditamos
nos livros

Este livro foi composto em Adobe Caslon Pro,
e impresso pela Lis Gráfica para a Editora
Planeta do Brasil em julho de 2025.